AS GAROTAS BOAS

AS GAROTAS BOAS
UM LIVRO DA SÉRIE AS PERFECCIONISTAS

SARA SHEPARD

TRADUÇÃO
VIVIANE DINIZ

ROCCO
JOVENS LEITORES

Título original
THE GOOD GIRLS
A PERFECTIONISTS NOVEL

Copyright © 2015 by Alloy Entertainment e Sara Shepard

Todos os direitos reservados. Nenhuma parte desta obra pode ser reproduzida ou transmitida por qualquer forma ou meio eletrônico ou mecânico, inclusive fotocópia, gravação ou sistema de armazenagem e recuperação de informação, sem a permissão escrita do editor.

"Edição brasileira publicada mediante acordo com Rights People, Londres."

Direitos para a língua portuguesa reservados
com exclusividade para o Brasil à
EDITORA ROCCO LTDA.
Av. Presidente Wilson, 231 – 8º andar
20030-021 – Rio de Janeiro – RJ
Tel.: (21) 3525-2000 – Fax: (21) 3525-2001
rocco@rocco.com.br | www.rocco.com.br

Printed in Brazil/Impresso no Brasil

Preparação de originais
SOFIA SOTER

CIP-Brasil. Catalogação na fonte.
Sindicato Nacional dos Editores de Livros, RJ.

S553g Shepard, Sara
       As garotas boas / Sara Shepard; tradução de
       Viviane Diniz. – Primeira edição. – Rio de Janeiro:
       Rocco Jovens Leitores, 2018.
       (As perfeccionistas; 2)

       Tradução de: The good girls: a perfectionists novel
       ISBN 978-85-7980-423-6
       ISBN 978-85-7980-424-3 (e-book)

       1. Ficção americana. I. Diniz, Viviane. II. Título.
       III. Série.

                              CDD–813
18-51643   CDU–82-3(73)

Vanessa Mafra Xavier Salgado – Bibliotecária – CRB-7/6644

O texto deste livro obedece às normas do
Acordo Ortográfico da Língua Portuguesa.

Leia também as outras séries da autora:

Pretty Little Liars
Maldosas
Impecáveis
Perfeitas
Inacreditáveis
Os segredos mais secretos das Pretty Little Liars
Perversas
Destruidoras
Impiedosas
Perigosas
Traiçoeiras
Implacáveis
Estonteantes
Devastadoras
Os segredos de Ali
Arrasadoras
Letais

The Lying Game
O jogo da mentira
Eu nunca...
Duas verdades e uma mentira
Caça ao tesouro
Juro pela minha vida
Sete minutos no paraíso

PRÓLOGO

— ELE MERECE SER PUNIDO.
    É assim que começa — com uma declaração simples como essa. Você pode dizer isso sobre um namorado que partiu seu coração quando beijou aquela vadia nova. Ou sobre aquele ex--melhor amigo que mentiu sobre você só para se safar. Ou sobre um valentão que foi longe demais. Você está irritado e magoado e, lá no fundo, tudo o que quer é *acertar as contas*.
    Isso não significa que você, de fato, faz alguma coisa, é claro. Você pode *fantasiar* sobre realizar seus desejos mais sombrios..., mas é uma boa pessoa. Não iria fazer nada disso realmente. Mas, como cinco garotas aprenderam, às vezes até mesmo *pensar* em vingança pode levar ao perigo... e ao assassinato.
    Em outras palavras, tenha cuidado com o que deseja. Porque pode conseguir exatamente o que quer.

Em uma sala de aula aparentemente normal em uma escola de ensino médio aparentemente normal na cidade aparentemente normal de Beacon Heights, em Washington, trinta adolescentes estavam sentados em meio à escuridão quando a palavra

Fim apareceu na tela plana da TV diante deles. Haviam acabado de assistir a *E não sobrou nenhum*, um velho filme preto e branco sobre justiça, punição e assassinato. Era uma aula de cinema, uma eletiva popular entre os veteranos em Beacon High, ministrada pelo querido — e, pelo menos de acordo com a maioria das garotas, incrivelmente bonito — Sr. Granger.

Quando acendeu as luzes, Granger exibia um sorriso presunçoso, como se dissesse "sou lindo e inteligente e vocês deveriam me idolatrar".

— Impressionante, não é? — Então dividiu rapidamente a turma em grupos. — Discutam. Sobre o que acham que este filme realmente trata? Pensem em algumas sugestões para seus artigos.

Granger pedia um artigo com tema livre para cada filme a que assistiam. Podia parecer mais fácil dessa maneira, mas seu sistema de atribuição de notas era brutal, em linha com *todas* as outras matérias na ultracompetitiva Beacon High, então as discussões em grupo para pensar em temas eram fundamentais.

No fundo da sala, Julie Redding se sentou com um grupo de garotas em sua maioria relativamente desconhecidas para ela. No entanto, as conhecia de passagem: havia a gênia musical Mackenzie Wright, que diziam ter tocado no palco com Yo--Yo Ma; sentada de frente para elas estava a linda Ava Jalali, que tinha feito alguns trabalhos pequenos como modelo e, aparentemente, fora apresentada como uma "definidora de tendências nas ruas" na revista *Glamour*; havia a estrela do futebol Caitlin Martell-Lewis, que parecia agitada como um animal enjaulado; e, ao lado de Julie, estava a única que ela conhecia bem, sua melhor amiga, Parker Duvall, cujo único talento recentemente era ser uma pária. E, claro, havia a própria Julie, a garota mais popular da escola.

As meninas não se conheciam muito bem... ainda. Mas iriam, muito em breve.

No início, elas conversaram sobre o filme, que falava sobre matar pessoas que haviam feito coisas terríveis — era simplesmente punição ou assassinato? De repente, Parker respirou fundo.

— Sei que é meio doentio, mas às vezes acho que o juiz do filme estava certo — disse ela, em voz baixa. — Algumas pessoas merecem ser punidas.

Uma onda de choque percorreu o grupo, mas Julie se manifestou, sempre pronta para sair em defesa de Parker.

— Certo? — intercedeu ela. — Quero dizer, eu sei de algumas pessoas que mereciam ser punidas. Pessoalmente, o primeiro da minha lista seria o pai da Parker. O juiz o liberou muito facilmente.

Ela *odiava* o pai da Parker pelo que fizera com a filha. As cicatrizes ainda estavam por todo o rosto dela e, desde aquela noite, Parker fora da garota mais popular da escola para... bem, uma reclusa com problemas. Parker nem sequer tentara recuperar os amigos de quem se afastara, embora talvez fosse mais fácil se esconder do que revelar o quanto estava ferida.

Parker acenou a cabeça para Julie, e Julie apertou a mão da amiga. Ela sabia que era sempre difícil para Parker falar sobre o pai.

— Ou que tal Ashley Ferguson? — indagou Parker, e Julie estremeceu.

Ashley era uma menina do penúltimo ano que fizera de tudo para ser como Julie, comprando as mesmas roupas, compartilhando tudo o que ela postava, até mesmo pintando o cabelo da mesma cor que o de Julie. Estava ficando um pouco assustador.

As outras meninas do grupo se agitaram. Não sabiam bem se gostavam de para onde aquilo estava indo, mas também sentiam a conhecida pressão do grupo.

Mackenzie pigarreou.

— Humm, acho que eu escolheria Claire.

— Claire *Coldwell*? — Ava Jalali arregalou os olhos.

As outras ficaram igualmente surpresas... Claire não era a melhor amiga de Mackenzie? Mas Mackenzie simplesmente deu de ombros. Devia ter seus motivos para escolher Claire, pensou Julie. Todos tinham segredos.

Ava bateu as unhas vermelho-vivas na mesa.

— Eu escolheria a nova esposa do meu pai, Leslie — afirmou. — Ela é... *horrível*.

— Mas como você faria isso? — pressionou Parker, inclinando-se para frente. — Por exemplo, a Ashley. Ela podia tropeçar no chuveiro, enquanto lava seu cabelo de imitadora. Se fosse cometer o crime perfeito, o que você faria?

Examinou com o olhar uma das meninas de cada vez.

Ava franziu a testa, concentrada.

— Bem, Leslie está sempre bêbada — disse ela lentamente. — Talvez ela pudesse cair da varanda depois de tomar sua garrafa noturna de Chardonnay.

Parker olhou para Mackenzie.

— E você? Como você mataria Claire?

— Ah — guinchou a musicista. — Bem... talvez um atropelamento. Algo que pareça um acidente.

Ela pegou a garrafa d'água e bebeu nervosamente um gole, então deu uma olhada em volta da sala. Claire *estava* naquela aula... mas parecia não estar prestando atenção. Somente o Sr. Granger olhava para elas de sua mesa. Mas quando Mackenzie o encarou, ele sorriu para ela e baixou os olhos para o bloco de anotações amarelo, seu preferido.

— O pai de Parker podia levar uma surra no pátio da prisão — sugeriu Julie em voz baixa. — Isso acontece o tempo todo, não é?

Caitlin, que não tinha dito uma palavra, aproximou sua cadeira.

— Sabem de quem eu iria me livrar? — disse ela de repente.

Então seu olhar correu para o outro lado da sala, passando pelo grupo um e depois pelo Sr. Granger, que olhava para elas novamente, até finalmente pousar em um cara do grupo três. O cara mais sexy da sala, na verdade. Mas sua boca bonita exibia um sorriso cruel, e seus olhos se estreitaram perigosamente.

Nolan Hotchkiss.

— *Dele* — disse Caitlin com seriedade.

As cinco garotas prenderam a respiração. Era óbvio por que Caitlin odiava tanto Nolan. A morte trágica do irmão dela dizia tudo: ele fora atormentado por Nolan até não aguentar mais. As frustrações de cada menina com relação a Nolan começaram a aparecer. Ele iniciara rumores desagradáveis sobre Ava depois que ela terminara com ele no ano anterior. Mackenzie sentiu o rosto corar ao pensar em como caíra em sua estratégia de Casanova... e lhe enviara algumas fotos incrivelmente constrangedoras. Julie odiava Nolan pela mesma razão que Parker: se ele não tivesse drogado Parker naquela noite, talvez o pai dela nunca a tivesse machucado daquele jeito. Talvez ela ainda fosse a velha Parker, animada, feliz e cheia de vida.

Era verdade, pensou cada uma delas: o mundo *seria* um lugar muito melhor sem Nolan. Ele era um monstro e não representava uma ameaça só para elas, e sim para toda Beacon. Mas até mesmo *pensar* nessas coisas já parecia perigoso. Nolan podia arruinar qualquer uma delas num estalar de dedos — o que fizera mesmo.

— Como vocês fariam? — perguntou Ava, olhando para baixo. — Se fossem matá-lo, quero dizer?

E então elas conversaram a respeito... só por diversão. Pensaram numa maneira de matá-lo, com cianureto, como em todos os filmes antigos. Não que algum dia fossem fazer isso.

Em seguida planejaram algo que *de fato* fariam: pregar uma peça em Nolan. Podiam usar oxicodona, a droga preferida dele, para "batizar" sua cerveja. E então, quando ele desmaiasse, escreveriam coisas constrangedoras em seu rosto com marcador permanente e publicariam as fotos on-line. Fariam-no de idiota, assim como ele fizera todas elas.

Em algum momento durante a discussão, Nolan olhou para as meninas, uma sobrancelha erguida. Encarou uma delas de cada vez, e então revirou os olhos e virou de volta para seu grupo. Estava claro que achava que não tinha com que se preocupar.

A questão era essa. Ele tinha. Porque uma semana depois Nolan estava morto... envenenado com cianureto. Exatamente da maneira como as meninas tinham originalmente planejado.

Após a morte de Nolan, as garotas ligaram umas para as outras, sussurrando em pânico. O que tinha acontecido? Tudo o que elas haviam feito fora pregar uma peça em Nolan com um único comprimido de oxicodona e algumas bobagens escritas em seu rosto. Como o *cianureto* tinha ido parar em seu organismo? Isso não era culpa delas, disseram umas às outras. Eram boas garotas, todas elas. Não assassinas.

Mas não podiam deixar de se perguntar: alguém as ouvira na sala de aula e decidira tirar proveito de seu plano? Alguém que também odiava Nolan, talvez? Aquele era *realmente* o crime perfeito: Nolan estava morto, e as meninas eram intrinsecamente suspeitas.

No início, elas acharam que tinha sido o Sr. Granger. Afinal, não haviam notado que ele as observava atentamente naquela aula? Mas quando Granger também apareceu morto, voltaram à estaca zero. O assassino era outra pessoa.

Mas até onde esse alguém iria? E quanto a todos os *outros* nomes da lista?

E se alguma delas fosse a próxima?

CAPÍTULO UM

NA MANHÃ DE DOMINGO, Mackenzie Wright estava em frente à delegacia de polícia de Beacon Heights, olhando melancolicamente para o meio-fio. Nuvens de tempestade pendiam baixas no céu. Havia seis viaturas enfileiradas no estacionamento. As outras garotas da aula de cinema já haviam ido embora, sozinhas ou com os pais — os de Mac chegariam a qualquer minuto.

Como se atraído por seus pensamentos, o sedã de seus pais entrou no estacionamento. Mac sentiu um frio no estômago. Pegara uma carona com Ava até ali naquela manhã, mas, depois que os policiais ligaram para seus pais, eles tinham insistido em buscá-la. Mac não podia imaginar como sua família estava reagindo à notícia de que ela havia invadido a casa de um professor que fora assassinado na noite anterior — apunhalado com a própria *faca de cozinha*. Ela, Mackenzie Wright, primeira violoncelista, era suspeita de homicídio.

O carro foi parando, e sua mãe saiu apressada do banco do carona, envolvendo Mackenzie em um firme abraço. Mac enrijeceu, surpresa.

— Você está bem? — perguntou a Sra. Wright com o rosto no ombro de Mac, a voz entrecortada pelos soluços.

— Acho que sim — respondeu Mac.

Seu pai também tinha saltado do carro.

— Viemos o mais rápido possível. O que *aconteceu*? O policial disse que você invadiu uma casa? E que houve um *assassinato*? O que está acontecendo com essa cidade?

Mac respirou fundo, dizendo as palavras que ensaiara nos últimos cinco minutos.

— Foi uma grande confusão — disse ela lentamente. — Algumas amigas e eu pensamos ter informações sobre a morte de Nolan Hotchkiss. Foi por isso que viemos à delegacia de polícia. Mas então... Bem, então, as coisas ficaram meio confusas.

Seu pai franziu a testa.

— Você invadiu ou não invadiu a casa de um professor?

Mac engoliu em seco. Temia essa parte.

— Pensamos que ele estava em casa. A porta estava aberta. Tínhamos algumas perguntas para ele, sobre a morte de Nolan.

Ela baixou os olhos. Seus pais sabiam quem Nolan Hotchkiss era antes mesmo de ele morrer — todos sabiam. Os Hotchkiss eram ricos e poderosos mesmo em meio ao mundo glamouroso, perfeito e influente de Beacon Heights. O que seus pais não sabiam era o que Nolan significara para Mac. Não fazia muito tempo, ele e Mac tinham tido alguns encontros. Ele tinha flertado com ela, feito com que se sentisse bem, iluminara sua vida. Quando ele pediu algumas fotos, ela nem sequer hesitou, posando atrás de seu violoncelo.

Acabou que ele só queria as fotos para uma aposta — o que Mackenzie percebeu quando ele passou de carro pela casa dela com os amigos, rindo e atirando dinheiro para cima dela. Tinha pesadelo mais humilhante que isso?

Pior ainda, a polícia *encontrou* essas fotos no telefone de Nolan, o que para eles era um motivo tão bom quanto qualquer outro para Mac ter assassinado Nolan. Eles ainda não tinham provas de nada, mas, de qualquer forma, não era nada bom.

Fora por isso que Mackenzie e as outras garotas tinham ido à casa de Granger — para tentar limpar seus nomes. Elas sabiam que Nolan tinha descoberto algo sobre Granger — algo importante — e achavam que talvez Granger o tivesse matado para silenciá-lo.

A Sra. Wright segurou Mac.

— Você sinceramente pensava que seu professor tinha algo a ver com a morte de Nolan? Que tipo de professor ele era?

— Não muito bom.

Mac se contorceu ao pensar em Granger saindo com algumas de suas alunas — a tal coisa importante que Nolan sabia. Elas descobriram isso quando Ava encontrou uma mensagem ameaçadora de Nolan no telefone de Granger. Ah, e Granger também tinha dado em cima de Ava.

Depois de bisbilhotarem a casa de Granger e encontrarem sólidas provas de que Nolan estava chantageando o professor, todas tinham ido juntas à delegacia. Entretanto, não foram exatamente bem recebidas como esperavam. Granger morrera instantes depois de irem embora. O namorado de Ava — ou talvez ex-namorado — as vira saindo da casa de Granger e chamou a polícia.

A discussão estarrecedora que havia acabado de ter com as amigas passou pela mente de Mackenzie. "Granger matou Nolan?", perguntara Caitlin. "Ou o assassino de Nolan também matou Granger... e fez parecer que fomos nós *de novo*?" Ninguém tinha uma resposta para isso. Tudo fazia sentido quando achavam que Granger matara Nolan, mas agora estava claro que era muito mais complicado do que tinham imaginado.

Seu pai passou o braço em volta dela e puxou-a para perto, trazendo Mac de volta ao presente.

— Bem, nós acreditamos em você e vamos resolver isso — disse ele. — Já liguei para um velho amigo que é advogado. Só lamento que isso tenha acontecido, principalmente à luz de todas as coisas boas em nossas vidas no momento.

Mac levou um instante para perceber a que ele se referia: ela devia estar comemorando sua aceitação não oficial para Juilliard, em Nova York. Recebera uma ligação de uma amiga de sua mãe que tinha informações privilegiadas do departamento de admissões há dois dias, mas ainda não tinha conseguido aproveitar o momento. Não que Mac estivesse com muita vontade de comemorar, já que a vitória fora maculada pelo fato de Claire Coldwell ter entrado também.

Seu pai a levou até o banco de trás do carro.

— Estou feliz que esteja bem. E se você estivesse dentro daquela casa na mesma hora que um maníaco com uma faca?

— Eu sei, eu sei — murmurou Mac em voz baixa. — E sinto muito.

Mas isso a fez se perguntar: se elas tivessem ficado na propriedade de Granger, a uma distância segura, por um pouco mais de tempo, teriam visto quem havia entrado em sua casa e o matado?

Mac já ia entrar no carro quando ouviu uma risada vindo de trás. Do outro lado da rua, no quintal da frente da casa em que morava, estava Amy Sei Lá O Quê, uma aluna do primeiro ano que conhecia da escola. Amy estava encostada em uma árvore, uma xícara de café nas mãos, só... encarando.

Mac abaixou a cabeça. Há quanto tempo a garota observava? Será que ouvira falar de Granger? Quanto ela sabia?

Com um suspiro, Mac deslizou no banco ao lado de Sierra, sua irmã mais nova. Sierra olhou para Mac com um pouco de cautela, quase como se estivesse com medo dela. Mac virou para frente, fingindo não ter notado, mas, quando ouviu o nome de Nolan no noticiário local do rádio, ela se encolheu. *Seguem as investigações para descobrir quem envenenou o Sr. Hotchkiss na noite de...*

— Chega disso — disse a Sra. Wright bruscamente, estendendo a mão para mudar o rádio para a estação de música clássica, que estava tocando Beethoven.

Ninguém falou durante o curto trajeto para casa. Mac recostou-se e fechou os olhos, sentindo-se profunda e dolorosamente cansada. O silêncio só foi quebrado quando pararam à entrada de casa e a Sra. Wright limpou a garganta.

— Parece que você tem visita, Mackenzie.

Mac abriu os olhos e seguiu o olhar da mãe. Seu primeiro pensamento foi o de que devia ser Claire, sua ex-melhor amiga. O medo tomou conta dela. Após as tentativas de Claire de sabotar sua audição para Juilliard, Mac nunca mais quisera vê-la. O fato de ter de passar os quatro anos seguintes com ela, na escola que as duas haviam dedicado suas vidas para serem aceitas, parecia um tipo de piada cósmica.

Mas então sua visão se ajustou. Não era Claire sentada na varanda da família, girando lentamente a superfície brilhante de um cata-vento preso ao canteiro de flores. Era o namorado de Claire, o garoto que Mac amara em segredo durante anos. *Blake.*

Blake ergueu a cabeça quando o carro parou. Seu olhar mostrava desespero e ansiedade. Abriu a boca, mas não disse nenhuma palavra, então ele a fechou novamente. Mac sentiu um aperto no coração. Os cabelos despenteados dele e os olhos azul-claros com cílios compridos ainda a deixavam sem ar. E ele parecia tão... triste, como se estivesse sentindo falta de sair com ela.

Então ela notou algo em seu colo. Era uma caixa branca da confeitaria de sua irmã, na cidade, junto com um envelope branco quadrado. De repente foi invadida por uma lembrança: o encontro com Blake na confeitaria na semana anterior para ensaiarem músicas para a banda dele. Parecia que tinha sido há séculos. Mac mantivera distância de Blake por tanto tempo, desde que Claire começara a namorá-lo, embora ela soubesse claramente o que Mac sentia por ele. Mesmo assim, naquele dia, na confeitaria, eles tinham... se conectado, como nos velhos tempos.

Ela fechou os olhos, inundada pela lembrança de quando seus lábios se encontraram. Parecera tão errado e tão *certo*, tudo ao mesmo tempo.

Entretanto, aquela fraqueza momentânea de Mac rapidamente se tornou uma firme resolução. Ela pensou na vez seguinte em que vira Blake na confeitaria: ao encontrá-lo com Claire após a audição de Juilliard. Os dois juntos, de mãos dadas, uma frente unida. "*Eu* disse a Blake para sair com você", provocara Claire. "Eu sabia que você deixaria tudo de lado, até mesmo praticar para sua audição. Ah, e todas as confissões que fez ao Blake? Ele me contou tudo. Inclusive que você ia tocar Tchaikovsky." Ela encarara Mac com tanto rancor e ódio nos olhos. "E nós não terminamos. Estamos mais firmes do que nunca."

Blake não conseguira olhar para Mac quando ela lhe perguntara se era verdade. Não precisava. Seus olhos baixos e sua expressão de culpa disseram tudo.

Então Mac virou-se e seguiu atrás dos pais para casa pela garagem.

— Não quero falar com você — disparou ela.

Blake saltou da varanda e correu pelo caminho até a garagem.

— Sinto muito, Macks. Sério. Sinto muito, *muito* mesmo.

Mac parou de repente, deixando escapar o que parecia um gemido. A mãe tocou seu braço.

— Querida? Você está bem?

— Sim — disse Mac com voz fraca. Não contara à mãe sobre o drama Blake-Claire... não tinham exatamente esse tipo de relacionamento. Então abriu seu sorriso mais corajoso. — Só preciso de um segundo, se estiver tudo bem?

— Alguns minutos — disse a Sra. Wright, olhando cautelosamente na direção de Blake antes de entrar.

Mac virou-se e olhou para Blake, que estendeu a mão em sua direção. Por reflexo, ela tentou se afastar, mas depois se desencorajou. Sentiu o cheiro quente de massa de cupcake e açúcar de confeiteiro que vinha dele.

— Sinto muito — começou Blake.

— Não quero saber — disse Mac, sentindo-se cansada, mas Blake insistiu.

— Macks. É verdade que Claire *me pediu* para sair com você. — Ele se encolheu. — Mas quando percebi o que você sentia, e o que *eu* sentia, quis colocar um fim em tudo. Você é quem eu sempre quis. Não pretendia magoá-la. Eu me sinto péssimo por isso... por tudo isso.

— Isso não o impediu de seguir com o plano — disse Mac em tom de deboche. De contar à Claire que Mac tocaria Tchaikovsky, para que Claire pudesse praticar a mesma música e tocar primeiro. De tentar distraí-la antes do teste mais importante de sua vida. — Você quase arruinou tudo.

— Eu sei, e sou um idiota. — Blake chutou uma pedra no chão. — Queria que soubesse que terminei com Claire. Definitivamente desta vez. Quero ficar com você... se ainda quiser.

Nos piores momentos por que passara nos últimos dias, Mac imaginara uma cena como aquela, em que Blake vinha rastejando implorar seu perdão. Mas, agora que realmente estava acontecendo, ela não se sentia nem de longe tão satisfeita quanto imaginara. Simplesmente o encarava, um pouco em choque. Ele aprontara com ela e agora tinha coragem de chamá-la para sair?

— Aqui — disse Blake, a voz tensa. Então estendeu a caixa de bolo e o envelope para ela. — Para você...

Mac sabia que ele não iria embora até ela abrir a tampa. Dentro havia um único cupcake com balas de goma em forma de violino. A cobertura estava malfeita, era claro que fora obra de Blake. Por um breve instante, Mac tentou imaginar a cena: ele segurando uma tigela de massa, verificando o cupcake no forno, posicionando cuidadosamente as balas de goma naquele feitio. Parecia um grande esforço para alguém que ele tentara sabotar.

— Parabéns por entrar para Juilliard — disse Blake gentilmente. — Estou muito orgulhoso de você.

Mac levantou a cabeça.

— Como soube que eu entrei?

Blake piscou, com cara de que fora apanhado. Foi quando Mac entendeu: ele sabia porque Claire havia lhe contado. O que significava que eles ainda *conversavam*.

— Fiquei sabendo através da Claire, mas foi nosso último assunto antes de terminarmos — disse Blake rapidamente, como se pudesse sentir o raciocínio de Mac. — É incrível, Macks. Você merece mesmo. — Ele se aproximou. — O que é preciso para você me perdoar? Tenho *alguma* chance?

Mac podia sentir seus olhos encherem-se de lágrimas. Há apenas alguns dias, ela teria dado qualquer coisa para ouvir Blake dizer aquilo... dizer que a queria, que a *escolhera*. Por tanto tempo ele fora o cara em um pedestal, aquele que queria tanto, mas não poderia ter.

Agora, no entanto, ele não era nenhuma dessas coisas. Ele era apenas Blake, o que apunhalava pelas costas. Blake, o cara que realmente não entendia. Como poderia confiar nele novamente depois do que ele havia feito? Como ele poderia ser aquele Blake ideal e perfeito, com que fantasiara por tanto tempo?

Ela fechou a caixa da confeitaria.

— Nenhuma chance — despejou ela, pegando o envelope fechado e entrando.

Ao fechar a porta, deixou para trás todos os pensamentos com relação a Blake.

CAPÍTULO DOIS

— JULIE? — UM GRITO ROUCO SOOU pela porta do quarto de Julie Redding na segunda.

Julie rolou para o lado, puxou as cobertas sobre a cabeça e voltou a dormir. Fez-se silêncio por algum tempo, mas então veio um chamado mais urgente:

— Julie? *Julie!*

Com um grunhido de frustração, Julie afastou o edredom impecavelmente branco e sentou-se em sua cama com o lençol bem preso nos cantos. Sua camisola de seda caía macia contra a pele. A luz suave do sol da manhã entrava pelas cortinas diáfanas. Os pássaros cantavam para dar boas-vindas ao dia lá fora, e uma leve brisa que vinha da janela acariciou seu rosto. Seu quarto estava em perfeita ordem, exatamente como o deixara na noite anterior. Exceto por sua calça jeans amassada e o cardigã de caxemira cinza (os dois da coleção anterior, comprados de segunda mão), que ela tirara e deixara cair no chão antes de desabar na cama.

Ao seu redor, o dia amanhecia lindo, perfeito... mas Julie sentia apenas tristeza e sofrimento. Ouvia os gatos miando e arranhando fora do quarto — hordas e hordas de gatos. E a voz desesperada da mãe.

— *JULIE!*

Julie levantou depressa da cama e atravessou o quarto, passando pela cama extra onde sua melhor amiga, Parker, geralmente dormia. Parker não aparecera na noite anterior, de novo. Ela abriu a porta. A porta preciosa, amada e inestimável, a única coisa que separava seu mundo do de sua mãe. A única coisa que mantinha a bagunça decadente a distância, protegendo o domínio de Julie da contaminação do outro lado. Quando a porta se abriu, a mistura pungente de odores de jornais mofados, pratos sujos de comida, latas encrostadas de comida de gato e tecido molhado vieram até ela. Julie engoliu com força para conter o vômito.

— O quê? — grunhiu para a mãe, de pé no corredor cheio.

Sentiu-se invadida brevemente pela culpa quando o rosto gorducho da Sra. Redding se contraiu, mas procurou esquecer. A última coisa com que queria lidar além de todo o resto era sua mãe. Julie esfregou o rosto, tentando fazer seu cérebro entrar em um estado zen. Sem sorte. O máximo que conseguiu foi manter um exterior calmo. Respirou fundo algumas vezes e continuou, a voz agora neutra e controlada:

— Quero dizer, sim, mãe?

A Sra. Redding tirou uma mecha de cabelo oleoso dos olhos.

— A aula já começou, sabia? — bradou ela. — Mas, como já está atrasada, pode ir buscar um pouco de Sprite Diet e areia de gato.

Julie cerrou a mandíbula, decidida.

— Não posso. Nunca mais vou sair.

— Por que não?

Julie desviou o olhar. *Por sua causa, na verdade. Por causa de um e-mail terrível que alguém enviou para todos os alunos a seu respeito.*

Já podia ver os olhares debochados de seus colegas de turma; com certeza já tinham lido o e-mail de Ashley Ferguson àquela altura. Já imaginava os apelidos sugestivos que escreveriam em seu armário: JULIE FEDORENTA, JULIXO, e o que mais temia, GATA BORRALHEIRA. Afinal, era como os alunos de sua antiga escola a chamavam.

Então não voltaria de jeito nenhum. Julie detestava admitir, mas Ashley até mesmo superara Nolan Hotchkiss no departamento "vou fazer da sua vida um inferno". Ah, sim, havia também toda aquela baboseira do assassinato de Granger. A história saíra no noticiário na tarde anterior; sem dúvida, Beacon estaria fervilhando com isso. E se os alunos também soubessem que Julie e as outras eram suspeitas? Em Beacon, as coisas tinham o costume de aparecer, mesmo quando deviam ser segredo. Ela já podia ouvir os cochichos. *Julie Redding não só mora em um lixão, como também matou Nolan Hotchkiss e seu professor! Não ficou sabendo que ela foi presa?*

A coisa do Granger estava realmente mexendo com sua cabeça. Bem quando ela e as outras acharam que tinham descoberto o assassino de Nolan, ele apareceu morto. A mesma pessoa que matou Nolan — em outras palavras, a mesma pessoa que armara para elas da primeira vez — também matou Granger? Quem poderia ser? Individualmente, Julie e as outras meninas da aula de cinema tinham feito alguns inimigos, como Ashley Ferguson. Mas quem as odiava *coletivamente*?

Ela suspirou, percebendo que não havia respondido a pergunta da mãe sobre não ir à aula.

— Porque não sou mais bem-vinda na escola — disse ela com ar vazio. — Porque está tudo arruinado.

Sua mãe deu de ombros, parecendo aceitar isso como resposta.

— Bem, ainda preciso de areia de gato e Sprite Diet — disse ela simplesmente. — Com certeza você pode sair para comprar isso.

Que Deus não permitisse que ela um dia perguntasse a Julie o que podia haver de errado. *Um, dois, três...* contou Julie, usando sua técnica padrão para se acalmar. Então sentiu algo macio e furtivo roçar suas pernas e quase gritou. Uma das pragas sarnentas de sua mãe estava tentando entrar em seu quarto.

— Sai daqui — murmurou Julie, meio chutando-o de volta para o corredor.

O gato miou de susto e desapareceu em uma pilha de caixas sobre a qual havia outro gato, um preto que sua mãe sempre chamava de Twinkles. Um terceiro gato, com o pelo todo emaranhado e um olho só, olhava para elas de uma caixa de areia qualquer no meio do corredor.

Então Julie virou de volta para a mãe. Já bastava daquilo.

— Me desculpe — disse ela. — Nada de Sprite Diet. Nem areia de gato. Compre você mesma.

A Sra. Redding ficou de boca aberta.

— Perdão?

Julie se contraiu ligeiramente. Fazia muito, muito tempo que não dizia *não* à sua mãe. Desde que esse hábito de acumular ganhara força total, ela sempre achara mais fácil simplesmente obedecer. Mas olhe onde isso a levara: passara anos fugindo por aí, fazendo de tudo para garantir que ninguém visse onde morava. Tentara se fazer absoluta e impecavelmente perfeita, para que ninguém jamais soubesse a verdade. Agora toda a força de seu ressentimento aparecia, fervilhando.

— Eu disse *compre você mesma* — repetiu Julie com firmeza. — Caso esteja interessada, mãe, não posso mostrar meu rosto ao mundo. Todo mundo sabe agora. — Então acenou a mão no ar descontroladamente. — Sobre este... este *lugar*.

Ela estreitou os olhos, invadida por um poder recém-descoberto. De repente, estava pronta para dizer todas as coisas que mantinha reprimidas. De qualquer maneira, qual era o sentido de se conter agora que provavelmente iria para a cadeia?

Olhou para a mãe novamente.

— Já sabem sobre você. E agora vão me odiar, assim como odiavam na Califórnia. — Era bom dizer isso em voz alta. Julie sentia-se uns quinhentos quilos mais leve, como se estivesse flutuando. — Ah, e mais uma coisa — continuou Julie. — Também me sinto um pouco desconfortável em sair porque estou sendo *acusada* de um assassinato que não cometi. É uma desculpa boa o suficiente para você?

A Sra. Redding olhou para Julie sem entender. Depois de um bom tempo, estreitou os olhos.

— Como *ousa* não me ajudar? — guinchou ela.

Então aproximou-se da filha, os olhos saltando do rosto vermelho.

Julie deu um passo para trás. Tomada pelo pânico, percebeu que sua mãe cruzara o solado da porta... e *estava em seu quarto*. A Sra. Redding nunca colocara os pés lá. Mesmo com seu transtorno, parecia entender que era um espaço sagrado. O coração de Julie batia com força contra suas costelas, e ela conteve um soluço. Com seus cabelos sem vida e o roupão surrado, sua mãe parecia ainda mais desleixada contra o fundo de poucos móveis e o tapete impecável.

— Para que raios você serve? — disparou a Sra. Redding, balançando os braços, enlouquecidamente. — Você era uma criança inútil e agora é uma adolescente inútil. Só toma e toma e toma, e nunca faz nada por *mim*. — Revirou os olhos. — Seu pai sabia o quanto você era inútil.

Julie congelou.

— Pare.

Não queria que a mãe seguisse por aquela estrada.
Mas a Sra. Redding sabia que a atingira.

— Foi por isso que ele me deixou, sabia? Na primeira vez em que a segurou, ele virou para mim e disse: "Quem sabe a gente acerta na próxima vez?" Ele viu logo quem você era. *Você é a razão de ele ter nos abandonado. Nunca foi boa o suficiente para ele.*

— Por favor — disse Julie com voz fraca, encolhendo-se para dentro de si mesma, toda a confiança que sentira momentos antes desaparecendo.

Essa era sempre a arma secreta de sua mãe. Era sempre o que dizimava Julie completamente.

— Então você não vai à escola hoje, hein? — desafiou a Sra. Redding. — Não estou surpresa. Seu pai sempre disse que você não era inteligente o bastante. Você não é nada. Um nada sem valor e inútil. É claro que foi acusada de assassinato! Porque provavelmente o cometeu, sua vadia estúpida!

Ela disse mais do que isso, muito mais, mas as palavras logo pareciam indistintas, devastando Julie como acontecia desde que era pequena. Sua mãe sempre fora má, mesmo antes de surtar. Julie lembrava-se de chorar tanto quando era pequena a ponto de uma vez perguntar: "O que posso fazer para você me amar?" Sua mãe apenas rira e respondera: "Virar outra pessoa."

Foi quando Julie se tornou... bem, *Super Julie*. Mesmo com apenas seis anos, ela corria para fazer tudo o que a mãe pedia, antecipando todas as suas necessidades, trazendo seus chinelos, uma caixa de Sprite Diet, seus tabloides semanais favoritos. Era por isso que ela estudava mais do que qualquer outra pessoa em sua turma, procurava ser sempre a mais bem-arrumada, escovava seu cabelo castanho-avermelhado até ficar mais sedoso do que o de todas as meninas da série.

Mesmo assim, nunca tinha sido suficiente. Não importava o que Julie fizesse ou como fizesse, sua mãe a desprezava. Julie geralmente sentia que o bombardeio de palavras era pior do que o mar de lixo na porta do quarto.

Quando se mudaram para Beacon Heights, ela pensou que poderia começar do zero e, por algum tempo, conseguira. Mas talvez sua mãe estivesse certa. Talvez Julie *fosse* o problema. Se tivesse se esforçado mais para esconder o segredo de Ashley, ninguém na escola teria descoberto. Se tivesse se empenhado mais na melhora da mãe, nem haveria segredo para começar. E se Julie tivesse se esforçado mais para impedir que ela e as outras drogassem Nolan, se tivesse disfarçado melhor a letra para que os policiais não a reconhecessem no rosto de Nolan, se ao menos não tivesse entrado na casa do Sr. Granger, talvez ela e as outras não fossem suspeitas. Se Julie fosse melhor, mais inteligente, mais forte, seria capaz de descobrir quem entrara escondido lá e o matara depois que saíram. Porque no momento não tinha a menor ideia e, a menos que descobrisse rapidamente, iria parar na prisão.

Talvez *fosse* culpa dela.

Em algum lugar ao longe, Julie pensou ter ouvido um sino. A Sra. Redding parou no meio da palavra. Julie ouviu novamente, desta vez com mais clareza. Era a campainha.

A mãe de Julie virou para ela.

— Você vai atender ou não?

Julie, que se atirara na cama e deitara toda encolhida, lentamente se sentou e piscou.

— Hã, claro — disse com voz fraca.

— Acho bom. — A Sra. Redding se levantou da cama de Parker e saiu pela porta, deixando um ciclone de pelo de gato rodopiando atrás dela. — E depois você pode ir comprar minha areia de gato e o Sprite Diet.

— Está bem — disse Julie com voz sumida.

A campainha tocou de novo. Julie esfregou os olhos, sentindo o quanto provavelmente estavam vermelhos. E se fosse Ashley? A menina se materializou em seus pensamentos, o cabelo acobreado, do mesmo tom do de Julie, as roupas tão cuidadosamente copiadas, o sorriso tão meloso e perverso. Desde o e-mail, Julie tinha pesadelos com Ashley emboscando-a a cada esquina. Ashley saía de um bolo em uma festa de aniversário, enfiava sua cabeça para dentro de uma porta de banheiro em que Julie estava, e até mesmo interrompia uma de suas sessões de depilação a cera.

— Você já sabe a verdade? — perguntava Ashley, rindo sempre. — Ela é uma aberração ridícula! Mora em uma pilha de lixo! Suas roupas são feitas de pelos de gato!

E quem mais estivesse no sonho, fosse um amigo, um conhecido, ou até mesmo um estranho, olhava para Julie horrorizado, compreendendo sua verdadeira natureza.

Por outro lado, talvez fosse apenas Parker à porta. Parker precisava dela agora. Julie se perguntava para onde a amiga fora depois da delegacia no dia anterior... depois que conversaram a respeito de quem podia estar atrás delas, Parker saíra apressada em direção ao bosque, insistindo que queria ficar sozinha. Julie devia ter ido atrás dela. Parker era frágil demais para ficar sozinha.

Julie saiu da cama e vestiu um roupão atoalhado. Caminhou lentamente pelo corredor, seguindo o farol quadrado de luz que vinha da janelinha no alto da porta da frente.

Quando Julie estava a poucos metros da porta, a luz escureceu. Um rosto bloqueava a janela, espiando lá dentro. Ela congelou na mesma hora, o coração pulando na garganta. Ela reconheceu os olhos verde-oliva, a linda pele escura: era Carson Wells. O garoto novo da cidade, com quem fora tola o suficiente para sair em alguns encontros antes de tudo ir por água abaixo.

Um pequeno grito escapou de seus lábios. Sua desgraça já não estava completa?

Ela deu um pulo quando a campainha tocou de novo. Lentamente, chegou para trás, pressionando o corpo à pilha de caixas. Talvez ela pudesse simplesmente escapar e fingir que não havia ninguém em casa.

O rosto na janela se aproximou do vidro. Carson protegeu os olhos do sol com as mãos, pressionando o nariz à janela.

— Julie — gritou ele, o sotaque australiano acentuando as vogais do nome dela. — Julie, sei que está aí. Abra a porta.

Julie recuou mais um passo. Começou a hiperventilar.

— Você não pode se esconder aí para sempre. Só quero falar com você.

Lágrimas rolaram pelo rosto dela. Sim, *claro*. Ele queria provocá-la. Ou talvez se afastar dela por não contar a verdade. O que quer que ele fosse dizer, ela não queria ouvir.

Carson ficou em silêncio por um instante, observando-a através da pequena janela.

— Por favor, fale comigo.

Ela olhou para cima. A voz dele era tão doce, tão sincera. Algo dentro dela mudou. Ela *queria* desesperadamente que alguém a ajudasse, que a acalmasse, principalmente depois da delegacia, de Ashley e das palavras cruéis da mãe.

Ela se forçou a dar um passo adiante, depois outro. Parecia que tinha andado mais de um quilômetro quando seus dedos finalmente se fecharam em torno da maçaneta. A porta se abriu, e o ar fresco correu por ela como uma chuva de primavera. Julie observou a grama úmida, os carros ainda molhados da chuva da noite anterior, o jornal na entrada da casa do vizinho. E Carson.

Ela saiu para a varanda e fechou a porta firmemente. Não conseguia olhar diretamente para ele; em vez disso manteve os olhos focados no monte de caixas vazias, latas de refrigerante e de comida para gatos e sacos pela metade de comida para pássaros espalhados pela varanda.

— O que você quer?

— Só queria ver como você estava — disse Carson gentilmente. — Tentei lhe mandar uma mensagem, mas seu telefone estava desligado.

Julie deu de ombros. Desligara o telefone depois que Ashley enviara o e-mail. Não podia enfrentar as consequências.

— E você não estava na escola.

Julie torceu o nariz sarcasticamente.

— É óbvio por quê, não é?

Ele bufou como quem não ligava.

— Eu só quero estar com você, Julie. Não me importo com o que as pessoas pensam.

Ela olhou para ele, confusa.

— Mas e aquela foto sua e da Ashley?

Ele inclinou a cabeça.

— Que foto?

— No Mercado de Peixe Pike. Ashley disse: "Isso é o que Carson pensa de você agora." Você parecia...

Ela parou. Ele parecia, bem, totalmente enojado.

Carson estreitou os olhos.

— Pike... — Então o rosto dele se iluminou. — Ah, sim, eu tirei uma foto com Ashley lá. Fomos ao Pike em uma excursão da escola há algumas semanas.

— Há algumas semanas? — repetiu Julie.

Carson assentiu.

— James West tirou a foto e nos disse para fazer uma cara maluca. Ashley segurou minha mão, e eu fui em frente. — Ele sacudiu a cabeça, incrédulo. — Espera, ela te mandou essa foto agora? Essa menina é horrível.

— Eu sei — desabafou Julie, e de repente começou a chorar de novo.

Carson passou os braços em torno dos ombros de Julie e a puxou para perto. Ela ficou rígida, mas depois relaxou junto ao peito dele, sentindo o perfume de sua camisa de flanela recém-lavada.

Mas então ela se inclinou para trás.

— Como você pode não se importar com a verdade sobre mim? — perguntou ela. — Porque é verdade, Carson. Tudo aquilo... bem, pelo menos as coisas sobre a minha mãe. — Ela fechou bem os olhos, revivendo as coisas terríveis que sua mãe acabara de lhe dizer. — É repugnante. *Eu* sou repugnante.

Carson se afastou delicadamente para poder ver o rosto dela de novo.

— Você, Julie Redding, é linda. E inteligente. E engraçada. Não há nada com relação a você, nem mesmo seu dedo mindinho, que poderia ser considerado repugnante.

Então, surpreendentemente, Carson inclinou a cabeça para frente e roçou os lábios dela com os dele. Julie levou alguns segundos para acreditar no que estava acontecendo, quando o torpor passou e ela realmente sentiu o toque dos lábios. Eles estavam se beijando. Realmente *se beijando*.

E então ela percebeu: aquele era seu *primeiro* beijo. Não foi bem como ela imaginara, naturalmente — vestindo seu roupão, em sua varanda deplorável, de frente para os móveis quebrados do pátio, uma profusão de decorações de Natal e até mesmo alguns arranhadores no gramado. Mesmo assim, foi um beijo puro, doce e sensual.

Quando acabou, Carson afastou-se e sorriu gentilmente para ela.

— Obrigado — disse ele baixinho.

— Eu é que deveria estar *lhe* agradecendo — disse Julie.

— E você tem certeza disso? A *meu* respeito? Porque você não faz ideia de como as pessoas podem ser cruéis. Vai ser brutal. Está tudo bem se não quiser estar ligado a mim. Eu entendo.

Ele acenou a mão.

— Não me importo.

Ela piscou com força.

— Você tem... *certeza*?

— Bem, depende — disse ele, fingindo seriedade. — Pelo que entendi, a Louca dos Gatos de Beacon Heights não é *você*. Estou certo?

Julie não pôde deixar de rir alto.

— Está — respondeu com um sorriso fraco. — Sou simplesmente uma espectadora inocente do acúmulo de gatos.

— Então está decidido. Você foi oficialmente absolvida de toda responsabilidade por essa... — Carson apontou para a casa atrás dela, as sobrancelhas arqueadas juntas enquanto procurava a palavra apropriada — hã... situação... E é oficialmente minha namorada... se quiser, é claro. E qualquer um que tiver problema com isso pode resolver comigo.

Julie sorriu para ele. Não podia acreditar em seus olhos, seus ouvidos... ou seu coração. E bem assim, todas as coisas horríveis que sua mãe tinha lhe dito ficaram no fundo de sua mente. Talvez, apenas talvez, ela não fosse tão desajustada assim, afinal. Talvez estivesse tudo bem com ela, talvez merecesse a preocupação e o carinho de outras pessoas. Talvez merecesse ser amada, até.

Mais do que tudo no mundo, Julie queria acreditar que Carson estava certo.

CAPÍTULO TRÊS

SEGUNDA À TARDE, Caitlin Martell-Lewis parou em um estacionamento quase vazio, exceto um Cadillac verde sob algumas árvores. Quando saiu do carro, seus ouvidos zumbiram com o silêncio, e seu nariz coçou com o cheiro de grama recém-cortada e flores recém-plantadas. Ela olhou para além dos portões de ferro forjado em direção às colinas cobertas de lápides. De repente, ouviu um som atrás de uma árvore e sentiu um aperto no coração. Por algum motivo, achou que estivesse sendo seguida... talvez pelos policiais. Será que *estava*? Estariam seguindo todas elas, tentando encontrar algo que pudesse ligá-las à morte de Granger?

Então ela olhou novamente. Era apenas um esquilo.

Com um suspiro, Caitlin trancou o carro, guardou as chaves e seguiu para o túmulo do irmão. Provavelmente já podia fazer isso de olhos vendados àquela altura — passando pela lápide com os grandes anjos em cima, virando à direita onde havia o cara que fora enterrado ao lado de seus dois galgos italianos, e depois subindo a pequena colina até embaixo da árvore. *Ei, Taylor,* começou o monólogo em sua cabeça. *Sou eu novamente.*

Sua irmã maluca, faltando ao treino de futebol para lhe contar como minha vida anda louca.

Tinha tantas coisas para contar a Taylor, que havia morrido no final do ano anterior... e tantas coisas que desejava que ele pudesse lhe contar, coisas que ela nunca saberia. Como quanto ele sofrera nas mãos de Nolan Hotchkiss, ou por que decidira que seria mais fácil morrer do que mostrar seu doce rosto na escola por mais um dia. Houvera uma gota d'água? Caitlin provavelmente nunca se perdoaria por não ver os sinais nele antes. Se tivesse visto, ele ainda estaria ali?

Ela deu a volta em uma árvore. O túmulo de seu irmão estava à frente, e um novo boneco de *Dragon Ball Z* descansava no topo da lápide. Caitlin parou, confusa. Ela era a única pessoa que colocava novos bonecos no túmulo dele. Bem, ela e...

Ela despertou de seus devaneios quando uma figura saiu de trás de outra árvore. Era Jeremy Friday. A única outra pessoa que se importava o suficiente para deixar pequenas lembrancinhas para Taylor.

Jeremy virou-se e viu Caitlin ao mesmo tempo. Suas sobrancelhas se ergueram e seus olhos se suavizaram. Ele exibia um ar esperançoso, o que inundava Caitlin com todos os tipos de emoções — amor, alívio, entusiasmo e ansiedade também. Ela examinou sua figura esguia, a camisa de *Star Wars* furada e a calça jeans escura. Se alguém lhe perguntasse há algumas semanas se ela se interessaria por alguém como Jeremy, Caitlin teria achado graça. Mas ele era perfeito. Um diamante bruto. Ele estivera bem embaixo do nariz dela o tempo todo, e ela não vira o quanto era especial.

E o que era ainda mais perfeito? Que Jeremy estivesse sorrindo para ela e não de cara feia. Ela o vira pela última vez duas noites antes no porão dos Friday, quando toda aquela coisa do

Granger veio à tona. Josh, seu ex-namorado e irmão de Jeremy, pegou os dois juntos e, em vez de assumir seu novo relacionamento, Caitlin apenas meio que... *fugiu*. Ela imaginara que Jeremy a odiava por isso.

Mas, quando ela se aproximou, Jeremy a puxou para um abraço.

— Sinto muito — disparou Caitlin, transtornada. — Por *tudo*. Sinto muito por ter ido embora correndo daquele jeito. Eu só... Eu não sei.

— Tudo bem. — Jeremy beijou-a no alto da cabeça. — Você foi pega de surpresa.

— Para dizer pouco — replicou Caitlin enfaticamente.

— Mas, bem — disse Jeremy, hesitante, brincando com o cabelo dela. — Você ainda quer ficar comigo? Quero dizer... entendo que é muito complicado, então...

Em resposta, Caitlin ficou na ponta dos pés e beijou-o, interrompendo-o.

— Isso responde sua pergunta? — disse ela em voz baixa, quando se afastaram.

Ele descansou a testa contra a dela.

— Isso praticamente me diz tudo o que preciso saber.

Eles olharam para o túmulo de Taylor. Caitlin se perguntava o que Taylor diria sobre aquela reviravolta nos acontecimentos — ela agora com Jeremy, aquele cara um tanto quanto peculiar e meio nerd, o melhor amigo de seu irmão mais novo, em vez do superatleta popular Josh. Tinha acontecido de maneira inesperada: Caitlin encontrara Jeremy no túmulo de Taylor algumas semanas antes, quando enfrentava um período particularmente tempestuoso — ela não tinha certeza se queria continuar jogando futebol, não sabia se estava com o cara certo, ainda estava muito confusa e zangada com Taylor, e ela e as outras tinham acabado de pregar aquela peça em Nolan. Eles conversaram, e Caitlin tinha percebido a facilidade com que se conectava a Jeremy. E também como ele entendia o que ela estava passando. Josh nunca nem sequer perguntara sobre Taylor. Ele parecia pensar que evitar assuntos desconfortáveis era a resposta.

Jeremy transferiu o peso do corpo para o outro pé.

— Você falou com Josh? — perguntou ele, como se houvesse uma grande placa sobre a cabeça de Caitlin mostrando o que estava pensando.

Caitlin ficou rígida.

— Sim — disse ela vagamente, fazendo uma careta.

— Uma experiência e tanto, hein?

Ela chutou um pedaço de grama. Tinha esbarrado em Josh naquela manhã na escola, que já vinha sendo bastante estranha em razão de toda aquela coisa do Granger. As garotas estavam literalmente *soluçando* porque Granger se fora, colocando buquês de flores na porta da sala dele e se reunindo durante o almoço para rezar ao redor do mastro da bandeira. Caitlin ficara espantada em ver que mesmo as garotas encontradas no telefone de Granger, como Jenny Thiel, estavam entre o grupo de jovens aos prantos ou entre as adolescentes atormentadas que procuraram as salas dos orientadores durante a aula. Era como se usassem uma venda e não vissem como o cara era cretino. E, embora o advogado com que Caitlin havia falado tivesse lhe dito que a polícia tinha obrigação de manter seu envolvimento com a morte de Granger em segredo, uma vez que ainda não tinham sido oficialmente acusadas, Caitlin tinha quase certeza de que os alunos da Beacon já tinham ouvido rumores. Recebera olhares feios o dia inteiro, como se todos achassem que era culpada. Até mesmo as meninas de seu time de futebol estavam olhando para ela de um jeito estranho. Por outro lado, ninguém tinha tocado no assunto, então talvez ela estivesse apenas paranoica.

Esbarrara em Josh já no meio da manhã. Ele estava junto ao armário com Guy Kenwood e Timothy Burgess, seus amigos do time de futebol. Eles se entreolharam e Caitlin congelou, sabendo que pareceria uma idiota se ela se virasse e fosse para o outro lado. Pela maneira como Guy e Timothy a fuzilavam com o olhar, ficou claro que já sabiam que Caitlin estava agora com o irmão de Josh. Caitlin se perguntou, por uma fração de segundo, como exatamente Josh tinha lhes contado. Afinal, o irmão mais novo e menos popular roubar sua namorada não era exatamente algo para se gabar.

— Bem, a princípio ele não olhou para mim — disse Caitlin a Jeremy, enfiando as mãos nos bolsos. — Mas depois o chamei em um canto e tentei explicar.

Jeremy estremeceu.

— Tenho certeza de que foi *tudo* bem.

— Eu lhe disse que já não estávamos nos entendendo há algum tempo, e que era apenas uma questão de tempo, sabe? — Ela engoliu em seco, pensando na expressão furiosa de Josh assim que Caitlin lhe dissera tudo isso. — Ele parecia pego de surpresa. E ferido. Mas por outro lado... bem, não sei. Ele estava bem, no final.

— Sério? — Jeremy parecia curioso. — O que ele disse?

Caitlin respirou fundo.

— Ele só disse que, se era isso o que eu queria, então desejava que eu fosse feliz — explicou ela.

Ela ficara surpresa quando Josh dissera isso, na verdade, porque soava tão educado e maduro. Não vou ser um daqueles caras patéticos que não sabem lidar com essas coisas. Não estou feliz por você estar interessada em Jeremy, mas acho que não posso impedi-la, não é?

— Eu esperava que ele estivesse muito irritado — concluiu Caitlin, olhando para Jeremy. — Que bom que não estava.

Jeremy assentiu.

— Bem, ele vem me ignorando há dias. Embora isso seja melhor do que me insultar, o que imaginei que ele estaria fazendo a pleno vapor. Talvez nosso menino esteja crescendo.

— Talvez.

Caitlin abriu um fraco sorriso. Então sentiu uma pontada. Todas as coisas boas em sua vida, percebia, eram contrabalançadas por algo triste ou ruim. Ali estava ela com Jeremy, mas no túmulo de Taylor... e sabendo que Josh estava tão magoado. Ali estava ela, mais feliz do que se sentia em anos, mas também acusada de assassinato. Nada era fácil.

Ela olhou para Jeremy, pensando agora em Granger.

— Acho que você já ouviu falar sobre o Sr. Granger... e meu envolvimento. Mas não é o que parece.

Jeremy acenou a mão.

— Por favor. Eu sei disso. Mas por que você estava na casa dele?

Ela deu de ombros, sentindo-se desconfortável. Não podia contar toda a verdade a Jeremy.

— É uma longa história. Mas tem a ver com Nolan. Algumas amigas minhas e eu achamos que foi Granger quem o matou.

Jeremy arregalou os olhos.

— Sério?

— Bem, talvez não mais — disse Caitlin desanimadamente.

Encontrar a ameaça de Nolan a Granger parecera ser a prova perfeita — é claro que Granger iria querer Nolan morto para proteger sua reputação. Mas e se Granger foi morto porque sabia de alguma *outra* coisa, algo sobre o assassino de Nolan? Ainda podia haver todo tipo de segredo por aí.

Um casal de idosos apareceu no topo da colina e seguiu com as costas encurvadas pelo caminho. Então, sentindo que não tinham mais o lugar só para eles, Caitlin virou para Jeremy.

— Pizza?

— Claro — disse ele, abrindo um sorriso.

Foram para o Gino's, um restaurante pequeno perto do cemitério, que felizmente estava vazio naquele horário. Enquanto saboreavam fatias de pizza sem molho de tomate, conversaram sobre coisas normais: a participação de Jeremy na próxima feira de ciências, programas de TV de que gostavam e a votação que o time de futebol de Caitlin faria naquela semana para escolher a próxima capitã. Caitlin ainda estava indecisa com relação ao que o futebol significava para ela, mas, no fundo, não podia deixar de se sentir nervosa com a eleição. Ser capitã era algo que sempre quisera, e parecia estranho simplesmente deixar para lá agora que *finalmente* tinha uma chance.

Não falaram nem uma vez em Josh, Granger, Nolan ou na polícia — uma mudança bem-vinda de assunto. Uma hora depois, após um beijo no carro de Caitlin, Jeremy subiu em sua Vespa e saiu em disparada, prometendo ligar para ela mais tarde. Sentindo-se muito mais contente, Caitlin voltou para casa. Esperava ter algumas horas só para si, mas, quando virou na entrada da garagem, os carros de suas mães estavam lá, as duas já de volta do trabalho.

Suspiro.

Estacionou o carro, pegou sua bolsa de futebol e a mochila e se preparou para o que quer que viria em seguida. O som do rádio vinha da cozinha — uma matéria sobre criar galinhas no quintal. Dava para ouvir também o ruído constante de uma faca numa tábua de cortar e de água correndo na pia. Pela familiar e reconfortante variedade de sons, sabia que Sibyl e Mary Ann, suas duas mães, estavam cozinhando juntas. Caitlin caminhou o mais silenciosamente que pôde em direção às escadas, mas era tarde demais — Mary Ann ergueu os olhos e a viu.

— Querida? — chamou.

Caitlin suspirou. Nada de ter alguns minutos só para ela.

— Hã, oi — disse ela, continuando onde estava junto à escada.

Os olhos de Mary Ann pareciam tristes.

— Quer nos ajudar?

Na verdade, não, pensou Caitlin, mas ela sabia que recusar significaria que uma de suas mães subiria atrás dela e faria perguntas ainda mais queixosas e invasivas do que as que ouviria ali embaixo. Então entrou na cozinha e aceitou uma tábua de cortar e um pimentão que Sibyl lhe oferecia.

— Então, como foi o seu dia? — perguntou Sibyl com cautela, os olhos correndo de Caitlin de volta para sua própria tábua.

— Tudo bem — respondeu Caitlin.

Ela sentiu suas mães trocarem um olhar. Sabia que elas queriam mais. Mary Ann limpou a garganta.

— Falaram sobre, hã, aquele professor?

Caitlin cortou cuidadosamente a parte de cima do pimentão.

— Sim. Muito.

Outra troca de olhares. As mães de Caitlin haviam ficado muito preocupadas e quietas quando receberam a ligação no domingo, dizendo que ela podia ter se envolvido em um assassinato. Ela lhes dissera repetidas vezes que era apenas uma infeliz coincidência, mas não tinha muita certeza se haviam acreditado. Assim como não tinha certeza se haviam acreditado nela com relação a Nolan — afinal, Mary Ann fizera comentários incisivos sobre o estoque de oxicodona de Caitlin, implorando-lhe que se livrasse dele. Embora tivesse ficado claro que fora cianureto o que matara Nolan, e não oxicodona, também havia oxicodona no sangue dele. Como os policiais ainda não as haviam arrastado de volta para a delegacia, o assunto tinha sido momentaneamente deixado de lado, mas Caitlin sabia que estava logo abaixo da superfície, pronto para voltar à tona a qualquer momento.

— E você falou com Josh? — perguntou Mary Ann.

Ela olhou para cima. Suas mães a encaravam com olhar ansioso. Claramente, *queriam* que ela conversasse com Josh. Sibyl Martell e Mary Ann Lewis eram grandes amigas dos pais dos Friday e, embora não tivessem dito isso diretamente, estava claro que Caitlin deixar Josh para ficar com Jeremy tivera um efeito adverso na agenda social delas. A ida rotineira de sábado aos antiquários com os Friday fora cancelada naquele fim de semana. Assim como o brunch, que sempre acontecia no primeiro domingo de cada mês, e os jantares semanais regulares de quarta-feira. E Caitlin tinha ouvido as duas sussurrando no quarto na noite em que acontecera — *antes* que tivessem tirado as digitais dela por entrar na casa de Granger, quando Josh era tudo com que tinham de se preocupar. *Por que acha que ela está fazendo isso?*, murmuraram. *Ela está fazendo isso para nos atingir? Talvez isso tenha algo a ver com Taylor?* E: *Pobre Josh. Ele deve estar arrasado.*

Ela odiou a parte do *Pobre Josh*. E a pobre *ela*?

Caitlin deve ter fungado com raiva, porque Sibyl derrubou a faca.

— Querida. Se acha que estamos bravas com você por causa de Josh e Jeremy, não estamos.

— Estamos só tentando entender — interrompeu Mary Ann. — Não importa de quem você goste. Mas os dois meninos são tão... *diferentes*. Não sabemos direito o que você tem em comum com Jeremy.

Caitlin levantou a cabeça, os olhos faiscando.

— Eu não tenho nada em comum com o *Josh*.

Suas mães pareciam intrigadas.

— Mas vocês dois têm o futebol. E gostam de fazer as mesmas coisas. E têm tanta história.

Caitlin bufou em tom de deboche.

— Como se isso fosse tudo. — Ela afastou o pimentão meio cortado. — Sabem, se vocês procurassem me conhecer um pouco melhor, entenderiam por que Josh e eu não temos mais nada a dizer um ao outro. Mas só querem que eu seja a mesma Caitlin previsível de sempre.

Ela fez menção de sair.

— Querida! — chamou Mary Ann. — Não seja assim!

— Nós a apoiamos! — gritou Sibyl.

— Deixa para lá — disse Caitlin por cima do ombro.

Ela queria que fosse verdade. Honestamente, um casal homoafetivo com uma filha adotiva sul-coreana devia entender tudo sobre aceitação, certo? Mas elas pareciam estar tentando dizer as frases certas sem de fato senti-las.

— Volte! — gritou Mary Ann insistentemente. — Nós ainda nem falamos sobre o Sr. Granger!

— Eu não o matei — disse Caitlin enquanto subia para o quarto. — Isso é tudo o que vocês precisam saber.

Ela olhou para baixo por uma fração de segundo. Suas mães estavam ao pé da escada, parecendo tristes, confusas e desamparadas. Caitlin sabia que estava erguendo um muro e se isolando. Provavelmente o mesmo muro que Taylor também erguera. E ainda assim, bem... ela simplesmente não podia se explicar. Não com relação a Jeremy, porque elas não entenderiam.

E não com relação a Granger... porque elas não podiam saber.

CAPÍTULO QUATRO

ALGO AFIADO ARRANHOU O ROSTO de Parker Duvall. Deu um tapa para afastar, mas a coisa voltou e acertou-a novamente. Ela abriu os olhos e viu o mundo de lado, mas, antes que pudesse descobrir por que estava deitada — e por que estava no que parecia ser um campo —, sua cabeça começou a girar loucamente.

Ela fechou os olhos com força para conter o movimento e de repente sentiu vontade de vomitar. *Aah. Andei bebendo.* Só uma pequena pista para o quebra-cabeça.

Tentou abrir os olhos de novo, lenta e cuidadosamente. Desta vez, conseguiu evitar que tudo girasse e examinou o que havia à sua volta. Estava claro lá fora, o sol a meio caminho do alto do céu. Caules secos e pontiagudos de capim meio morto se projetavam do chão até onde podia ver. A distância, assomava um enorme prédio. Onde diabos ela estava?

Finalmente, Parker conseguiu se apoiar em um cotovelo. Movendo-se o mais lentamente possível, ela se sentou. Sentiu o cheiro de fumaça velha de cigarro que vinha de seu agasalho. *Então, eu bebi e fumei.* Deve ter sido uma noite louca.

Ela não ficava de ressaca há séculos. Mas, na época em que era a garota dourada de Beacon Heights, quando sua chegada a qualquer festa significava que o evento era um verdadeiro sucesso, ela fora profissional. Entornando bebida com o resto deles. Igualando-se aos meninos dose a dose. Acordando péssima na manhã seguinte, mas rindo disso, sabendo que tinha se divertido muito.

Era fácil relembrar os dias dourados: ela era loira e bonita, com um bando de amigos e um grupo ainda maior de seguidores. Tirava excelentes notas em todas as matérias sem sequer se esforçar. Tinha o selo de aprovação de Nolan Hotchkiss — eles eram muito chegados, uma dessas amizades platônicas que eram ainda mais próximas e mais legais do que a de qualquer casal. E Julie Redding era uma maravilhosa melhor amiga, a ligação das duas forte e significativa em um mar de relacionamentos superficiais.

Sua vida era perfeita, não era? Exceto por, ah, sim, sua família. Uma mãe que a odiava. E um pai que a espancava. Mas enfim... Talvez fosse isso o que a tornasse tão boa em ser a alma da festa — porque, em casa, seria melhor se estivesse morta. Ela teria mantido essa vida, se não fosse por Nolan... e a ira do pai dela. Agora tudo tinha mudado. Seu pai ficaria preso pelo resto da vida. Ela não tinha mais uma casa para onde ir. E se tornara uma garota diferente: uma garota mais dura, mordaz e irritada, uma Parker Bizarra. Ninguém mais a convidava para as festas. Bem, que se danassem todos eles.

Parker estremeceu, percebendo de repente o quanto estava com frio. O ar tinha um frescor característico da manhã, e parecia que ia começar a chover a qualquer momento. Gradualmente, o prédio distante entrou em foco: uma estrutura de estuque baixa, ampla e barata, em um tom sujo de bege, com portas de metal marrom uniformemente espaçadas. Um adolescente com um uniforme laranja vivo, avental e chapéu de papel saiu de uma das portas com um saco de lixo gigante. Ele jogou-o em uma lixeira e voltou para dentro. Um centro comercial, talvez? Algum lugar com um monte de pequenos restaurantes vagabundos de comida para viagem? Mas como *chegara* ali?

Ela fechou os olhos e tentou pensar. A última coisa de que se lembrava era de sair da delegacia com Julie. *Bem-vinda à Parker 2.0*, pensou. *Completa com cicatrizes, humores sombrios e brancos de memória!*

Parker deu uma olhada em si mesma. Pelo menos estava com as mesmas roupas, embora estivessem cobertas de sujeira. Ela tateou os bolsos. Sua mão sentiu um volume no agasalho, e ela pegou o celular. *Terça-feira, 25 de outubro*, dizia no topo da tela, assim como a hora: 10h04. Ok, então ela só perdera uma noite — lembrava-se de partes da segunda. Ligou rapidamente para Julie, mas caiu direto na caixa postal.

Parker engoliu em seco. Era raro Julie não atender o telefone. Será que alguma outra coisa tinha acontecido? Alguma coisa a ver com a investigação da morte de Granger? De repente, ela se lembrou do arquivo de aparência séria que encontrara na casa de Granger quando elas estavam revirando o lugar atrás de pistas. Lia-se *JULIE REDDING* no envelope, que não parecia ser algo apenas para guardar trabalhos antigos. Teria algo a ver com a mania de acumular coisas da mãe dela, seu êxodo rápido e vergonhoso da Califórnia? Era um segredo que Parker já conhecia há algum tempo, algo que se empenhara muito para manter em sigilo. Antes de Parker perceber o que estava fazendo, já tinha tirado o arquivo da gaveta de Granger e enfiado no bolso.

Ou era sobre alguma outra coisa? Parker tinha certeza de que havia lido o arquivo — ainda na casa de Granger, na verdade —, mas não conseguia se lembrar do que dizia. *Típico*, pensou ela, tateando os bolsos e desejando ainda estar com o arquivo, embora sem dúvida tivesse deixado na casa de Julie. Seu cérebro só trabalhava metade do tempo e se lembrava dos detalhes menos importantes, cortesia da última surra de seu pai.

Ela se levantou e começou a caminhar até a frente do centro comercial, as pernas parecendo pesadas e inúteis. As lojas estavam abertas, as luzes acesas, um pequeno cavalete anunciando uma promoção do dia em frente à loja Verizon no final da rua. Então enfiou as mãos nos bolsos do moletom e sentiu um papel rígido no lado esquerdo. Era o cartão de visita de Elliot Fielder, com o celular dele anotado no verso. *Ligue-me a qualquer hora*, ele lhe dissera na primeira consulta, que também fora a primeira vez que Parker fora a um terapeuta.

Mas isso fora antes de pegá-lo perseguindo-a. Antes de confrontá-lo e ele agarrar seu braço de maneira rude, dizendo que ela precisava ouvi-lo. *Ouvir o quê?*, sibilara Julie no ouvido de Parker quando foram embora. E Parker sentira-se uma idiota — ela deixara Fielder fazer parte de seu círculo íntimo, decidira confiar nele e lhe contara tudo sobre sua vida. E então ele traíra essa confiança, *seguindo-a*.

Parker virou o cartão de visita nas mãos. *Ligue-me a qualquer hora*. As palavras dele voltaram até ela. Lembrou-se de sua voz carinhosa. Mas ela não podia ligar. De jeito nenhum.

Alguém engasgou, e Parker levantou os olhos. Um rapaz de vinte e poucos anos cheio de espinhas, usando uma camisa do Subway, estava em frente à porta, fumando um cigarro. Ele encarou Parker, depois desviou o olhar. Parker cerrou os dentes e se virou, saindo na direção oposta, mas não antes de seu reflexo no salão de manicure ao lado chamar sua atenção. Ela usava uma calça jeans encardida e um agasalho preto sujo fechado firmemente em torno da cabeça. Sua franja loira tinha crescido e caía sobre os olhos. Então seu olhar correu até os nódulos retesados e em forma de corda de uma cicatriz em sua maçã do rosto. Era como todos os outros que formavam uma teia repugnante de um lado ao outro do seu rosto.

A vergonha a fez sentir um nó na garganta, e ela abafou um soluço. Não era de admirar que o funcionário do Subway tivesse se encolhido ao vê-la: parecia um monstro. Por outro lado, todos olhavam para ela assim ultimamente — como se seu lugar não fosse ali, como se devesse rastejar de volta para baixo da rocha de onde saíra. Doía sempre. Apenas duas pessoas no mundo não se encolhiam ao vê-la: Julie... e Fielder.

Depois de dobrar a esquina e ficar fora de vista, Parker pegou o telefone e olhou para o teclado. Então reuniu coragem, digitou o número de Fielder em seu celular e apertou LIGAR. Julie ficaria tão irritada, mas precisava conversar com alguém.

O telefone tocou uma vez, e Parker respirava rápida e superficialmente, o coração acelerado.

O telefone tocou uma terceira vez. Finalmente, ouviu um clique e uma voz familiar do outro lado.

— Parker? — disse Elliot Fielder, parecendo surpreso.

Parker piscou. Não esperava que ele reconhecesse seu número.

— Hã, sim — disse ela. — Oi.

— Oi — respondeu Fielder. — Você está... *bem?*

Parker contraiu o lábio inferior, prendendo-o dentro da boca. De repente, sentiu-se ridícula por procurar alguém que mal conhecia, alguém que a enganara. Ela encontraria sua própria forma de voltar à casa de Julie, então elas descobririam tudo juntas.

— Quer saber — disse ela, decidida. — Deixa para lá. Estou bem.

— Escuta, Parker... Sei por que você está ligando.

Ela quase largou o telefone e olhou em volta. Será que ele a seguira até *ali*, naquele centro comercial vagabundo? Ela tentou vê-lo a distância, mas não havia ninguém em volta.

— Sei sobre seu pai.

Os pelos de sua nuca se arrepiaram.

— O que tem ele? — perguntou ela asperamente.

Fielder expirou devagar.

— Espera, você não sabe?

— Não sabe o quê?

Houve uma longa pausa.

— Não sei *o quê?* — praticamente rosnou Parker.

A voz dele soou trêmula quando finalmente falou.

— Não pensei que teria de ser eu a lhe contar. Parker... — Fez uma pausa. — Houve um acidente no pátio da prisão. Seu pai... bem, ele está morto.

CAPÍTULO CINCO

TERÇA À NOITE, Ava Jalali estava sentada à mesa da cozinha, angustiada com o dever de casa de física — ela estava na turma avançada, para grande espanto de suas amigas fashionistas que só se interessavam pela aparência. Os conjuntos de problemas ficavam mais difíceis a cada unidade. O que também tornava o trabalho praticamente impossível era ter de fazê-lo onde seu pai e sua madrasta pudessem ficar de olho nela — ideia deles, não dela. Depois de sua última complicação com a polícia, eles a observavam praticamente 24 horas por dia, sete dias por semana, como se fosse uma bomba-relógio delinquente juvenil.

Não que seu pai ou sua madrasta, Leslie, estivessem exatamente atentos. Seu pai lia alguns documentos de trabalho na ilha central, enquanto tomava chá. E Leslie corria de um lado para o outro do cômodo, os bonitos cachos modelados no salão mal saindo do lugar enquanto se movia, o vestido de caxemira flutuando graciosamente em torno dos joelhos. Primeiro, ela abria um armário, depois outro. Pegou alguns castiçais, franziu a testa, depois revirou uma gaveta procurando alguns jogos americanos. Surpreendentemente, Leslie fazia tudo isso com uma taça de Chardonnay na mão. Pela contagem de Ava, aquela era a terceira taça e ainda não eram nem cinco horas. *Que classe*.

— Maldição — resmungou Leslie baixinho.

Ela tentava segurar o liquidificador Vitamix com uma das mãos e o queixo, tudo isso para não largar a taça de vinho, mas o aparelho quase escapara. Ela o enfiou em outro armário e fechou a porta com tanta força que Ava pulou da cadeira, rabiscando sem querer a lição de casa de física. Ava tentou olhar nos olhos do pai, mas o Sr. Jalali fingia muito bem estar alheio a tudo. Afinal, por que diabos Leslie estava tão exaltada? O vinho não devia relaxar?

Leslie entrou na sala de jantar pisando duro, ainda resmungando. Ela voltou equilibrando uma pilha de talheres em uma das mãos, a taça de vinho firmemente presa na outra.

— Isso precisa ser polido — bradou em direção ao Sr. Jalali.

Ele se moveu desconfortavelmente em seu banquinho. Claramente percebia que ela estava agindo como uma louca, certo? Ainda assim, tudo o que ele disse foi:

— Vou falar com a governanta.

— Talvez possa mandar Ava fazer isso. — Ava podia sentir os olhos de Leslie sobre ela. — Polir prataria é uma habilidade útil.

O Sr. Jalali colocou a mão no ombro da esposa.

— Querida, temos quase uma semana para nos preparar. Há muito tempo.

Ava não pôde deixar de erguer os olhos de seus problemas.

— Preparar para quê?

O pai de Ava sorriu gentilmente.

— A mãe de Leslie vem de Nova York para nos visitar. Ela ficará conosco por alguns dias, e Leslie decidiu dar uma festa aqui em casa.

— E quero que tudo seja perfeito — intrometeu-se Leslie, tirando uma migalha da bancada com um peteleco da unha carmesim parecendo uma garra. Então lançou um olhar para Ava que dizia, muito claramente, *O que significa que não quero nenhuma confusão sua.*

Ava deu de ombros, embora estivesse fervilhando por dentro. Leslie nunca lhe demonstrara nem um pingo de gentileza e, após a recente ida de Ava à delegacia pelo assassinato de Granger, ela se tornara uma verdadeira bruxa. Ava virou para o pai, mas ele já lia o jornal novamente, como se não sentisse a tensão. Ava estava impressionada em ver como o pai se tornara diferente na presença daquela mulher. Nos velhos tempos — os *bons* tempos —, ele e sua mãe se preocupavam tanto com ela. Havia tanto riso e alegria na casa. Nada daquela limpeza frenética. Nenhum daqueles terríveis olhares cheios de ódio.

O telefone tocou e o Sr. Jalali pediu licença para sair da cozinha e atender a ligação em seu escritório. Leslie começou a contar taças de vinho, pegando algumas e colocando-as de qualquer jeito na pia. Murmurou algo sobre estarem muito manchadas. Parecia que ia ter uma hemorragia cerebral bem ali na hora.

Ava fechou o livro e olhou para Leslie.

— Tenho certeza de que tudo estará perfeito para sua mãe.

Péssima ideia. Leslie virou-se e encarou-a, inflando as narinas.

— *Você* não tem o direito de falar agora.

Ava pressionou o lápis no papel.

— Só estou tentando ajudar. Muito estresse pode deixá-la doente.

Leslie aproximou-se de Ava em um movimento rápido. Ava podia sentir o cheiro de uvas fermentadas em seu hálito.

— Eu me preocupo em deixar as coisas perfeitas porque elas são tão *imperfeitas*. E estou falando de você, principalmente. — Ela acenou a mão em direção à Ava. — Você se veste como uma prostituta. — Então apontou para a calça jeans justa de Ava e, sim, sua blusa talvez *um pouco* reveladora. — Não me admira que ninguém a respeite. O que você estava fazendo na casa daquele professor antes de matá-lo? Transando com ele?

Ava se levantou. Primeiro, odiava que Leslie soubesse sobre o rumor que Nolan havia espalhado de que Ava trocava favores sexuais com os professores por notas altas. Também odiava que os policiais tivessem incluído Leslie na conversa que tiveram com seu pai sobre o motivo de ela ser suspeita de ter matado Granger.

— Eu não toquei nele! — protestou ela.

Leslie revirou os olhos.

— Ok, *certo*.

Ava não podia acreditar. Também não podia aguentar nem mais um segundo. Fechou o livro com força, pegou o caderno e o lápis e subiu depressa, jogando-se na cama e socando o cobertor de seda persa com os punhos. Tinha sido um presente de seus pais após a última viagem deles ao Irã, pouco antes de sua mãe morrer.

Ava sentia falta da mãe. Não suportava viver sob o mesmo teto que aquela mulher. Por que ela odiava tanto Ava? Será que tinha ciúmes?

Ouviu os sons abafados de seu pai conversando com Leslie no andar de baixo. Ele provavelmente estava perguntando para onde Ava tinha ido, e Leslie provavelmente inventara alguma história de que Ava tinha feito um comentário insolente e arrogante e depois fugira lá para cima, como a pirralha mimada que era. Após algum tempo, Ava ouviu a porta da frente abrir e fechar, então o som da voz de Leslie falando irritada sem parar na entrada de casa. Em seguida, ouviu a porta de um carro e depois o ronco de um motor. Ava abriu a cortina e viu o Mercedes do pai se afastar. Eles tinham saído.

Ela suspirou e rolou de costas, olhando para o teto. De repente, sentiu-se dolorosamente sozinha. Quem poderia procurar? Não seu pai, que fora sua rocha por tantos anos. Não Alex, o namorado que amava, porque eles não se falavam desde aquela noite em que ele a vira sair da casa de Granger e a denunciara à polícia.

Alex. Ela ainda não podia acreditar que ele tinha feito uma coisa dessas. Sim, ela sabia o que parecera — ele a vira sair correndo da casa de Granger, corada e descabelada, o vestido meio desabotoado.

Sofria em saber que Alex presumira exatamente o mesmo que Leslie, que ela fora à casa de Granger procurando sexo sem compromisso. Alex sabia que Granger dera em cima dela, e que ficara com outras alunas. Por que ele não podia simplesmente ter lhe perguntado o que estava acontecendo? Ela teria lhe contado. Talvez não toda a verdade... mas perto disso. Mesmo com relação ao que tinham feito com Nolan.

Mas essa era a questão: Alex não havia perguntado. Só chamara a polícia e a entregara. Seu *namorado*. Ela não sabia se estava magoada, irritada ou as duas coisas ao mesmo tempo. Ele achava mesmo que ela era capaz de matar alguém? Será que ele realmente a conhecia?

Ela queria tanto lhe perguntar por que ele fizera uma coisa tão terrível. Porque, sob toda a mágoa da traição, ela *sentia falta* de Alex, como doía. Não falar com Alex, não vê-lo... era tão estranho. Era como se tivesse perdido metade de si mesma.

Seu telefone tocou, e ela deu um pulo. Talvez fosse Alex. Ela havia lhe mandado duas mensagens pedindo para conversar, mas ele não havia respondido.

Era apenas Mackenzie. *A escola anda estranha, né?*

Ava respirou fundo. *Aquilo* era dizer pouco. Por toda parte que virava, havia alunos chorando pelos corredores. A porta de Granger estava enfeitada com flores, e algumas garotas parecendo hippies sentaram-se à sua frente durante o dia inteiro, tocando músicas sobre flores, prados e Paraíso em violões e pandeiros — e os funcionários da Beacon, que geralmente eram tão rígidos em relação à presença nas aulas, tinham *deixado*. Houvera vários anúncios de orações em torno do mastro da bandeira — por que o mastro, Ava nunca soube, mas as sessões de oração sempre pareciam gravitar ali — e já fora comunicado que o funeral de Granger seria na quinta e o comparecimento era obrigatório. Pior ainda, os alunos da Beacon deviam saber de *alguma coisa* — talvez só que Ava estava na casa de Granger antes da morte dele, ou talvez a coisa toda, que ela era suspeita de matá-lo. Alguma vadia vandalizara seu armário no vestiário, espalhando toda a maquiagem, os desodorantes e os produtos de cabelo que guardava lá. Ela ficara na mão e, depois de correr na pista, teve de passar o resto do dia toda suada e desarrumada.

Estranho é pouco, escreveu de volta.

A polícia já entrou em contato com você?, perguntou Mac.

Não, disse Ava. *E com você?*

Mac disse que também não. Ava teve de admitir que estava surpresa — esperava que já tivessem recebido outra visita àquela altura com certeza. Principalmente se tivessem descoberto a história de Ava com Granger — ela tinha ido até a casa dele não fazia muito tempo para que a ajudasse com sua dissertação, e ele deu em cima dela. Ela ficara nervosa o tempo todo durante a aula naquele dia, esperando ver um policial na entrada da sala, mas ninguém apareceu.

Ela suspirou, seus pensamentos voltando para Alex. Se ao menos ele respondesse sua mensagem. Se ao menos ele se *expli-*

casse e ela pudesse explicar também. Ela virou o telefone nas mãos. Precisava conversar com ele, mas ligar não adiantaria. Ele não havia atendido nenhuma de suas ligações nem respondido suas mensagens — por que começaria agora?

Então decidiu que iria à casa dele.

Quando se levantou, Ava viu sua imagem de relance no espelho e quase caiu na gargalhada. Seu cabelo se projetava em todas as direções, sua pele em tom de caramelo, normalmente luminosa, parecia pálida e cansada, e as olheiras agora eram constantes. Ela devia ter perdido um pouco de peso, porque sua calça jeans justa caía nos quadris, e seus seios não preenchiam completamente a camisa. Mas não tinha energia para se transformar em sua versão costumeiramente perfeita, a menina que era inteligente *e* bonita. Alex teria de vê-la daquele jeito. Talvez isso lhe mostrasse exatamente o quanto ela estava sofrendo em razão do que ele havia feito.

Pegar o carro provavelmente lhe causaria mais problemas, então Ava tirou a velha bicicleta de dez marchas da garagem e passou a perna sobre a barra transversal. Enquanto pedalava, ela ensaiava o que iria dizer a Alex quando o visse... *se* o visse. *Eu sei o que parecia, mas não era verdade*, começaria ela. Mas e se Alex a tivesse visto, pela janela, fazendo aquela dança para Granger? O que ela diria? *Eu estava tentando salvar a vida das minhas amigas porque invadimos a casa dele e pensamos que era um assassino?*

Deus, ela estava nervosa. Isso também era novo, porque ela não ficava nervosa diante de Alex, *nunca*.

A casa de Alex ficava a poucos quarteirões de distância, mas ela estava sem fôlego quando chegou lá, a pele úmida em razão de um chuvisco que começara a cair. Ela respirou fundo ao entrar no quarteirão de Alex, que também era o quarteirão de Granger. A casa de Granger ainda estava cercada pela fita amarela da polícia. Técnicos com jaquetas iguais que diziam CENA DO CRIME entravam e saíam pela porta da frente de Granger, e a van de um noticiário estava parada na calçada, a antena gigante se projetando do alto. Ava se encolheu nervosamente, perguntando-se o que tinham encontrado lá dentro. Granger realmente sabia algo sobre o assassinato de Nolan que lhe custara a vida? Ou a perícia forense só estava procurando mais evidências contra *ela*?

Ela acionou o freio a algumas casas de distância. Provavelmente era uma péssima ideia voltar à cena do crime. Os policiais podiam vê-la e presumir que estava ali para rir deles ou algo assim.

Ava estreitou os olhos em direção à casa de Alex. Curiosamente, também estava cercada por policiais. Dois carros de polícia com as portas abertas bloqueavam a entrada. E na varanda havia quatro policiais, os corpos retesados. Pareciam estar gritando com alguém.

Ava se aproximou por trás do carvalho de um vizinho, sem entender direito o que estava vendo. Mas, quando um policial se moveu ligeiramente para o lado, ela percebeu que a pessoa na varanda com quem estavam gritando era *Alex*. Ele agitava as mãos descontroladamente. Então, diante dos olhos de Ava, dois policiais agarraram Alex pelos braços e o viraram. Ele chutou e se debateu e tentou se afastar, mas os policiais pressionaram o rosto dele contra a frente da casa.

Ava arfou.

— Não!

Doía muito ver o garoto que amava ser tratado tão brutalmente. Por que diabos estavam fazendo isso?

Então um dos policiais começou a algemar Alex. Ava deixou a bicicleta cair no chão e atravessou o gramado, já sem medo de mostrar seu rosto, passando pela multidão de investigadores, repórteres e curiosos do bairro.

— Não! — gritou ela de novo. — Parem!
Alex lutava para se soltar.
— Me larguem! — gritava ele. — Já disse que não fiz nada!
— Você tem o direito de permanecer calado — dizia-lhe em voz alta um dos policiais. — Tudo o que disser poderá ser usado contra você no tribunal.
Ava estava perplexa. Estavam dizendo os *direitos* dele?
Ela alcançara o caminho que levava à frente da casa. Passou por mais algumas pessoas até ter uma visão clara da varanda.
— Alex! — gritou ela antes que pudesse pensar melhor. — Alex, sou eu!
Alex virou a cabeça bruscamente e olhou nos olhos dela, boquiaberto. De repente, um policial tocou o ombro de Ava.
— Precisamos que você se afaste. Este rapaz pode ser perigoso.
Perigoso? Alex era o tipo de cara que colocava aranhas para fora de casa em vez de esmagá-las. Tinha sido ele que falara para se guardarem um pouco mais antes do sexo, dizendo que queria esperar até que fosse absoluta e positivamente especial e certo.
— Por que ele está sendo preso? — gritou Ava. Então olhou para Alex. — Alex, o que está acontecendo?
Alex olhou direto através dela. Os policiais o levaram pelo gramado, segurando-o pelos braços. Quando o empurraram para dentro da viatura, um pensamento estranho invadiu a mente de Ava. *Este rapaz pode ser perigoso.* Ela pensou no olhar inexpressivo de Alex enquanto o levavam. O que quer que tivesse acontecido, Alex não pudera lhe explicar.
O policial fechou a porta na cara de Alex, depois seguiu até a frente do carro. As luzes já estavam acesas e, quando abriu a porta, os repórteres vieram para cima dele.

— Policial! — chamaram. — Por que esse garoto foi preso? Pode nos dizer?

Ava inclinou-se para frente, o coração acelerado.

O policial tocou o walkie-talkie em seu cinto, depois olhou para a câmera.

— Tudo o que posso dizer é o que eu sei — disse ele, mal--humorado, a mão no topo da porta. — Que, no momento, Alex Cohen está preso pelo assassinato de Lucas Granger.

CAPÍTULO SEIS

JULIE PAROU NO ESTACIONAMENTO do Judy's Diner na terça à noite. Chovia muito, mas as luzes do restaurante eram quentes e as pessoas lá dentro pareciam felizes e relaxadas. De repente, um lampejo de cabelo castanho-avermelhado dentro do restaurante chamou sua atenção, e ela sentiu um aperto no coração. Seria *Ashley*? Julie não via sua inimiga desde antes do envio do e-mail, e ainda receava o confronto inevitável.

Então olhou novamente. Era apenas outra garota com cabelo de cor parecida. Ela levou uma colher do que parecia ser arroz doce à boca e sorriu para o cara com quem estava sentada. Julie soltou o ar. Ainda não estava mesmo pronta para ver Ashley.

Alguém bateu em sua janela, e ela ergueu os olhos, assustada. Era Parker — a razão pela qual Julie fora ao restaurante —, e estava encharcada. Julie abriu a porta e Parker se jogou no banco do passageiro.

— Não me viu acenando? — perguntou, parecendo irritada. — Podia ter parado mais perto da calçada.

— Desculpa — disse Julie. — Pensei ter visto alguém lá dentro.

— Ashley?
Essa era a coisa com Parker... ela conhecia Julie muito bem.
— Talvez — murmurou Julie.
Parker cerrou os dentes.
— Odeio aquela menina. Tipo, odeio, odeio *mesmo*.
— Sei disso. Eu também.
— Sim, mas está só deixando rolar e aturando o abuso. Por outro lado... — Parker concentrou-se em Julie, observando sua blusa rosa, a calça jeans justa escura e o rabo de cavalo alto. — Você se arrumou. Nem parece tão chateada.

Julie queria contar a Parker que era por causa de Carson — ele ligara para ver como estava e tinham conversado por quase duas horas. Mas às vezes era difícil contar coisas felizes à Parker, considerando a vida atribulada da amiga. Então apenas deu de ombros.

— Só estou tentando lidar com as coisas.
— Acho que devíamos fazer algo contra Ashley em retaliação — grunhiu Parker.
— Tipo o quê? — perguntou Julie enquanto saía do estacionamento. — Esvaziar os pneus dela? Publicar alguma coisa má no Facebook? Ia parecer que somos garotas idiotas do ensino médio tentando se vingar.

Parker afundou no banco e murmurou algo que Julie não pôde ouvir. Julie olhou para a amiga por um instante. Parker estava pálida, e parecia exausta e chateada, provavelmente por algo mais grave do que Ashley.

Os limpadores de para-brisa se moviam ruidosamente.

— Então... onde você esteve, afinal?

Julie não fazia ideia de onde Parker vinha dormindo. Antes de receber a ligação de Parker naquela noite dizendo que estava no restaurante e precisava de carona, Julie estava prestes a relatar seu desaparecimento. Claro, Parker já havia desaparecido antes, mas nunca por tanto tempo, e nunca sem dizer a Julie aonde estava indo.

Por outro lado, elas nunca tinham sido acusadas de assassinato antes.

Parker deu de ombros.

— Por aí.

Julie fez uma pausa em uma placa de Pare.

— Só... por aí?

Perguntava-se se isso significava que Parker não se lembrava. Sentiu uma pontada de medo no peito.

— Quer falar sobre isso? — perguntou ela, hesitante.

— Não.

Julie fechou os olhos. *Queria* que Parker falasse sobre isso, sobre qualquer coisa. Parecia que a amiga estava se fechando cada vez mais, principalmente após a morte de Nolan. Se ao menos o terapeuta que arrumara para ela tivesse dado certo. Em vez disso, sempre que Julie até mesmo pensava em Elliot Fielder e no que ele fizera com Parker, sentia-se devastada por uma culpa tão esmagadora que mal podia respirar. Cometera muitos erros com Parker, coisas terríveis que não poderia desfazer. Teria de ser muitíssimo cuidadosa com ela de agora em diante, prometeu a si mesma.

— Aonde vamos mesmo? — perguntou Parker languidamente, olhando para as sequoias que passaram pela janela.

— Para a casa de Ava — respondeu Julie. — Ela ligou tem um tempinho. O namorado dela foi preso pelo assassinato de Granger.

Parker ergueu uma sobrancelha.

— Espera. O namorado de Ava, o cara que nos delatou?

— Sim. Esquisito, né?

— Definitivamente esquisito — disse Parker em voz baixa quando entraram na rua de Ava. Então limpou a garganta. —

Quer saber outra coisa esquisita? Descobri esta manhã que alguém matou meu pai.

Julie inadvertidamente pisou no freio no meio da rua.

— O *quê*?

— É. Ele morreu no pátio da prisão. Já o cremaram. Já vai tarde, né?

A voz de Parker soou robótica e inexpressiva e, por um instante, Julie pensou que estava brincando. Mas havia dor por trás dos olhos dela. E Parker não brincaria com isso.

Julie segurou a mão de Parker com força.

— Ah, meu Deus — sussurrou ela. — Eu sinto muito. Mas talvez devêssemos estar felizes?

Parker fechou o capuz mais firmemente em torno do rosto.

— Eu sei. — Ela olhou bem nos olhos de Julie, algo que raramente fazia, considerando suas cicatrizes. — Quero dizer, eu sempre falava sobre o quanto o queria morto... e agora ele está. É como se meu desejo tivesse se tornado realidade.

— Meu desejo também — disse Julie com voz fraca.

Mas, estranhamente, a morte de Markus Duvall não lhe deu muita satisfação. Não podia desfazer o que ele fizera com Parker.

Julie desligou o carro quando pararam em frente à casa de Ava e olhou preocupada para a amiga.

— Tem certeza de que quer entrar? Podemos ir embora.

Parker assentiu.

— Estou bem. Sério.

Julie apertou a mão dela de maneira tranquilizadora.

— Bem, se você se sentir desconfortável, podemos ir embora, ok? E é noite de cinema no meu quarto esta noite. Você escolhe o filme. Pode ser até algum do Ben Affleck.

Saíram do carro e seguiram até a entrada. Pouco antes de tocarem a campainha, a porta se abriu. A madrasta de Ava, Leslie, apareceu no hall. Seu olhar era frio, os cantos de sua boca curvados para baixo, e ela balançava para frente e para trás. Quando o vento mudou, Julie pôde sentir o cheiro de vinho branco em seu hálito.

— *Mais* de vocês — disse ela amargamente, olhando para Julie e Parker com desdém. — Estão todas no quarto dela. Por favor, nada de bagunçar tudo, ok?

Julie apenas assentiu, mas Parker fuzilou a mulher com o olhar, inflando o peito.

— Na verdade, eu planejava incendiar a casa. E talvez injetar um pouco de heroína no seu banheiro. Tudo bem?

— *Parker!* — disse Julie, cutucando-a. Parker nunca sabia lidar com figuras que representavam alguma autoridade. Seu pai costumava se aproveitar disso.

A madrasta de Ava olhou de uma garota para outra, claramente irritada.

— *Quem* é você mesmo? — perguntou ela, as palavras ligeiramente arrastadas.

— Vamos — disse Julie, agarrando o braço de Parker e arrastando-a para cima.

Não era de admirar que Ava estivesse sempre reclamando daquela mulher. Ela se comportava como uma cobra pronta para atacar.

Lá em cima, encontraram a porta de Ava entreaberta. Ava estava sentada na cama, e Caitlin e Mac, esparramadas no chão. Todas pareciam abatidas, mas o lindo rosto de Ava estava devastado pelas lágrimas.

Julie lhe deu um abraço apertado.

— Você está bem?

Ava deu de ombros, pegando um Kleenex.

— Na verdade, não. E *você*? Não a tenho visto na escola desde aquele e-mail horrível. — Ela examinou Julie, então sorriu e balançou os brincos pendurados da amiga. — São lindos.

Julie abaixou a cabeça.

— Obrigada. E eu... estou melhorando — disse ela em voz baixa. — Pode ser até mesmo que eu volte para a escola em breve.

Isso graças a Carson, é claro. Ele a encorajara tanto que ela realmente achava que poderia enfrentar os ataques.

— Você deveria mesmo voltar — disse Caitlin gentilmente. — Não deixe que a vejam ficar nervosa. E nós vamos ajudá-la.

— Isso mesmo — ecoou Mac. — Estaremos sempre ao seu lado.

Julie queria abraçar todas elas. Enquanto enfrentava a terrível dor de ter seu segredo revelado, saber que tinha novas amigas, meninas que mal conhecia há apenas algumas semanas, e que não a julgavam, era como um presente. Independentemente do que acontecesse, elas estavam ali para defender umas às outras. Estavam nisso juntas.

Ava fechou firmemente a porta do quarto, e todas se entreolharam por um instante. Então Caitlin respirou fundo.

— Então. *Alex.*

— Não posso acreditar. — Julie olhou para Ava. — Você estava mesmo lá quando ele foi preso?

Ava assentiu, atormentada.

— Eles o arrastaram para fora da casa e o enfiaram no carro. Foi brutal.

— Então você acha que ele... *fez isso?* — perguntou Julie cautelosamente.

Ava mordeu o lábio inferior.

— Sem chance. Ele não esfaquearia ninguém.

Mac limpou a garganta.

— Mas e quanto a isso?

Ela entrou em um site no telefone. O apresentador de um programa local apareceu na tela. *O mais recente suspeito no caso do assassinato de Granger, Alex Cohen, tem um histórico de violência*, disse o repórter com voz séria. *Falamos com Lewis Petrovsky, um estudante que conhecia Alex de sua antiga escola em Monterey, na Califórnia.*

Então viram a imagem de um cara com cachos meio revoltos e sardas. *Todos sabemos sobre Alex aqui*, disse ele. *Ele tinha uma ex-namorada, Cleo, que não conseguia esquecer. Praticamente a perseguia. E uma noite ele deu uma surra no novo namorado de Cleo, Brett, que ficou hospitalizado por um mês.* Os lábios dele tremeram. *Brett é meu melhor amigo. Fiquei tão preocupado com ele.*

O boletim de notícias voltou para o repórter. *O Canal 11 tentou falar com os pais de Cleo Hawkins e Brett Greene para fazer algumas perguntas, mas ainda não conseguimos contato.*

Ava olhava, perplexa, para o telefone de Mac.

— Como isso pode ser verdade?

Julie sentiu uma pontada por dentro. Estava claro que Ava não ficara sabendo daquela parte da história, não através de seu próprio advogado, e certamente não através de Alex. Parecia que alguém tinha acabado de lhe dar um tapa.

Mac se encolheu.

— Sinto muito por ficar sabendo disso assim.

Ava não disse nada. Apertou o botão de reproduzir e o vídeo recomeçou.

— Alex não é assim — disse ela depois que terminou de assistir.

— Mas se encaixa — disse Parker aumentando a voz. — Ele vê você dançando para Granger, surta e o mata.

Ava encarou-a com os olhos enevoados de lágrimas.

— Alex não é do tipo que *surta*.

Caitlin bateu os punhos cerrados nos joelhos.

— Na verdade, meu advogado me contou a mesma história sobre o garoto da antiga escola dele. Aparentemente, os policiais encontraram uma mensagem de Alex para Granger que dizia "Fique longe da minha namorada ou eu te mato".

Ava ficava mais pálida a cada segundo.

— O quê?

— Alex a enviou depois de sua confissão de que Granger deu em cima de você — disse Caitlin em voz baixa. Ela olhou para Ava. — Seu advogado não lhe contou nada disso?

Ava fez uma careta.

— Ainda nem tive notícias do meu advogado. E era para ele ser o melhor. — Ela baixou os olhos. — Mesmo com uma ameaça verbal e uma motivação, e um histórico *supostamente* violento. — Ela disse *supostamente* como se não acreditasse completamente naquilo. — Ainda não parece ser o suficiente para prender Alex.

Caitlin tossiu sem graça.

— Bem, as impressões digitais de Alex também estão na maçaneta de Granger.

— Uau — disse Mac, soltando o ar.

— Por que não fiquei sabendo de nada disso? — exclamou Ava, a voz trêmula.

— Talvez seu advogado ou seus pais estivessem tentando protegê-la? — sugeriu Julie.

Ava balançou a cabeça, parecendo chocada.

— Eu simplesmente não entendo.

Julie olhou para as outras em volta.

— Mas isso significa que não somos mais suspeitas, certo?

— Foi o que meu advogado me falou — disse Caitlin calmamente.

Julie tinha de admitir que se sentia aliviada. Nunca mais queria ver aquela delegacia de novo. Ainda assim, o rosto de Ava tornava a vitória meio amarga.

— Então, se Alex matou Granger — começou ela, trabalhando alguma coisa em sua mente —, e se fez isso por ciúme, isso significa que Granger *matou* Nolan? E que os dois assassinatos não estão relacionados?

— Talvez. — Mac puxou os joelhos em direção ao peito. — Talvez tudo tenha sido esclarecido afinal.

Ninguém falou por um instante. Julie desviou o olhar de Ava. Então Parker limpou a garganta.

— Mais alguém morreu recentemente.

Todas olharam para ela. De repente, Parker não conseguia falar. Julie respirou fundo, sentindo que sabia sobre o que Parker queria falar.

— O pai de Parker foi morto — disse ela.

As outras ficaram sem ar.

— Ah, meu Deus — disse Ava. — Como?

Parker pigarreou, recuperando a voz.

— Ele foi esfaqueado no pátio da prisão. Ainda não descobriram quem fez isso, mas obviamente foi outro preso.

— Uau. — Mac passou os dedos pela costura do edredom de Ava. — São muitas mortes acontecendo por aí.

Caitlin inclinou a cabeça.

— Vocês não acham que é uma coincidência terrivelmente estranha?

— Como assim? — perguntou Mac.

Caitlin olhou para Julie.

— Julie, você disse que o queria morto naquela mesma conversa sobre Nolan que tivemos na aula de cinema. E agora... ele *está*.

Julie de repente se lembrou do que Caitlin estava falando. Antes de planejarem como matar e depois planejarem pregar uma peça em Nolan, todas tinham dito o nome de alguém que queriam matar e como fariam isso. Julie tinha escolhido o pai de Parker. Parando para pensar nisso, ela não dissera que ele poderia ser esfaqueado no pátio da prisão?

— Não quero ser paranoica, mas o momento é estranho — disse Caitlin em voz baixa. — Primeiro Nolan morre exatamente como planejamos, e então o pai de Parker também?

— Caras são mortos na prisão o tempo todo — disse Mac, olhando ao redor da sala.

— Sim — apoiou Ava. — As mortes provavelmente não têm nenhuma ligação.

— Mas vamos bancar o advogado do diabo por um minuto — argumentou Caitlin. — Digamos que *não seja* uma coincidência. Digamos que alguém... eu não sei, tenha *ouvido* aquela conversa. — Ela olhou para Julie novamente. — Eu queria que ainda tivéssemos as anotações que Granger fez sobre nossa conversa. Vocês se lembram o que diziam?

Julie se encolheu. Ela encontrara um bloco amarelo no escritório de Granger, que tinha anotações feitas claramente em relação à conversa que tiveram naquele dia. Ela olhou para Parker para confirmar.

Parker assentiu.

— Dizia "Nolan: cianureto". Se Granger matou Nolan, então foi assim que ele teve a ideia do cianureto... e como soube que poderia nos incriminar.

— *Todos* os outros nomes que escolhemos estavam lá? — perguntou Ava.

— Acho que sim — disse Julie. — Havia algo sobre Leslie, e Claire...

Mac olhou para o teto.

— Eu falei da Claire. — As bochechas dela ficaram vermelhas.

— E o pai da Parker — acrescentou Julie. — Granger tinha anotado todos eles.

— Mas não Ashley Ferguson — acrescentou Parker, e Julie assentiu.

Era verdade. Talvez ele simplesmente não soubesse quem era Ashley na época. Ela não fazia a aula de cinema.

— Vocês acham que é possível que alguma outra pessoa também tenha nos ouvido? — interrompeu Caitlin. — Fora Granger?

Julie franziu a testa.

— Alguma outra pessoa na sala?

Caitlin deu de ombros.

— Eu não sei. Provavelmente.

— Mesmo que tivessem ouvido, o que você está dizendo? Que essa pessoa entrou no pátio de uma prisão de segurança máxima e esfaqueou um cara até a morte?

— Talvez? Vamos só pensar no assunto. Quem mais estava na sala naquele dia?

Ava fechou os olhos.

— Ursula Winters. Renee Foley. Alex, mas ele estava do outro lado da sala, conversando com Nolan.

— Oliver Hodges, Ben Riddle e Quentin Aaron — acrescentou Mac. — James Wong.

— O pai dele é congressista, e é certo ele entrar na admissão antecipada de Harvard — interrompeu Ava. — Ele não faria nada tão estúpido. Risquem-no da lista.

— Ah, como se *nós* não fôssemos fazer nada tão estúpido quanto pregar uma peça em alguém, porque vamos para Juilliard e temos bolsas de futebol e tudo mais? — disse Mac.

Ava ficou pálida.

— Tudo bem — admitiu ela. — James Wong também poderia ter nos ouvido.

— Claire estava lá — acrescentou Mac. — Então talvez seja ela? Se me ouviu dizer que a queria morta, ela seria do tipo que se vingaria.

Caitlin bateu com o dedo nos lábios.

— E quanto a Ursula? Ela quer me vencer a todo custo.

— *Matando* pessoas? — Parker olhou para elas com ar cético. Julie tinha de admitir que parecia bastante extremo. Ninguém disse nada.

Julie fechou os olhos, notando como elas soavam.

— Pessoal, isso é loucura. Ninguém além de Granger nos ouviu. E eu vi aquele bloco com meus próprios olhos. Mesmo que os policiais o encontrem, nossos nomes não estão lá. Não prova nada.

— O que aconteceu com o bloco? — perguntou Caitlin. — Você sabe?

Julie tentou pensar, mas elas estavam com tanta pressa de sair de lá quando o Sr. Granger, voltando para casa cedo, as surpreendeu.

— Não tenho certeza — admitiu ela.

Parker parecia confusa também.

— Pensei que eu o havia pegado, mas não tenho a menor ideia de onde pode ter ido parar.

— O que significa que ainda está por aí em algum lugar. — Ava parecia preocupada. — A polícia pode tê-lo encontrado na casa de Granger. Ou pode estar com outra pessoa. A pessoa que *de fato* matou Granger.

Mac tinha se jogado na cama enquanto conversavam, o cabelo louro-escuro espalhado em torno dela.

— Meninas — disse ela —, estamos nos preocupando à toa. A morte do pai de Parker não tem nada a ver com isso... conosco. Ele provavelmente já era um alvo considerando o que fez com Parker. Quero dizer, as pessoas que machucam os filhos não costumam ser atacadas na prisão? Esta é a última coisa com a qual devíamos nos preocupar. Imaginem como seria difícil para alguém no ensino médio providenciar a morte de um *prisioneiro*?

— Ela provavelmente está certa — disse Julie.

— Sim. — Caitlin enfiou os braços para dentro do moletom e se abraçou. — Desculpe ter tocado no assunto.

— Está tudo bem — disse Mac, apertando o braço dela. — É bom pensar sob todos os ângulos. Mas no momento devíamos estar vendo o lado positivo de tudo isso. É péssimo Alex ter sido preso, mas isso significa que estamos bem. Podemos deixar tudo para trás.

— Você tem razão — disse Julie suavemente. Elas deviam estar emocionadas, felizes e aliviadas naquele momento, sem se preocupar com teorias aleatórias e loucas que não faziam sentido. Elas não iam para a prisão. Parker ainda estava com ela. E tinha boas amigas, que se preocupavam com ela, independente do que acontecesse.

Talvez fosse tudo de que precisavam no momento. No entanto, enquanto se recostava, não podia deixar de dizer mais uma coisa.

— Coincidência ou não, estou realmente feliz que Markus Duvall esteja morto.

CAPÍTULO SETE

QUARTA À NOITE, Mac estava de frente para o espelho de seu quarto, segurando um vestido novo com uma estampa vibrante e espalhafatosa de peônias. Sua mãe provavelmente o comprara naquela tarde, e o deixara em sua cama com um bilhete que dizia: *Me vista esta noite!* Mac torceu o nariz. Com os óculos de armação escura e grossa de Mac e os cabelos louros rebeldes, a roupa a fazia parecer meio bibliotecária, meio *Os pioneiros* — em outras palavras, nem um pouco legal. Por que não podia usar jeans? A festa da Juilliard era *tão* chique assim?

Talvez fosse. Afinal, era o evento oficial de boas-vindas da Juilliard para o estado de Washington. E ela estava ansiosa para conhecer alguns de seus novos colegas de turma.

Só não estava tão animada com a ideia de ficar cara a cara com Claire.

Mac não tinha visto Claire a semana toda. Vinha evitando-a na escola, passando por corredores diferentes se soubesse que seus caminhos se cruzariam, optando por ir à biblioteca na hora do almoço. Até mesmo pensara em faltar o ensaio da orquestra, mas, estranhamente, Claire não aparecera. Normalmente, teria sido um problema, mas o encontro era opcional naquela semana, já que a orquestra estava apenas aprendendo uma série de peças novas e não ensaiando para algum evento em particular. Mac se perguntou se Claire também a estava evitando.

Ela vinha evitando Blake também — toda vez que o via nos corredores, se enfiava em uma sala de aula para que não precisassem se encontrar. Quanto àquele cupcake com balas de goma, ela deixara Sierra comê-lo, sem lhe dizer de onde tinha vindo. Observara desanimadamente Sierra lamber a cobertura de seu dedo, não desperdiçando nenhum pedacinho. E aquele cartão que Blake lhe dera? Mac o jogara no porta-luvas do carro, junto com cartões vencidos de seguro e um monte de mapas rodoviários desatualizados. Esperava encontrá-lo anos depois, quando fosse bem-sucedida e descolada, e Blake não tivesse a mínima importância.

Ela deixou cair o vestido de volta na cama, revirando os olhos. Provavelmente nem cabia nela. Talvez devesse só ficar em casa — realmente não estava preparada para isso. Então se lembrou da conversa que ela e as outras garotas tiveram na casa de Ava no dia anterior. Estavam livres da acusação pelo assassinato de Granger. Parecia que também já não eram mais suspeitas no caso de Nolan. Era como se tivesse recebido uma nova vida, certo? Ela devia aproveitar ao máximo.

Quanto àquela conversa sobre a lista, a ideia de que alguma outra pessoa pudesse ter ouvido quem queriam ver morto e estivesse agindo baseada nisso? Bem, era loucura.

Ok, decidiu — ela iria. Mas definitivamente não com aquele vestido de peônia. Caminhou até o armário, afastou alguns cabides e escolheu um vestido azul-esverdeado escuro em lã buclê que tinha comprado em Nova York quando foram conhecer Juilliard no ano anterior. Sua mãe fora contra, porque era meio curto, mas talvez fosse uma coisa boa. Ela escolheu um par de botas e vários colares de contas. Muito melhor.

Poucos minutos depois, passou um pouco de brilho nos lábios, colocou uma Tic Tac de laranja na boca e seguiu para a porta.

— Tchau! — disse por cima do ombro para os pais, que estavam sentados no escritório, ouvindo uma ópera de Wagner com os olhos fechados.

Trinta minutos depois, Mac entregou suas chaves ao manobrista de um pequeno restaurante brasileiro chamado Michaela no centro de Seattle. Respirou fundo e entrou. Um remix de bossa nova soava pelos alto-falantes, e por toda parte pendiam lâmpadas Edison em gaiolas de metal, projetando uma agradável luz âmbar pelo lugar. Barmen preparavam mojitos sem álcool atrás do bar, e bandejas cheias de bananas fritas e coxinhas de frango com queijo eram servidas pelo restaurante. Em uma mesa comprida, fora do espaço principal, havia etiquetas com os nomes de todos os participantes. Lá, dobrado ao meio, estava o nome de Mac. A emoção tomou conta dela ao pegá-la. Ela havia conseguido — estava indo para Juilliard. Sentiu um formigamento de orgulho e entusiasmo.

— Ora, ora, ora. Você veio.

Mac piscou sob a luz fraca e viu o rosto de fada de Claire abrir um sorriso debochado a apenas alguns centímetros de distância. Ela já tinha colado sua etiqueta no seio esquerdo: *Olá, meu nome é Claire Coldwell.*

Mac engoliu em seco, empurrando os óculos mais para cima do nariz.

— Hã, eu tenho que... — disse ela, só querendo fugir.

Claire parou sob o arco, sem deixá-la passar. Era quinze centímetros mais baixa do que Mac, o corpo pequeno que Mac sempre invejava, mas de repente parecia mais alta.

— Blake me deixou, você sabe — sibilou ela. — Tudo por sua causa.

Mac olhou para seus calcanhares gorduchos, pensando no que Blake lhe dissera no outro dia. Então era verdade. Bem, tanto fazia. Blake terminar com Claire não significava nada.

— Sinto muito por ouvir isso — disse Mac.

E depois:

— Com licença.

Porque, sério, o que mais podia dizer? Elas já não eram mais amigas. Não eram nada.

Ela passou pela ex-amiga e se aproximou de um grupo de jovens — quaisquer jovens — só para ter o que fazer. Eram vários meninos nervosos e agitados de paletó e gravata, e uma garota com botas baixas de salto fino e um vestido de renda preto que Mac na mesma hora adorou.

— Oi, eu sou a Mackenzie.

Ela estendeu a mão para um menino magro e afeminado com mãos delicadas e cílios longos.

O menino apontou para sua etiqueta.

— *Olá, meu nome é Lucien* — disse ele ironicamente. — Eu toco flauta.

— Prazer em conhecê-lo! — sorriu Mac.

Os outros foram dizendo seus nomes e instrumentos. Então começaram a falar sobre a cidade de Nova York.

— Alguém já esteve lá? — perguntou uma menina chamada Rhiannon, maravilhada.

Lucien assentiu.

— Meus pais me levaram lá no meu aniversário no ano passado. É incrível — falou efusivamente. — Mal posso esperar para voltar.

— E é tudo muito caro, certo? — disse um garoto chamado Dexter, que tocava piano. — Ouvi que, tipo, um pacote de chiclete custa cinco dólares.

— Sim, mas a energia compensa isso — disse Mac, animada.

Ela estivera em Nova York — em um acampamento da orquestra com Claire, na verdade. Procurou afastar as lembranças das duas correndo pela Times Square com camisas I ♥ NY iguais, comendo sacolas de doces na Dylan's Candy Bar, entrando de fininho no palco do Carnegie Hall para ver como era e saindo de lá perseguidas pelos seguranças.

— Embora você tenha que ignorar os rumores — continuou ela. — Nem todos lá são assaltantes ou batedores de carteira. E *não* há jacarés vivendo nos esgotos.

Dexter bufou e revirou os olhos.

— Sim, mas há ratos enormes vivendo nos metrôs.

— Verdade. — Mac fez uma careta. — E são nojentos.

Todos fizeram sons desagradáveis. Mac podia sentir o olhar de Claire em cima dela, mas se recusava a se virar. Iria se divertir naquela noite, droga. E isso significava não trazer o passado para o presente.

Um garoto alto e louro, de ombros largos e covinha, se aproximou. Mac deu uma olhada em seu blazer, mas ele não estava usando nenhuma etiqueta.

— Esse parece o grupo divertido — disse ele com entusiasmo.

Lucien tomou um gole de sua bebida.

— Estávamos falando sobre ratos de metrô. Conversa típica de quem está se conhecendo.

Os olhos do menino novo imediatamente se fixaram em Mac.

— Ratos de metrô? Eca.

Mac riu e resistiu ao impulso nerd de empurrar os óculos para cima do nariz.

— Você tem medo?

O menino sorriu.

— De ratos? Não. Cresci em uma fazenda. Mas ouvi falar que a população de roedores da cidade de Nova York é superinteligente. Tipo, eles sabem fazer truques. Pegar, rolar, falar várias línguas.

— Discutir com motoristas de táxi? — interrompeu Mac.

O rapaz sorriu.

— Pechinchar com os caras que vendem bolsas Gucci falsas na Canal Street.

— Passar pelas cordas vermelhas nos clubes — brincou Mac, divertindo-se.

O rapaz estendeu a mão.

— Eu sou Oliver. Toco piano.

As palmas das mãos dele eram aveludadas, mas com pequenos calos nas pontas dos dedos. Seu toque fez Mac sentir um arrepio pelo corpo todo.

— Mackenzie. Violoncelo. Prazer em conhecê-lo.

— Muito prazer em conhecê-la também, Mackenzie Violoncelo. — Ele olhou fixamente nos olhos dela. — Fico sempre impressionado com a forma como vocês, violoncelistas, carregam aquela coisa para todo lado, como se não fosse nada. Fazem parecer tão fácil.

— Aprendemos isso primeiro — provocou Mac. — Transporte de Violoncelo para Iniciantes. Antes mesmo de aprendermos a tocar qualquer nota.

Ela não podia acreditar que as palavras saíam de sua boca tão sem esforço. Nunca fora capaz de flertar assim com Blake. Talvez porque sempre ficasse muito tensa perto dele.

— A-há. Agora eu sei. Sempre me perguntava isso.

Ele tinha uma risada bonita, pensou Mac — forte e sonora, quente. Mas então ela sentiu uma pequena pontada triste no peito, que a irritou. *Ele não é o Blake*, disse uma voz baixa em seu ouvido.

Ela se encolheu. *E daí?*, pensou decididamente. Blake a feriu. *Não*, corrigiu ela... Blake a *sacaneou*.

Mac se esforçou para voltar a se concentrar em Oliver. Ele estava contando alguma história sobre outra violoncelista que conhecia da escola, uma pequena garota japonesa quase do tamanho do instrumento, mas que o dominava completamente.

— E vocês, pianistas? — perguntou quando ele terminou.
— Deve ser preciso muito treinamento para aprender a mover um piano.

— Eu pareço o tipo de cara que realmente moveria seu próprio piano? Tenho pessoas que fazem isso por mim. — Seus olhos verdes brilharam. — É por isso que o escolhi em primeiro lugar... para que meus servos pudessem fazer todo o trabalho pesado.

Mac tentou não rir.

— Entendo. E Juilliard sabe? Que você é uma diva assim, quero dizer.

Oliver inclinou-se para ela.

— Não. E vamos manter isso entre nós, está bem?

Mac colocou as mãos nos quadris, fingindo ar sério.

— O que eu ganho com isso?

— Bem, isso ainda veremos, Mackenzie Violoncelo. Não é mesmo?

— Acho que sim — murmurou ela.

Oliver tinha um cheiro bom de limpeza — como limões e algo salgado, lembrando-a do mar. Era um cheiro totalmente diferente do aroma açucarado de Blake. *E isso é bom*, lembrou a si mesma.

Alguém bateu em seu ombro e, ao virar, Mac viu-se cara a cara com uma mulher de meia-idade num tailleur de tweed marrom.

— Olá, meu nome é Olga Frank, sou a responsável pelo setor de admissões do noroeste! — balbuciou a mulher, com um largo sorriso. — Mackenzie Wright! Estava procurando você!

Mackenzie apertou a mão estendida da mulher.

— Muito prazer em conhecê-la. Obrigada por tudo.

Olga acenou a mão.

— Ah, não me agradeça, querida. Você conquistou seu lugar. Agora venha comigo, há outros músicos de cordas que quero que conheça.

Ela puxou Mac pela mão em direção a um grupo de jovens na parte de trás do restaurante. Mac olhou para Oliver por cima do ombro, com um sorriso de desculpas. Ele piscou em resposta, e ela abafou uma risadinha. Flertar era *divertido*.

Depois de quinze longos minutos jogando conversa fora com dois violinistas, um instrumentista de viola de arco e um harpista, Mac voltou abrindo caminho pela multidão. Queria encontrar Oliver novamente. Finalmente, Mac o viu no outro lado do bar, falando com alguém que não podia ver.

Mac olhou para o barman e indicou o jarro de ponche.

— Me dá dois desses?

O barman atendeu seu pedido, sorrindo ao lhe entregar os copos. Com as bebidas na mão, Mac dirigiu-se para Oliver. Mas, ao dobrar a esquina, percebeu com quem ele estava falando.

Claire.

Sua velha amiga balançava os cachos curtos e soltos, rindo de algo que ele acabara de dizer. Então tocou casualmente o braço dele quando começou a falar. Oliver não se afastou.

Mac fervilhou de raiva. Claire tinha ativado completamente o modo flerte — e não era uma coincidência ter escolhido Oliver para flertar. Mac podia apostar que Claire o vira com Mac antes.

Mac ficou a alguns metros de Claire e Oliver, sem saber o que fazer. Estava tentando pensar em algo inteligente para dizer e interromper o bate-papo dos dois quando Claire levantou a cabeça e viu que ela olhava. Então colocou possessivamente a mão no cotovelo de Oliver e murmurou: *Perdeu*.

Mac sentia o ódio inflamá-la por dentro. De repente, soube o que tinha de fazer. Não iria recuar mansamente como fizera quando Claire dera em cima de Blake. Desta vez, ela iria contra-atacar.

Jogando o cabelo para trás com um gesto confiante, lambeu os lábios para deixá-los brilhando e foi direto até Oliver. *Ele é meu*, pensou ela.

Desta vez, iria ficar com o cara. De qualquer jeito.

CAPÍTULO OITO

NAQUELA MESMA NOITE, Caitlin e Jeremy caminhavam pela rua principal de Beacon Heights. Tinham acabado de sair do cinema, e estavam tomando sorvete e olhando as vitrines. O sol havia se posto, as luzes das lojas estavam acesas e a rua tinha uma atmosfera festiva — a música tocava nos bares, um guitarrista de rua fazia uma interpretação arrasadora de "Come Together", e havia jovens reunidos em cada esquina, rindo e conversando. Caitlin segurava o sorvete em uma das mãos e a mão de Jeremy na outra, plenamente consciente de quão expostos estavam. Mas eles tinham mesmo que aparecer juntos em público alguma hora. E era tão... *bom*. Parecia tão certo. Ela estava com Jeremy Friday, não Josh Friday, e estava completamente orgulhosa disso.

Uma gota de sorvete de baunilha deslizou pelo queixo de Jeremy, e Caitlin estendeu a mão para limpar com o polegar. Ele agarrou a mão dela e enfiou o polegar em sua boca, lambendo o sorvete. O corpo de Caitlin vibrou ao sentir a língua dele na ponta do seu dedo. Ela se inclinou para frente e puxou-o em direção a ela, beijando-o firmemente.

— Hummm. Menta com chocolate — murmurou ele em seus lábios.

— Meu favorito — disse ela com um suspiro.

Jeremy olhou para ela carinhosamente.

— Eu sei. Sempre foi. Com exceção de seu breve flerte com o sorvete de baunilha com calda de caramelo na segunda metade do fundamental.

Caitlin riu, mas, por dentro, sentiu-se apreciada. Ela conhecia Jeremy quase a vida inteira — participaram juntos de jantares e até de viagens das famílias Martell-Lewis-Friday, e depois, na época em que namorava Josh, ela passava muito tempo na casa dele. Não percebera que, durante todo aquele tempo, Jeremy vinha prestando atenção nela de uma maneira que Josh nunca fizera. Ele se lembrava de como ela odiava o professor de geometria de dois anos atrás, que a primeira coisa que comera depois de tirar o aparelho fora bala puxa-puxa, e que sua maneira preferida de irritar Taylor era fingir tirar uma moeda de trás da orelha dele, principalmente porque seu tio Sidney fazia isso e os dois detestavam. Caitlin podia garantir que Josh não se lembrava de nada disso. Ouvir Jeremy referir-se a todos esses detalhes fazia Caitlin se sentir tão amada. Tão... notada.

Jeremy a puxou para um banco em frente à papelaria. Ela se sentou o mais perto dele que pôde, desfrutando do calor de seu corpo enquanto a brisa fresca da noite roçava seu rosto.

— Então, o que você achou do filme?

Caitlin franziu o nariz, e ele tocou-o levemente com a ponta do dedo.

— Amei. E você?

— Amei. Mas não entendi bem...

— ... como ele conseguiu trocar as fórmulas e então fazer a coisa com os tentáculos sair de baixo do banco? — interrompeu ela.

— Exatamente. É como se você lesse minha mente. — Ele sorriu.

Caitlin roçou o rosto no casaco de marinheiro de Jeremy, a lã azul-marinho arranhando sua bochecha. Josh nunca teria ido ver um anime japonês com ela. Teria descartado com uma risada dizendo que era "nerd demais".

Jeremy passou um braço em volta dos ombros dela e a puxou para perto.

— Queria poder ir para uma das nossas casas em vez desse banco frio e duro de parque.

Ela suspirou.

— Eu sei. Talvez possamos fazer isso em breve. Minhas mães podem reconsiderar, nunca se sabe.

Jeremy ergueu uma sobrancelha.

— As coisas melhoraram?

— Ligeiramente. Desde que nos livramos das acusações pelo assassinato de Granger, elas pararam de me seguir. — Caitlin revirou os olhos.

— Ei! — Jeremy sorriu. — Isso é fantástico. E com relação a mim?

— Elas vão mudar de ideia sobre você também — disse Caitlin com voz suave.

Pelo menos, *esperava* que suas mães mudassem. No entanto, quando lhes contara que ia sair com Jeremy naquela noite, seus sorrisos falsos perderam um pouco o brilho.

De repente, seu telefone zumbiu no bolso. Ela pegou-o e atendeu sem olhar o número.

— Parabéns, cocapitã! — berrou uma voz familiar em seu ouvido.

Caitlin levou alguns instantes para perceber que era sua treinadora de futebol, Leah.

— Espera, o quê? — falou ela no telefone. Ela podia sentir Jeremy olhando para ela com ar curioso, então sorriu para ele e murmurou *treinadora Leah*.

— Você e Ursula foram eleitas cocapitãs! — O tom de voz de Leah era alto. — Contei os votos do treino de hoje, e vocês duas foram as vencedoras!

Caitlin piscou.

— Sério?

Ela não pôde impedir que um sorriso largo e estúpido se abrisse em seu rosto. Tinha pensado que, depois de tudo, sua chance estaria arruinada. Apesar de Alex ter sido preso, ainda estava preocupada com o fato de a associação com o assassinato de Granger marcá-la negativamente. Não que alguém sequer tivesse deixado claro que *sabia* sobre sua associação com a morte de Granger, mas ainda assim.

E no fim das contas... ela era capitã de qualquer maneira. Abriu mais ainda o sorriso. Nem mesmo o fato de ter Ursula Winters como cocapitã poderia abatê-la. Caitlin e Ursula se conheciam há anos, jogando em equipes de futebol que excursionavam para fazer amistosos e dividindo beliches em acampamentos de futebol, mas sempre tinham sido rivais em vez de amigas. Parecia que Ursula estava sempre tentando ao máximo contradizer Caitlin. Se Caitlin dissesse algo engraçado, Ursula se recusava a rir. Se Caitlin sugerisse que o time usasse faixas de cabelo iguais para o dia do espírito escolar, Ursula dizia que era uma ideia estúpida e que, em vez disso, deveriam usar pulseiras de borracha. Caitlin não sabia o que tinha feito para a garota detestá-la tanto.

Sua mente voltou por alguns instantes à conversa que tiveram no quarto de Ava sobre a lista que tinham feito na aula de cinema, e o fato de Ursula também estar naquela turma. Entretanto, rapidamente tirou aquilo da cabeça.

— Isso mesmo! — vibrou Leah. — Parabéns, capitã! Sei que fará um excelente trabalho.

Antes de desligar, Leah falou mais alguns detalhes, explicando que ela precisaria começar a comandar alguns treinos e ajudar a planejar atividades motivacionais. Caitlin apertou o botão para encerrar a ligação e pressionou o celular entre as palmas das mãos. Então respirou profundamente e olhou para Jeremy.

— Sou capitã! — exclamou, passando os braços ao redor dele.

Jeremy ficou imóvel por um instante.

— Capitã! — disse ele devagar. — Do quê... do time de futebol?

— *Dã!* Sim! — Caitlin soltou-o do abraço e saltou do banco, fazendo uma dancinha em frente a ele.

Jeremy olhou para ela meio de lado.

— Então isso é bom?

— É claro! — Caitlin parou, percebendo que havia algo errado. — O que houve? Você parece... Eu não sei. Irritado.

Jeremy pareceu alarmado.

— Claro que não! Eu só... Pensei que você estivesse em conflito com relação ao futebol. Só isso.

Caitlin voltou a sentar-se.

— Não significa que quero parar de jogar. — Ela pegou a mão dele. — Haverá um jogo em algumas semanas, no qual as capitãs entram em campo com seus acompanhantes do Baile de Boas-vindas. Você vai comigo? Por favor?

— Baile de Boas-vindas? — Jeremy puxou seu colarinho. — Ah, Deus. Bailes não são minha praia.

— Vamos. Vai ser divertido!

Ela pegou o telefone, percebendo que tinha um milhão de pessoas para ligar. Suas mães, Vanessa Viking, Josh...

Josh. É claro que não poderia ligar para Josh, não com Jeremy sentado bem ali. Provavelmente nunca. Isso era meio chato. Josh saberia apreciar aquela coisa de ser capitã. Não lhe perguntaria se ela ainda estava em conflito. Não falaria como odiava o Baile de Boas-vindas.

Jeremy passou as mãos em volta da cintura dela, abraçando-a com força.

— Ok, bem, se você está feliz, *eu* estou feliz. — Então ele se levantou. — É melhor a gente ir. Vamos, vou deixar você em casa.

Ele a guiou em direção ao estacionamento, e Caitlin seguiu atrás dele, sua sensação de felicidade ligeiramente entorpecida. Não era que sentisse *falta* de Josh nem nada assim. Com certeza não o queria de volta. Só queria que a reação de Jeremy tivesse sido... diferente. Mais entusiasmada. Mais compreensiva, como ele era com relação a todo o resto.

— Então... — disse Jeremy, apertando a mão dela e fazendo-a voltar para o presente. — Vamos fazer algo no sábado à noite.

— Mesmo? — Os olhos de Caitlin se iluminaram.

Jeremy assentiu.

— Vou planejar todos os detalhes. Você só precisa aparecer, ok?

— Tudo bem — disse ela, subindo na motocicleta atrás dele e abrindo um largo sorriso.

Ele ia levá-la para comemorar, não ia? Talvez àquele novo restaurante de churrasco que queriam experimentar. Ou àquele asiático com a comida picante que Josh tinha receio.

De repente, Caitlin sentiu-se invadida por uma onda de euforia. Jeremy *estava* reagindo do jeito certo. Ela era boba de ter duvidado.

CAPÍTULO NOVE

NA QUINTA DE MANHÃ, Ava colocou um vestido envelope Diane Von Fürstenberg grafite que chegava à metade de sua panturrilha, meias-calças grossas e escuras e botas até o joelho e completou o look com um blazer preto, depois pegou seus maiores óculos de sol e desceu as escadas para encontrar o pai. Poderia ter listado mil lugares a que preferiria ir em vez do funeral de Lucas Granger, mas Ava não tinha escolha.

— *Jigar* — seu pai a cumprimentou, usando o apelido persa pelo qual sempre a chamara.

Sua mãe tentara chamar Ava assim também, mas sua terrível pronúncia sempre fizera o pai rir, então ela desistira e passara a chamá-la de Docinho.

Ava ajustou o cinto ao redor da cintura e sorriu para ele.

— Está pronto?

— Sim, minha querida.

O Sr. Jalali levou a mão à maçaneta, mas então hesitou. Olhou para Ava como se quisesse lhe perguntar algo, mas então balançou a cabeça e saiu pela porta.

— O que foi? — perguntou Ava, correndo para a Mercedes e sentando-se no banco do passageiro.

O Sr. Jalali ligou o carro, então a encarou com um olhar sentido e demorado.

— Só odeio estarmos indo a um funeral. — Ele puxou seu colarinho. — Continuam sendo difíceis, mesmo depois de todo esse tempo.

Ava engoliu em seco. Ele estava falando da mãe dela. Não era o único funeral a que ela fora — houvera outros, mais recentemente o de Nolan —, mas o de sua mãe, é claro, fora o mais devastador. Ela relembrou aquele dia horrível em que ela e seu pai estavam sentados na igreja — o testamento de sua mãe determinara que fosse um serviço ecumênico, misturando tradições cristãs e muçulmanas —, ouvindo o pastor falar, olhando para a grande fotografia de sua mãe que escolheram juntos para ficar por cima do caixão. Ava segurara firmemente a mão do pai durante toda a cerimônia. Na outra mão, ela segurava um cachorrinho de pelúcia que a mãe lhe dera alguns dias antes do acidente de carro. Fora seu último presente para Ava, e de repente parecera a coisa mais importante do mundo.

Ava olhou para o pai, então, querendo dizer tanta coisa para ele. Ela sentia tanta falta dele; parecia que havia uma grande distância entre eles agora, e ela queria dar um jeito de aproximar os dois. Tinha sido doce da parte dele ir àquele funeral com ela, percebeu. Ele não precisava estar ali. Ela respirou fundo, prestes a dizer tudo isso, quando de repente ouviram um barulho vindo pela janela aberta. Leslie irrompeu na varanda, o celular pressionado firmemente à orelha.

— Não, não, *não* — rugiu Leslie ao telefone. — Eu lhe disse que não quero nenhuma tulipa. Tulipas parecem uma coisa *barata*. Você não entende o ambiente que estou tentando criar aqui? É uma festa importante para minha mãe. Talvez eu deva arrumar outro florista. Porque não é tarde demais, e tenho certeza de que... — Leslie ficou em silêncio por um milésimo de segundo. — Que bom. Foi o que eu pensei.

Ava conteve uma risadinha quando Leslie deu um passo atrás e quase tropeçou no batente da porta, a mão livre se agitando descontroladamente no ar. Leslie deve ter sentido os olhos de Ava sobre ela, porque virou e encarou-a, irritada. Então voltou o olhar para o Sr. Jalali.

— Firouz? Quanto tempo isso vai demorar mesmo?

O pai de Ava deu de ombros.

— Talvez algumas horas?

Leslie parecia aflita.

— Realmente preciso de sua ajuda com as flores — gemeu ela, então revirou os olhos. — Deixa para lá.

Ela voltou para a casa, batendo a porta.

O Sr. Jalali cerrou a mandíbula e saiu. Ava olhou para a minibolsa em suas mãos, o momento entre eles agora perdido. Após um minuto, seu pai pigarreou.

— Leslie está se esforçando muito, sabe.

Ava olhou para ele, incrédula.

— De que maneira?

— Ela quer se aproximar de você — tentou o Sr. Jalali.

Ava bufou. A última coisa que Leslie queria era se aproximar dela.

— Ela a respeita muito — acrescentou o Sr. Jalali. — Está muito impressionada em ver como você está indo bem na escola, com as notas que tirou nas provas de admissão para a faculdade.

Ava olhou para ele. Era mais provável Leslie pensar que Ava tinha dormido com um dos fiscais das provas para conseguir algumas respostas. Por que era tão difícil entender que ela havia tirado boas notas por conta própria? Mais estranho ainda, por que seu pai pensava que Leslie torcia por Ava? Ele era tão cego assim? O que *mais* com relação a Leslie ele não via?

Todas as coisas horríveis que Leslie dissera sobre ela estavam na ponta da língua, prontas para sair. Seu pai não parecia perceber quem realmente era a mulher com quem se casara.

Mas, estranhamente, Ava não conseguia contar para ele. Parecia mesquinho, como fofoca. Ela queria que o pai visse as coisas sozinho.

Para falar a verdade, a conversa que tivera com as amigas no outro dia não saía de sua cabeça. Ela dissera a completas estranhas que queria Leslie morta. Ela *não* queria isso, é claro — sumir seria bom, mas morrer? Também a incomodava o fato de a lista estar desaparecida. Alguém poderia tê-la encontrado? Será que esse alguém queria prejudicá-las, eliminando seus inimigos um a um, em alguma louca tentativa de incriminá-las? Mas quem? E por quê?

Não, era loucura — nem valia a pena pensar a respeito.

Com um suspiro, ela se afundou em seu banco e olhou para o dia cinzento e chuvoso pela janela, que combinava perfeitamente com seu humor.

Em pouco tempo, chegaram à igreja e seguiram as pessoas para dentro do antigo edifício de pedra, a mão do pai de Ava pressionada firmemente às costas dela. Quando entraram, Ava respirou fundo. Cada banco estava coberto de ponta a ponta por seus professores, colegas de classe e amigos. Viu Caitlin na frente, depois Mac algumas fileiras atrás. Olhou em volta à procura de Julie — com certeza, ela estava ali em algum lugar —, mas não a viu em meio à multidão. Então um movimento rápido no corredor externo algumas fileiras à frente chamou sua atenção. Viu de relance um homem com um terno escuro passando depressa por trás de uma coluna e depois reaparecendo do outro lado. Era um detetive, falando em seu celular, os olhos correndo pela fileira de Ava até pousarem nela. Ava se encolheu. Ele mudara de lugar para observá-la melhor? Por quê? Agora que Alex estava preso pelo assassinato de Granger, elas já não eram mais suspeitas. Certo?

Alex. Ava engoliu em seco. *Não pense nisso*, disse a si mesma.

Voltou sua atenção para uma garota de blusa preta que estava curvada, soluçando alto em um lenço. Atrás de Ava, uma garota de azul-marinho chorava tanto que arfava. Ava olhou ao redor da igreja e viu várias outras colegas que pareciam inconsoláveis. *Meu Deus, superem isso*, soou uma voz em sua cabeça. *Ele era só um professor. E um pervertido, por sinal.*

Então ela percebeu quem estava chorando. Tinha Jenny Thiel — cuja fivela do cinto do Texas tinha aparecido com destaque sob seus seios nus em uma série de trocas de mensagens de textos sensuais com Granger —, olhando tristemente para uma montagem de fotos do professor ao longo dos anos, lágrimas escorrendo por seu rosto inchado. E havia Polly Kramer — cujas mãos tatuadas com hena tinham aparecido perfeitamente em uma série de fotos chocantes —, balançando-se para frente e para trás, a luz do vitral projetando uma sombra escarlate em seu rosto. Justine Williams, Mimi Colt... estavam todas ali. Toda garota que havia figurado de forma proeminente no iPhone de Granger. Todas choravam como se o mundo tivesse acabado.

Elas realmente o amavam, percebeu Ava, espantada.

Ava pensara que não poderia ser mais nojento do que um professor do ensino médio dando em cima de várias alunas, em sua sala de aula, e as convencendo a lhe mandar fotos nuas. Mas era pior... *muito* pior. Lucas Granger convencera aquelas garotas de que as amava. Ele as manipulara, mentira para elas, tudo para satisfazer seus desejos pervertidos. Ela podia imaginá-lo sussurrando *Eu te amo* para uma dúzia de garotas, e podia ver a excitação e o nervosismo no rosto delas ao acreditarem. Ela ainda não conseguia entender por que os policiais não pareceram se preocupar nem um pouco quando lhe contara sobre o envolvimento de Granger com as alunas. Será que ao menos tinham investigado? Ava lhes dissera que Granger dera em cima dela, mas era quase como se não tivessem acreditado.

Enojada, tropeçou em direção a um dos bancos de trás, seu pai se sentando ao lado dela. Sean Dillon sentou-se à sua esquerda e acenou rapidamente a cabeça para ela quando se acomodou. Ava olhou para o altar, onde um velho padre levantou-se de uma cadeira e ajeitou as vestes antes de se aproximar do púlpito. Pelo canto do olho, pôde ver Sean virar-se para quem quer que estivesse sentado do outro lado dele — provavelmente sua namorada, Marisol Sweeney — e sussurrar algo, antes que ambos começassem a rir baixinho. Ela tentou ignorá-los, mas tinha a sensação de que sabia do que se tratava.

O padre ajustou o microfone, apoiou as mãos firmemente de cada lado do púlpito e contemplou a multidão. Na breve pausa antes de falar, Ava ouviu um sussurro exagerado vindo do banco atrás dela. Não reconheceu a voz, mas ouviu as palavras, que definitivamente eram para seus ouvidos:

— Alex Cohen nunca me pareceu muito certo das ideias.

E então a resposta:

— Não mesmo. Ele sempre foi um pouco perturbado, não é mesmo?

— Não me surpreende que tenha dado uma surra em alguém de sua antiga escola — veio o sussurro alto atrás dela. — Ele sempre parecia prestes a surtar.

A outra pessoa deixou escapar uma risadinha em resposta.

O pai de Ava se mexeu no banco, virando ligeiramente a cabeça. Claramente também tinha ouvido. Então tocou a mão de Ava de maneira reconfortante.

Ava conteve as lágrimas. De repente se sentiu constrangida, consciente demais do que pareciam mil olhos em cima dela. É claro que todos estavam olhando. Ela era Ava Jalali, a ex-namorada do rapaz acusado de assassinar Granger.

Ava sentiu um aperto no estômago, pensando em todas as coisas que descobrira sobre Alex recentemente. Desde que aquele primeiro garoto apareceu no noticiário, vários alunos da antiga escola de Alex se apresentaram, confirmando que Alex espancara violentamente o rapaz com quem sua ex-namorada estava saindo. As únicas pessoas que não haviam se manifestado, na verdade, eram Cleo, a ex-namorada, e Brett, o cara que ele agredira.

Alex nunca tinha falado sobre isso. Ava nem sequer sabia que ele tivera uma namorada na antiga escola — muito menos que tinha tido tanto ciúme de seu novo namorado que esmurrara a cara dele.

Mesmo sabendo disso, Ava ainda não conseguia imaginar Alex matando Granger. Era loucura? Seria insano querer acreditar que ele era inocente? Ela ainda estava com raiva por ele tê-la delatado para a polícia naquela noite... mas não conseguiu deixar de amá-lo. Não desistira dele. Não ainda.

O padre limpou a garganta, trazendo Ava de volta ao presente.

— Um acontecimento muito triste nos reuniu aqui hoje — começou ele com uma voz reconfortante. Uma mulher na primeira fileira deixou escapar outro soluço. — Viemos prantear a perda de um filho de Deus, um jovem que abraçou um chamado puro e precioso. Lucas Granger. Um professor. Um guia. Um líder. Um homem que tocou a vida de todos à sua volta. Como outro grande homem que morreu muito jovem. — Ele fez uma pausa para causar efeito, deixando as pessoas na igreja lotada absorverem suas palavras. — Isso mesmo. Jesus também foi um mestre.

Um coro de pessoas fungando e abafando o choro ecoou pelo lugar. Ava sentiu um gosto metálico na boca e lutou contra o reflexo de vomitar. Lucas Granger podia ter sido muitas coisas, mas com certeza não tinha nada de Jesus.

CAPÍTULO DEZ

NA QUINTA À TARDE, Parker cutucava o estofamento áspero de uma cadeira na sala de espera de Elliot Fielder. Seus pés balançavam e batiam nervosamente no chão. Ainda não podia acreditar que estava ali — quão desesperada estava para a única pessoa a quem poderia recorrer ser o terapeuta que praticamente a perseguira?

Na terça-feira, depois que Fielder lhe contara sobre seu pai, ele implorara para ir buscá-la. Mas Parker mudara de ideia: não queria falar com ele naquele momento. Então, pegara um ônibus de volta para Beacon, andara à toa por algumas horas e se encontrara com Julie, decidida a nunca mais falar com Fielder.

No entanto, ela ainda estava se esforçando para processar a morte do pai. Não podia acreditar que ele se *fora*. Realmente se fora. De alguma forma, esperara uma reação diferente. Alegria, talvez, até mesmo euforia. Em vez disso, só sentira torpor — seguido pela dor de cabeça mais forte de sua vida. De forma ainda mais irritante, tinha começado a relembrar todo tipo de coisas horríveis com relação a seu pai — seus Maiores Sucessos abusivos, por assim dizer. Ela precisava de um jeito de arrancá-lo de sua mente de uma vez por todas.

Era por isso que acabara ali.

Seu telefone tocou no bolso do agasalho, e Parker deu um pulo. Sua pele estava úmida de suor frio. Ela enfiou a mão no casaco para pegar o celular com os dedos trêmulos.

— Alô?

— Onde você está? — A voz de Julie parecia preocupada e tensa.

— Estou bem — insistiu Parker, tentando parecer calma.

— Por que você não estava na cerimônia?

— Que cerimônia?

Julie expirou.

— Para Granger.

— *Você* foi?

Parker não estava em condições de ir a um funeral. Não podia acreditar que *Julie* tinha aparecido. Ela não vinha exatamente sendo a pessoa mais social do mundo depois do e-mail coletivo sobre sua mãe acumuladora.

— Sim — respondeu Julie. — Quero dizer, basicamente fiquei escondida, mas fui. E você deveria ter ido também. Não pegou muito bem você ter faltado.

— Quem se importa? — disse Parker. Já não eram mais suspeitas.

— Eu me *importo*! — disparou Julie. — Queria você lá! Parker, nós realmente precisamos ficar juntas. Depois de tudo o que aconteceu...

A recepcionista de Fielder apareceu à entrada com um olhar excessivamente doce.

— Parker Duvall? Ele está à sua espera.

Parker cobriu a saída de som com a mão e assentiu para a mulher. Não queria que Julie soubesse que estava no consultório de Fielder. Julie iria matá-la.

— Desculpa, tenho que ir — sussurrou Parker no telefone.

— Mas... — começou Julie. — *Onde* você está?

— Vejo você mais tarde, ok?

Parker desligou e guardou o telefone no bolso. Ela se levantou e entrou atrás da recepcionista no grande e arejado consultório de Fielder. Seu coração pareceu parar ao vê-lo, sentado à sua mesa, fazendo anotações em um bloco. Seu corpo esguio de corredor parecia totalmente relaxado enquanto trabalhava. Ele parecia tão inofensivo e inocente. Nem um pouco como um perseguidor.

Ela queria tanto confiar nele novamente. Mas como poderia superar o que ele tinha feito — ou como ficara furioso quando a pegara no computador dele?

Fielder ergueu a cabeça e abriu um sorriso.

— Parker! É tão bom ver você. — Ele passou a mão pelos cabelos desgrenhados. — Estou tão aliviado, tão feliz, por você estar aqui. — Ele gesticulou para a cadeira em frente. — Por favor, sente-se.

Parker hesitou. Talvez fosse uma má ideia. Ela lutou contra o impulso de passar correndo por ele, pela senhora lá na frente e pela porta do consultório em direção à rua.

Fielder sustentou o olhar, como se entendesse o que ela estava pensando.

— Tudo bem, Parker — disse ele gentilmente. — É seguro aqui. Não vou machucá-la. Só estou aqui para ouvir.

Parker sentou-se, mas inclinou-se para a frente na cadeira, pronta para levantar a qualquer momento. Então enfiou as mãos nos bolsos do moletom e esperou que ele falasse.

— Eu lhe devo desculpas — começou Fielder. — E realmente sinto muito por assustá-la. Por seguir você.

Parker assentiu.

— Deveria mesmo.

— Eu não a perseguia. É só que... você disse que tinha lapsos de memória. Eu só estava... Deus, parece loucura quando falo em voz alta... eu só estava tentando preencher os espaços em branco para você. Com fotos.

Parker estreitou os olhos.

— Hã, isso parece perseguição para mim.

Fielder pressionou as palmas das mãos sobre os olhos.

— Eu sei. Mas estou lhe dizendo a verdade. Não estava tentando fazer nada... inapropriado. — Ele parou por um instante, como se pensasse se deveria continuar, então respirou fundo. — Olha, Parker, tenho uma confissão a fazer. Tecnicamente, não deveria lhe dizer isso como seu terapeuta, mas minha mãe tinha muitos... problemas quando eu era mais novo. — Ele parou novamente, engoliu em seco. — Ela era uma mulher incrível e brilhante, mas também tinha muitos lapsos de memória. Como os seus. Não consegui ajudá-la, e então... então era tarde demais.

Ele fechou os olhos por um instante e, quando voltou a abrir, estavam cheios de lágrimas que ameaçavam se derramar pelas bochechas. Parker estava perplexa.

— Você me lembra ela — disse ele em voz baixa. — As partes fortes e incríveis dela. Acho que só quero fazer por você o que não consegui fazer por ela. Mas percebi que ultrapassei os limites. Eu sinto muito. Muito, muito mesmo.

O peito de Parker palpitava e ela percebeu que estava prendendo a respiração. Então soltou o ar bruscamente. Ninguém além de Julie ainda falava com ela assim. Ela se sentira invisível por tanto tempo. Mas estava claro que importava para Fielder. E isso era bom.

— Como ela era? — perguntou Parker em voz baixa. — Sua mãe, quero dizer.

Fielder parecia surpreso. Estreitou os olhos, como se estivesse vendo a mãe novamente em suas lembranças.

— Ela era doce, amorosa. Realmente divertida. Tinha seus problemas, mas era uma ótima mãe — riu ele. — Ela podia transformar as coisas mais entediantes, como lição de casa e compras, em um jogo. E era tão, tão inteligente. A pessoa mais inteligente que já conheci.

Ele sorriu melancolicamente.

— Então o que acontecia? Como ela... esquecia as coisas?

O rosto dele se fechou.

— Minha mãe saía para fazer alguma coisa, e então não tínhamos notícias dela por um dia inteiro. Às vezes mais. — Ele olhou para o colo. — Eu ficava ansioso, me perguntando sempre se aquele era o momento em que ela não voltaria. Mas então, de repente, ela entrava pela porta. Ela nunca nos dizia onde estivera, porque não conseguia lembrar... e parecia frustrada com as perguntas. Então, com o tempo, meu pai e eu paramos de perguntar. Só ficávamos felizes por ela ter voltado.

Parker abraçou uma almofada do sofá. Parecia muito com sua própria experiência.

— Ela procurou ajuda?

— Não. As coisas eram diferentes naquela época. E ela era tão forte... ela nunca se queixou ou nos disse como estava assustada. Quando fiquei um pouco mais velho, tentei conversar com meu pai e nosso médico sobre isso, mas não sabíamos o que fazer. E então, um dia, ela não voltou para casa.

Eles ficaram em silêncio enquanto Parker absorvia suas palavras.

— E você algum dia a encontrou?

Ele assentiu.

— Onde? — insistiu ela, querendo desesperadamente saber.

Fielder estremeceu.

— Não importa. A questão é... — Ele parou, então balançou a cabeça. — Me desculpe, Parker. Isso não tem nada a ver com você. Deveríamos estar discutindo *seus* problemas agora.

— Não, fico feliz que tenha me contado. — Parker inclinou-se para frente, olhando nos olhos de Fielder.

Ele balançou a cabeça.

— Quer saber? Também estou feliz por ter contado. — Ele tossiu sem jeito. — Então, talvez, isso signifique que você vai voltar para sessões mais regulares?

O olhar fixo dele fez Parker estremecer por dentro, e ela desviou o olhar rapidamente. O brilho nos olhos dele parecia familiar, mas ela não conseguia dizer o que era. Então sua ficha caiu: era como os rapazes costumavam olhar para ela quando entrava em uma festa. O rosto dele tinha aquele ar iluminado e esperançoso, que até mesmo os jogadores de futebol mais atraentes da escola exibiam quando concordava em sair com eles. *Atração.*

Era algo que ela costumava sentir tão rotineiramente que nunca dera importância. Mas então pensou em como seu rosto estava horrível, como estava destruída. Não havia nada com relação à Nova Parker que pudesse atraí-lo. Ela era repugnante.

E ainda assim... ele poderia ter visto a antiga Parker lá dentro? Porque ela sabia que aquela Parker ainda estava em algum lugar lá no fundo. Talvez, com alguma ajuda, a Nova Parker pudesse deixá-la sair.

Ela respirou fundo, olhando nos olhos dele mais uma vez.

— Sim — respondeu ela, decidida. — Eu vou voltar.

CAPÍTULO ONZE

ALGUMAS HORAS MAIS TARDE, Julie deixou Carson pegar sua mão enquanto atravessavam o estacionamento do centro da cidade. Não podia acreditar que estavam fazendo isso, ali na frente... bem, de todos. Mais do que isso, ela ainda não podia acreditar que ele *queria*.

As pessoas passavam pelos dois lados deles. Julie ainda não havia reconhecido ninguém da escola, mas sabia que estariam ali — era noite de quinta-feira, dia e hora de dar uma volta pela cidade. Então uma garota familiar dobrou a esquina. Carregava uma pasta azul-marinho, Marc by Marc Jacobs, que Julie reconhecia porque tinha uma igual.

Ashley? O coração de Julie começou a bater acelerado no peito e as palmas de suas mãos estavam úmidas. Ela puxou a mão de volta.

— O que houve? — Carson virou-se para olhar para ela.

Julie se encolheu.

— Nada. Desculpa. Só pensei ter visto alguém ali.

Carson olhou para ela por um instante, depois deu de ombros e apontou para uma loja da American Apparel.

— Quer entrar?

— Não! — disse Julie com um pouco mais de vigor do que o normal. Todos na Beacon High compravam na American Apparel. Com certeza havia algum conhecido ali.

Carson olhava para ela de maneira ainda mais estranha agora. Ela engoliu em seco e tentou recuperar a compostura.

— A American Apparel é tão básica — disse ela com uma voz ligeiramente irritada. — Gosto de um lugar secreto dobrando a esquina. É tão *in* que os funcionários encaram os clientes com ar de superioridade. Se você não tem tatuagens ou barba descolados ou, tipo, lê os blogs alternativos certos, eles reviram os olhos.

Carson ergueu uma sobrancelha.

— Você tem certeza de que *eu* sou descolado o bastante para ir lá?

Ela sorriu, apesar do nervoso.

— Você, Carson Wells, é o mais descolado dos descolados.

— Mesmo sem barba criativa?

— Por favor, *não* arrume uma barba criativa. — Riu Julie.

Então Carson inclinou-se e roçou os lábios contra os dela. Julie olhou em volta para ver se alguém os observava, mas todos estavam cuidando de suas próprias vidas. É claro que estão, disse a si mesma. Ela só precisava relaxar. Podia fazer isso, certo?

Eles caminharam até a esquina e dobraram em direção às ruas menores, um pouco mais afastadas da avenida principal. A loja favorita de Julie, Tara's Consignment, ficava logo à frente. Era onde comprava a maioria de suas roupas: peças que sobravam de coleções de grandes estilistas por um valor bem menor do que o preço normal, tudo o que podia pagar com seu salário de salva-vidas. Quando viu o cartaz de *...E o vento levou* na vitrine — o dono era obcecado pelo filme —, se lembrou da última vez em que fizera compras na Tara's. Comprara uma pulseira de tachas para Parker. Não que Parker sequer a tivesse usado.

Parker. As coisas ainda pareciam estranhas entre elas. Ainda não haviam falado direito sobre o que acontecera com o pai de Parker — ou a coincidência do fato de ele morrer não muito depois de Julie tê-lo incluído na lista que fizeram em sala de aula. Embora Julie ainda não tivesse certeza de que alguém as tivesse ouvido, tinha de admitir que era uma estranha coincidência. Queria saber o que tinha acontecido com as anotações que Granger fizera em seu bloco amarelo, documentando o que disseram. Jurava que tinha pegado o bloco, mas, quando procurara em suas coisas, não estava lá.

Além disso, Parker desaparecia cada vez mais frequentemente nos últimos dias e, ao que tudo indicava, não conseguia se lembrar de onde estivera. Sempre que Julie perguntava, Parker ficava estranha e fechada, como se estivesse escondendo alguma coisa.

— *Julie*. — A voz de Carson invadiu seus pensamentos.

Estavam em frente à Tara's agora. Alguns jovens que Julie não reconheceu, com cabelos tingidos de cores vibrantes, passaram por eles para entrar.

— Perdão — disse ela com voz animada, sorrindo. — O que você disse?

Carson colocou as mãos nos quadris.

— Você tem *certeza* de que está tudo bem?

Julie suspirou. Era exatamente por isso que ela nunca tivera um namorado — sabia que nunca conseguiria esconder seus sentimentos. Queria ser totalmente transparente com Carson, realmente queria. Mas não era fácil.

— Estava só pensando na minha amiga — admitiu ela. — Parker... não sei se você já a conheceu. Ela é do tipo solitária. Estou preocupada com ela, é isso. Houve uma morte na família dela recentemente, e acho que isso está mexendo com sua cabeça.

Ele passou os braços ao redor dos ombros dela e a puxou para perto.

— Você é uma ótima pessoa, Julie — disse Carson, passando a mão pelo cabelo dela. — Tão atenciosa. Tão altruísta. E você é tão bonita. Sabe disso, não é?

Julie sentiu seu rosto corar.

— Obrigada...

Carson puxou-a de volta para ele e a beijou intensamente. Julie retribuiu, perdendo-se no beijo. Finalmente, a cabeça zumbindo, ela se afastou e o levou para a loja meio cambaleante, praticamente embriagada pelo beijo.

— Este lugar é incrível — exclamou Carson ao entrar, seu sotaque flutuando sobre as araras de casacos de tweed, chapéus fedora e os mais vendidos da Barney's do ano anterior.

Um cara no balcão lançou-lhes um olhar fulminante. Julie cutucou Carson para erguer o olhar. O vendedor tinha o corpo coberto de tatuagens pretas, um bigode curvado e uma barba estranha e pontiaguda e estava lendo um mangá.

— *Arrasou* — sussurrou Carson, e os dois começara a rir.

Em seguida, Carson virou à direita em um longo corredor de fantasias de Halloween — nada brega, só roupas de época: crinolinas de damas do sul, roupas rendadas e teatrais de *Noivas do Drácula*, blazers e calças de Sherlock Holmes, trajes de jóquei em cores vibrantes, e uniformes realistas da Guerra de Secessão. Julie foi atrás dele, impressionada por estarem tão perto do Halloween — como o ano estava passando tão rápido? Carson foi até uma arara alta de vestidos compridos e estendeu um de um tom forte de ameixa, mais curto na frente, para Julie. Ela se aproximou e passou as mãos pelo corpete sem alças, seus dedos acariciando a sobreposição de seda. Era digno de um tapete vermelho. A costura era espetacular, e o corte, requintado —

o vestido era delicado, mas estruturado, obviamente o trabalho de um grande designer.

— Experimente — disse Carson. — Vai ficar incrível em você.

— Está bem. — Julie riu, parando em frente a uma arara circular repleta de roupas masculinas. — Mas só se você experimentar isto. — E lhe estendeu um terno azul royal de veludo. — E isto. — Pegou um chapéu-coco do alto da arara, ficou na ponta dos pés e o colocou na cabeça dele.

— Feito.

Ele sorriu e se dirigiu a uma das cabines fechadas com cortinas.

Julie entrou na outra e puxou a grossa cortina, fechando-a bem nos cantos para impedir olhares indiscretos. Tirou a calça jeans e a camisa de casimira de gola canoa, as duas compradas naquela mesma loja alguns meses antes. Pensar em Carson a cerca de trinta centímetros de distância, do outro lado da fina parede que separava as duas cabines, lhe provocou um arrepio. Ela pôde ouvir o som da calça jeans dele caindo no chão, e do suéter roçando seu corpo ao tirá-lo por cima da cabeça. Ele estava praticamente nu, e tão perto. Julie rapidamente colocou o vestido e estendeu a mão para trás para fechar o zíper, mas não conseguiu puxá-lo.

Então saiu da cabine e ficou em frente a de Carson, esperando-o.

— A-hã — disse ela, limpando a garganta com uma impaciência fingida. — Eu sou a garota aqui, e estou pronta muito antes de você.

Carson grunhiu atrás da cortina.

— Se não estou enganado, sua roupa é composta de uma única peça, enquanto a minha tem muitas, muitas mais.

Julie ouviu o ruído metálico de um zíper e depois dos anéis da cortina, quando ele puxou o tecido de lado. Ela caiu na gargalhada ao ver seus quase um metro e noventa de altura cobertos de cima a baixo em veludo azul. Sua pele bonita e olhos claros praticamente reluziam contra a cor e a textura do terno. Ela não pensara que era possível, mas aquela roupa cômica só tinha deixado Carson ainda *mais* bonito.

— Você está rindo de mim? — perguntou ele, uma expressão exagerada de choque no rosto. — Particularmente, acho que estou incrível.

Julie se esforçou para manter o rosto sério.

— Está perfeito. Absolutamente perfeito.

Mas Carson não estava ouvindo sua resposta. De repente notou seu vestido... ou, mais precisamente, o corpo dela naquele vestido. Ficou sem fôlego.

— Uau.

Julie olhou para o vestido, que segurava fechado com uma das mãos.

— Ah, certo. Uma ajudinha aqui? — Ela indicou o zíper nas costas.

— Com prazer.

Carson se aproximou dela, o terno fazendo barulho enquanto andava. Ele a virou e fechou o vestido. Então Julie se olhou no espelho. O vestido se ajustava perfeitamente ao seu corpo, envolvendo suas curvas onde devia, o corpete proporcionando-lhe um decote de estrela de cinema.

Ela virou novamente para olhar para Carson, que a encarava com um olhar voraz. Julie gostou de sentir os olhos dele em cima dela, mas de repente percebeu que uma vendedora voltava sua atenção para eles.

— Humm, você esqueceu seu chapéu — sussurrou Julie para Carson.

— Ah, claro — sussurrou ele de volta. Então virou, pegou o chapéu na cabine e o colocou. Ele parecia delicioso. — Por que estamos sussurrando?

Julie olhou pela vitrine da frente em direção à rua vazia.

— Paparazzi.

— Certo. — Ele assentiu. — Com certeza vão querer uma foto sua nesse vestido.

— Humm, acho que ficarão igualmente empolgados de vê-lo nesse terno. Porque você está...

Então, Carson a interrompeu, pegando-a pela mão e puxando-a para a cabine. Em um único movimento, ele fechou a cortina, virou-a e pressionou-a contra o espelho. Seus lábios se encontraram. Julie sentiu o corpo dele contra o dela e passou as mãos pelas costas dele, o veludo fazendo ruído sob seus dedos.

— Está tudo bem aí com vocês?

Era o vendedor do balcão da frente, e parecia que estava bem ali fora. Julie e Carson se afastaram, trocando olhares arregalados e culpados.

— Sim — gritou Carson, ajudando Julie a arrumar o vestido e ajeitando seu paletó e o colete.

Julie virou de costas para ele, gesticulando para que abrisse o fecho. Ela passou por trás da cortina para a outra cabine, vestiu-se depressa e pendurou o vestido cuidadosamente de volta no cabide, usando as delicadas fitas brancas costuradas por dentro.

O vendedor fuzilou os dois com o olhar quando saíram, uma das mãos no quadril.

— Vocês não deviam compartilhar a mesma cabine, sabem disso, não é?

— Desculpe! — disse Julie com voz sumida.

— Estávamos tentando salvar o meio ambiente — disse Carson, sem fazer o mínimo sentido. Julie cobriu a boca, certa de que iria cair na gargalhada.

Eles correram para a porta, curvando o corpo de tanto rir assim que cruzaram a entrada. Julie chegava a sentir uma dor nos lados do corpo. Carson apertou a mão dela.

— Você, Julie Redding, é um arraso, digna de tapete vermelho. Isso sem falar que é muito divertido estar com você em uma cabine.

Julie sentiu suas bochechas corarem.

— Digo o mesmo de você.

— Café?

— O Café Mud fica logo além da esquina. É o meu favorito.

— Mostre o caminho.

Caminharam de mãos dadas e encontraram uma mesa no pátio sob um aquecedor ao ar livre. Julie pediu o seu *skim latte* de sempre, enquanto Carson pedia um cappuccino com chantilly extra. Um jovem casal com um cachorrinho gorducho em uma coleira sentou-se à mesa ao lado deles. Outros casais e grupos de amigos preenchiam o resto das mesas, e havia sons de conversas e risadas pelo ar. Julie foi tomada por uma sensação desconhecida em seu peito. Depois de um instante, ela percebeu o que era: felicidade. Pela primeira vez, realmente entendia o que as amigas tinham dito na casa de Ava no outro dia: elas estavam livres. Podiam viver suas vidas. E precisavam aproveitar ao máximo.

Carson pegou a mão dela por cima da mesa. Então ouviram o som de uma risada desagradável vindo do outro lado da rua. A cabeça de Julie virou em direção à fonte. Reunidas em frente a um caixa eletrônico estavam três garotas da escola. Olhavam diretamente para ela, conversando em voz baixa e provocando risadas umas às outras.

Julie cerrou os punhos. Procurou por Ashley, certa de que estaria espiando, mas ela não estava à vista. Julie, então, encolheu-se e afundou em sua sua cadeira de alumínio. Se desaparecesse por tempo suficiente, talvez elas a deixassem em paz.

— Ei. Está tudo bem — disse Carson, inclinando-se para frente. Tentou pegar a mão dela, mas Julie manteve as mãos no colo.

— Ha — disse ela, deixando escapar uma risada amarga.

— Ninguém está falando sobre isso na escola, sabia?

Julie não podia acreditar em como aquilo era ingênuo.

— Por favor. Nós dois sabemos que, no momento em que eu voltar para a escola, as pessoas vão vir para cima de mim. — Ela olhou para o padrão de treliça na mesa. — Já passei por isso, lembra?

— Eu sei. Na Califórnia. Mas você me tinha naquela época?

Os lábios de Julie se contraíram em um sorriso.

— Bem, não.

— Aquelas garotas ali? — Carson fez um sinal para indicá-las. — Elas também têm segredos, posso garantir. Não são perfeitas.

Julie bufou.

— É aí que você se engana. Estamos em Beacon Heights. Todos aqui *são* perfeitos.

Carson balançou a cabeça.

— A vida deles tem tantos problemas quanto a sua, a minha. A de todo mundo. Acredite em mim.

— Que problemas *você* tem na vida? — Julie queria mudar o assunto.

Carson estendeu o braço para pegar a mão dela, e desta vez ela deixou.

— Aí é que está. Não tenho mais... por sua causa.

Julie desviou o olhar, um nó na garganta.

— Você não precisa fazer isso — disparou ela. — Não precisa se sacrificar por mim. Você é novo na cidade... e bonito, legal. Merece a chance de fazer amizade com todo mundo. Não só com a esquisita.

Agora Carson parecia irritado.

— Pare de falar essas coisas! Já me decidi, Julie. Nunca me importei com o que as pessoas pensam. Agora, o que é preciso para você voltar para a escola?

O lábio de Julie tremeu.

— Eu não vou voltar.

— Acha mesmo que as coisas estão *tão* ruins assim?

Julie virou para o outro lado.

— Como você ainda pergunta? Sou motivo de riso para a escola inteira.

— Suas amigas a abandonaram? Alguém lhe mandou mensagens ofensivas?

Julie passou a língua pelos dentes. Recebera alguns e-mails de Nyssa e Natalie, mas os apagara sem nem abrir, temendo o pior até mesmo de duas de suas melhores amigas.

— E se eu a acompanhar na entrada e na saída de todas as aulas? E acabar com qualquer um que *olhar* para você de um jeito estranho? Que tal?

Julie riu, incerta, mas começou a pensar a respeito. Talvez só de verem Carson — alto, forte e incrivelmente sexy — a seu lado, o restante dos alunos se manteria afastado. Não detestava a ideia de ter um guarda-costas tão bonito.

— Você pode voltar, por mim? — implorou Carson.

Julie respirou fundo.

— Ok. Vou tentar *um* dia.

Carson sorriu docemente.

— Que bom.

— Mas, se alguma coisa acontecer, qualquer coisa, vou dar o fora. Entendido?

— Não vai acontecer nada, Julie. As pessoas não são tão ruins quanto pensa. Você ficaria surpresa. — Ele sorriu. — Além disso, uma menina tão atraente quanto você não devia desperdiçar a vida escondida no quarto. E isso vindo de um cara que fica bem até mesmo com um terno de veludo azul. Eu sei das coisas.

Julie sorriu, sentindo-se um pouco mais leve. Carson claramente acreditava no que estava dizendo. Só esperava que ele estivesse certo.

CAPÍTULO DOZE

SEXTA À NOITE, Mac parou no estacionamento do Umami, um restaurante tailandês moderno no centro de Seattle. Estacionou o Ford Escape e ficou sentada no banco do motorista por um momento, em silêncio, observando as pessoas entrarem e saírem do prédio enfeitado com luzes. O lugar estava cheio e Mac podia sentir o cheiro de suas famosas coxas de galinha picantes mesmo dali.

Ela estava atrasada — ela e um grupo de alunos da Juilliard, incluindo Oliver, tinham planejado jantar naquela noite, animados demais para esperar o próximo evento de boas-vindas para se encontrarem de novo. Abriu o espelho e verificou sua maquiagem uma última vez. Tentou fazer um olho esfumado, arrematando o visual com delineador, e gostou da maneira como seus olhos se destacaram sob os óculos. Quando estava para abrir a porta e sair, uma notícia no rádio chamou sua atenção.

"A polícia continua interrogando o suspeito sob custódia pelo assassinato de Lucas Granger, professor da Beacon Heights High School", disse um comentarista. "Alguns acreditam que a morte de Granger esteja ligada à de Nolan Hotchkiss, aluno da Beacon."

Mac ergueu as sobrancelhas. *Interessante*. Estariam querendo dizer que Alex era responsável pelas *duas* mortes? Não que ela conhecesse Alex tão bem, mas ele não parecia do tipo que envenenaria alguém com cianureto. Por outro lado, parecia não conhecer a verdadeira natureza de ninguém ultimamente.

Só de ouvir os nomes de Granger e Nolan, sentiu dor no estômago e respirou fundo mais algumas vezes para se recuperar. Tudo ainda parecia tão incerto. Só queria que alguém confessasse logo o assassinato do Nolan. Alex... um estranho... *quem quer que fosse*. A polícia podia não tê-la colocado atrás das grades com as outras garotas, mas não conseguia deixar de pensar que ainda não estava segura.

Com um suspiro resignado, Mac desligou o motor, colocou a bolsa de couro no ombro e saiu. Enquanto atravessava a rua, cantarolou o trecho de uma melodia que estava em sua cabeça e não conseguia lembrar bem qual era. Alguns compassos depois, lembrou: uma música da banda de Blake que ele mesmo escrevera.

Ela parou de repente. Por que *diabos* aquilo viera à sua mente? Aquilo a irritou profundamente. Ela precisava parar de pensar em Blake para sempre. Principalmente agora que podia estar começando algo com Oliver.

Sentiu um frio no estômago. No dia do coquetel da Juilliard, Mac atacara com todas as armas que nem sabia que tinha. Quando todos começaram a sair, ela fora até Oliver e pedira seu iPhone.

— Aqui — dissera Mac, digitando o número dela, e em seguida devolvera o telefone, piscando com ar seguro. — Agora você pode me ligar.

Oliver a encarara.

— Está bem — dissera ele, sorrindo.

Quando Mac erguera os olhos de novo, Claire olhava boquiaberta para eles. *Ha*.

E adivinha? Oliver lhe escrevera no dia anterior, e eles tinham passado a tarde toda trocando mensagens sobre música, as coisas que queriam fazer primeiro em Nova York (Lincoln Center, no caso dela, clubes de jazz, no dele), que programas de TV viam. Mac ficara tentada a perguntar a Oliver o que achava de Claire, mas sabia que isso a faria parecer ciumenta.

Ela abriu a porta da frente e entrou no restaurante animado, onde folhas de palmeiras pendiam baixas sobre clientes felizes e garçonetes que serviam copos úmidos de chá gelado tailandês e bebidas de coco. Ela viu uma mesa comprida contra a parede do fundos, onde o grupo, a maioria dos quais reconhecera, conversava animadamente. Pareciam-se muito com ela, com suéteres de tricô volumosos, óculos de armação grossa pretos ou de casco de tartaruga, as garotas com prendedores de cabelo como se fossem menininhas, o que lhes dava um tom irônico, os caras com camisetas surradas do Mostly Mozart e Interlochen. Mac viu Oliver recostado na cadeira, no canto esquerdo da mesa, as mãos cruzadas atrás da cabeça loura, revelando bíceps esculpidos e antebraços bronzeados. Ele era ainda mais bonito do que se lembrava.

Oliver virou e a viu, parando a conversa no meio da frase para sorrir para ela. Ele a encarava fixamente enquanto ela se aproximava.

— Ei — disse Mac, parando ao lado de sua cadeira.

— Ei, você. — Oliver sorriu. — Estava achando que você não vinha.

— Nada, só estou elegantemente atrasada — provocou ela.

Mac correu o olhar pela mesa, acenando para o grupo, e seguiu-se um coro de *Oi* e *Olá*. Quando Mac tirou o casaco e colocou-o sobre a cadeira ao lado de Oliver, sentiu alguém segurar firmemente seu ombro. Então virou, pouco à vontade.

— Esse lugar é *meu*. — Claire lançou-lhe um sorriso gélido e depois acenou a mão desdenhosamente para a ponta da mesa, junto às portas do banheiro. — Tente ali. Acho que vi um lugar vazio.

Mac cerrou os dentes, então olhou para Oliver, que se distraíra com o telefone. A pior coisa a fazer, concluiu, era agir como se aquilo a incomodasse. Afinal, Oliver vinha trocando mensagens com *ela*.

Jogou o cabelo sobre o ombro e disse:

— Ah, claro. Está ótimo.

Em seguida virou-se e dirigiu-se à outra ponta, onde Lucien, o menino que lembrava um pássaro, e Rachel, a garota surpreendentemente parecida com uma supermodelo, chegaram para o lado para abrir espaço. Oliver ergueu os olhos de seu celular e fez bico, mas Mac apenas sorriu para ele. De jeito nenhum ia arrumar uma briga com Claire na frente dele, mas também se sentia derrotada. Claramente, Claire vencera a primeira rodada.

— Estou tão feliz que tenha vindo! — vibrou Rachel, então colocou algo quadrado e frio nas mãos de Mac... um cantil.

Mac olhou para Rachel, que apenas sorriu de maneira conspiradora. Mac provou um gole, e um uísque amargo desceu por sua garganta. Lucien assentiu com ar aprovador, em frente a ela. *Interessante*, pensou Mac. Aqueles garotos da Juilliard eram bem mais ousados do que esperava.

Mac tomou outro gole de uísque e estava prestes a passar o cantil adiante quando Rachel segurou seu braço.

— Não, melhor deixar só por aqui — sussurrou ela. — Você é legal, mas alguns desses outros garotos são uns santinhos abstêmios. — Ela revirou os olhos.

— Entendi — disse Mac em voz baixa, devolvendo o cantil.

Rachel entregou-o a Lucien, que tomou um gole disfarçado — aparentemente ele também era uma das pessoas legais. Era bom ser incluída em um círculo secreto. Principalmente um que excluía Claire.

Então ouviram uma risada alta vindo do outro lado da mesa, onde Claire flertava com Oliver. Ela atacava com força total, piscando os cílios sem parar, rindo e jogando os cabelos. Oliver ria de suas piadas, mas Mac o viu se afastar quando ela colocou a mão na coxa dele. *Ha*, pensou. Pelo menos ele estava contendo os avanços de Claire por enquanto. Mas continuaria fazendo isso?

O cantil voltara para Mac, e ela tomou mais um gole. O uísque começou a aquecer seu estômago e relaxar sua mente. Quando Lucien começou a contar uma história sobre sua incursão singular e desastrosa no teatro musical, riu alta e ruidosamente. Sentiu que Oliver a observava do outro lado da mesa — com inveja, talvez. Como se quisesse se divertir tanto quanto ela. *Bem, então, venha para cá*, pensou Mac. *Deixe a chata da Claire. Sou muito mais divertida.*

Quando Claire levantou-se da cadeira, bolsinha de contas na mão, e dirigiu-se ao banheiro, Mac viu sua oportunidade.

— Volto em um segundo. Só preciso dar um oi para alguém — disse a Lucien e Rachel.

Com passos determinados, caminhou até o outro lado da mesa, sentou-se na cadeira ainda quente de Claire e afastou a bebida dela... um café tailandês, *entediante*! Então abriu seu maior e mais sexy sorriso para Oliver.

— Olá! Quanto tempo.

Oliver sorriu de volta.

— E cheguei a pensar que você estava me ignorando.

— Ah, não. — Mac inclinou-se para frente. — Só circulando um pouco, você sabe.

Oliver acenou a cabeça para Rachel e Lucien.

— O que está acontecendo ali na seção de sopro? Vocês parecem estar se divertindo.

Os olhos de Mac correram de um lado para o outro.

— Rachel trouxe uísque — sussurrou ela. — Em um cantil.

Oliver ergueu as sobrancelhas.

— Que sorte. Pode mandar um pouco para cá?

— Só se você for bonzinho — disse Mac, gostando do fato de estar no controle, e colocou a mão no braço de Oliver. A pele dele era quente e macia. — Então, queria ouvir mais sobre como é crescer em uma fazenda. Foi demais?

Oliver olhou para ela, avaliando-a.

— Você parece ser a única pessoa que pensa assim. Sempre que conto isso a qualquer outra pessoa, me veem como um *caipira*!

Ela acenou.

— Ah, faça-me o favor. Fazendas são o máximo. Eu queria morar em uma quando era mais nova. Você tinha cabras?

Ele abriu um sorriso torto.

— Cabras pigmeias. Às vezes, deixávamos que entrassem em casa.

Mac arregalou os olhos.

— Que fofo!

Oliver assentiu.

— Tínhamos lhamas também... por causa da lã.

— Vocês ainda têm?

— Sim. Maisie e Delores. Minhas duas meninas.

Mac sorriu timidamente.

— Adoraria conhecê-las algum dia. Nunca fiz carinho numa lhama antes.

— Acho que podemos arranjar isso — disse Oliver, os olhos brilhando.

— Hã, *oii?*

Mac ergueu os olhos. Claire estava ali de pé, narinas infladas, mãos nos quadris.

— Você está no meu lugar — sibilou ela. — *De novo.*

— Ah, me desculpe. Pensei que você tinha ido embora — disse Mac docemente.

— Puxe uma cadeira, Claire — disse Oliver, apontando para uma cadeira de uma mesa vazia ali perto. — Vocês já se conhecem? Claire, esta aqui é a Mackenzie. Mackenzie, esta é...

— Nós nos conhecemos — disse Claire bruscamente.

Oliver sorriu sem se dar conta da hostilidade.

— Ah, certo. Vocês duas são da Beacon! Legal.

Não havia maldade nos olhos dele. Nada que indicasse que estivesse enganando as duas. Mas, ainda assim, Mac não queria Claire ali para arruinar sua doce conversa sobre a fazenda com Oliver. Então, de repente, percebeu como poderia fazer Claire ir embora de vez.

Sem pensar muito, sabendo que perderia a coragem, Mac levou as mãos ao rosto de Oliver e puxou-o para junto dela. Então o beijou de maneira suave no início, e depois mais intensamente. Ele pareceu surpreso, mas reagiu rapidamente enfiando a mão pelos cabelos dela e puxando-a para mais perto.

— Uau — ela o ouviu murmurar.

Eles se beijaram por alguns instantes. Mac podia sentir todos os outros à mesa observando-os, então ouviu alguns sussurros. *Está bêbada*, alguém disse. *Isso é tão excitante*, murmurou outra pessoa. Mas Mac não se importava. Quando abriu os olhos, Claire já tinha atravessado meio restaurante. Saiu em disparada pela porta e logo estava na calçada.

Pobrezinha, pensou Mac com satisfação. *Não pôde aguentar o calor, então teve de sair da cozinha.*

Logo depois disso, Mac sentiu uma ligeira pontada. Estava agindo como louca. Não beijava garotos em público. Não era rude com as pessoas — mesmo que fossem ex-amigas. Em quem estava se transformando?

Oliver se afastou e olhou para Mac de forma bastante significativa.

— Não tinha ideia de que falar sobre lhamas a excitava tanto.

Mac corou, tentando ao máximo voltar ao presente.

— O que posso dizer? Lhamas são sexy.

— Você quer sair daqui?

A pergunta surpreendeu Mac, e ela imediatamente percebeu como estava sendo idiota. É claro que ele queria sair daqui — ela acabara de beijá-lo apaixonadamente no meio de um restaurante. Mac limpou a garganta.

— Humm, está bem. — A última coisa que queria era que ele pensasse que era puritana. — Vamos.

Oliver pegou Mac pela mão, jogou um dinheiro na mesa e acenou em despedida. Mac ouviu mais sussurros, e Lucien gritou um *u-hu!*, mas ela não se virou.

Ele a levou até um Prius azul escuro no canto do estacionamento, então abriu a porta e ajudou-a a entrar. O carro cheirava a chiclete Winterfresh, e havia um monte de CDs de Rachmaninoff espalhados pelo chão. Mac olhou fixamente para a pequena bola de discoteca pendurada no espelho retrovisor, seus minúsculos painéis espelhados brilhando com a iluminação da rua.

Oliver deu a volta até o lado do motorista e entrou.

— Para onde vamos? — perguntou Mac quando ele fechou a porta.

Mas, assim que as palavras saíram de sua boca, Oliver inclinou-se sobre o banco e puxou-a para junto dele de novo, beijando-a intensamente. Ele beijava muito bem, roçando seus lábios com os dele e segurando o rosto dela com as mãos.

— Que tal aqui? — sussurrou no ouvido dela.

Mac tentou mover seu corpo para que a curva do banco não machucasse sua coxa, mas só conseguiu bater o joelho na marcha. Esforçando-se para se movimentar no espaço apertado, Oliver inclinou-se de lado e acertou a buzina, o som reverberando pelo estacionamento silencioso. Eles riram e voltaram para seus bancos até recuperarem o ar.

Oliver acionou uma alavanca e levou seu assento o mais para trás possível, e então reclinou o encosto até tocar o banco traseiro. Com uma risada, segurou o pulso de Mac e puxou-a para seu colo, de frente para ele.

— Melhor? — Ele beijou o pescoço dela.

— Humm, bom — murmurou Mac, tirando os óculos e colocando-os no painel.

Oliver deixou, então, um trilha de carícias suaves em seu pescoço, queixo e rosto. Era bom, não havia como negar. Mesmo assim, de repente, Mac sentiu-se meio... distante. Não sentia o tipo de emoção que esperava. Na verdade, não sentia nada.

Mas *por quê*? O que havia de errado com ela? Talvez fosse apenas esquisita.

Ela tentou beijá-lo um pouco mais, mas, quanto mais seus lábios se encontravam, mais inquieta ficava. Por fim, Mac se afastou e pousou as mãos no colo.

— Oliver, desculpe, mas... — Ela se interrompeu, pegando os óculos.

— Ah. — Oliver chegou para trás. — Ei. Eu sinto muito. Você está bem?

Ela fingiu limpar os óculos.

— Hã, sim. Acho que é melhor eu ir.

Oliver olhou para ela por um segundo. Ele não parecia exatamente irritado, apenas confuso.

— Eu me enganei?

— Não! — Ela balançou a cabeça. — Você é incrível. É só que eu... — Ela o quê? Nem mesmo sabia. — Eu tenho que ir.

— Ela endireitou as alças do sutiã e pegou a bolsa, que caíra no chão. — Eu ligo para você, ok?

E então ela já havia saído e estava a meio caminho do próprio carro. Para seu horror, lágrimas desciam pelo seu rosto, misturando-se às gotas de chuva que começavam a cair. O que havia de errado com ela? Aquilo era porque tinha feito Claire ir embora? Ou porque arrastara um rapaz inocente para seu joguinho estúpido? Ou talvez porque se sentisse tão insensível quanto Claire?

Quando chegou ao seu carro, enfiou a mão no porta-luvas, procurando desesperadamente um lenço de papel. Só que seus dedos roçaram outra coisa. Um envelope branco, com o cartão que Blake tinha deixado com seu cupcake de balas de goma.

Entrou no carro, trancou a porta e abriu o envelope. Na frente do cartão havia uma foto de uma girafa de óculos de sol, o que, apesar das lágrimas, fez Mac sorrir. Ela adorava cartões bobos com animais vestidos, e Blake sabia disso. Quando abriu, a letra difícil de ler de Blake cobria a página.

Querida Macks, dizia. Você provavelmente me odeia para sempre. E eu entendo... se eu fosse você, também me odiaria para sempre. Tomei uma péssima decisão. Eu nunca deveria ter escutado Claire. Devia saber que ela estava mentindo e enganando desde o início. Devia ter sido sincero com você, e uma pessoa mais forte e, como não fui, provavelmente a perdi para sempre. A única coisa que me restou são nossas maravilhosas lembranças juntos. Você deixou um protetor labial na minha casa na última vez em que esteve aqui, e isso provavelmente faz de mim um esquisito, mas o carrego comigo no estojo do meu violão, como um amuleto de boa sorte.

Sinto sua falta. Eu te amo. Faria qualquer coisa para tê-la de volta. É só dizer.

Blake

Lágrimas escorriam pelo rosto de Mac. De repente, ela percebeu — era por *isso* que se sentira tão vazia beijando Oliver. Ele era um cara legal, e provavelmente seria um bom namorado... mas não era a pessoa que ela queria, a pessoa que não podia se permitir ter.

Ele não era Blake.

CAPÍTULO TREZE

SÁBADO, ÀS SEIS DA NOITE, Caitlin colocou um vestido cinza-escuro que revelava suas pernas bem torneadas pelo futebol, calçou suas sapatilhas vermelhas preferidas e deu uma volta completa em frente ao espelho, fazendo seu cabelo preto e curto flutuar. Ela não era do tipo que gostava de se arrumar, mas aquela noite pedia isso. Ela estava perfeita. Esperava estar apropriadamente vestida para onde quer que estivessem indo, pois Jeremy não quisera lhe dizer uma palavra — o que, Caitlin tinha de admitir, fazia parte da diversão.

Caitlin adorava surpresas, o que Jeremy parecia simplesmente saber; ela não conseguia se lembrar de ter lhe contado. Ela também não conseguia se lembrar de Josh ter lhe feito nenhuma surpresa, fora pelo colar com o pingente de grama de estádio que lhe dera antes de terminarem. E tinha sido uma surpresa tão estranha: Josh lhe entregara bem na frente das famílias deles, e o colar viera numa caixa de veludo, então parecera que estava lhe pedindo em casamento.

Caitlin retocou rapidamente o brilho labial e já ia descer as escadas quando seu celular tocou na bolsa a tiracolo. Provavelmente era Jeremy, ligando para provocá-la com uma pista sobre o encontro daquela noite. Ele fizera aquilo o dia todo, embora só tivesse dito coisas como "você vai gritar quando eu lhe contar", o que poderia ser qualquer coisa. Será que quisera dizer *gritar* literalmente... tipo algo assustador, mas também romântico? Talvez ele tivesse planejado um cruzeiro à luz de velas no Pacífico para verem baleias — Caitlin tinha uma relação de amor e ódio com esses animais. Ou talvez ele quisesse fazer uma maratona de filmes de terror sob as estrelas — ela ficaria grudada nele a noite toda.

— Ei — disse ela, rindo ao telefone, sem ver na tela quem estava ligando.

— Onde você está?

— Ursula? — Por que Ursula Winters estava ligando para ela?

— Hã, estamos esperando você — veio a resposta breve de Ursula. Então ela bufou. — Ah, meu Deus, você esqueceu totalmente. *Ela esqueceu* — Caitlin ouviu sua voz ao fundo, seguida por uma série de gemidos.

— Esqueci o quê? — perguntou Caitlin.

Ursula suspirou, como se estivesse esperando por isso.

— A iniciação das novatas é esta noite, Caitlin. É *sempre* no sábado depois dos testes. A treinadora Leah não lhe falou pelo telefone?

O rosto de Caitlin ficou quente, depois frio, à medida em que era tomada pelo pânico. A treinadora Leah tinha *falado* sobre isso? Ficara tão animada que nem ouvira direito o discurso dela. Mas Caitlin fazia parte da equipe há quase quatro anos. Conhecia os procedimentos.

Olhou para seu reflexo no espelho, pronta para contar à Ursula que tinha planos. Mas as palavras morreram em sua boca. Aquele era o evento de entrosamento mais importante para o time de futebol, e ela seria uma péssima capitã se não fosse.

Não tinha escolha — *precisava* estar lá. Só teria de remarcar com Jeremy. Ele iria entender.

Disse à Ursula que estaria lá em vinte minutos, e logo em seguida ligou para Jeremy. Ele atendeu ao primeiro toque.

— Já estou a caminho, Srta. Impaciente — disse ele, rindo. — Animada para descobrir o que lhe espera esta noite?

— Na verdade, tenho más notícias — despejou Caitlin. Já tirara o vestido, colocara uma calça jeans e uma camisa, e seguia para a porta da frente. — A iniciação do futebol é hoje à noite... me esqueci completamente. Mas prometo que vou recompensá-lo, ok? Já sei... *eu* vou preparar um jantar para *você* amanhã à noite. O que você quiser. Até mesmo frango tikka masala.

Caitlin fazia um excelente frango tikka masala, que suas mães haviam lhe ensinado, e Jeremy já tinha reclamado que ainda não experimentara.

Mas fez-se silêncio na linha. Caitlin entrou no carro e olhou para o telefone, perguntando-se se a ligação tinha caído. O contador ainda estava em andamento.

— Jeremy? — perguntou ela, hesitante. — Você está aí?

— Você está brincando, certo? — A voz dele soou baixa e meio fria.

Ela enfiou a chave na ignição.

— Sinto muito mesmo. Fazemos isso todos os anos com as novas jogadoras. Uma tradição de boas-vindas. Eu me esqueci. Como sou capitã, é meu dever organizar tudo. Preciso mesmo estar lá.

— E você está me dizendo isso *agora*?

Caitlin fez uma pausa, as mãos no volante. Onde estava o Sr. Compreensão?

— Eu disse que sinto muito — repetiu ela, com um aperto no estômago. — E prometo recompensá-lo. Podemos remarcar nosso jantar, não podemos?

Jeremy deixou escapar uma risada perplexa.

— Eu não ia só levar você para jantar. Ia levá-la ao show do One Direction.

— Ah, meu Deus! — gritou Caitlin, levando a mão à boca.

One Direction era um segredinho seu. Tinha uma quedinha pelo Niall e guardava uma pequena foto do cantor irlandês presa dentro da capa do seu iPad, só por diversão. Josh revirava os olhos toda vez que o via. Ele preferiria morrer — ou nunca mais jogar futebol — a ver One Direction com ela. Aquela era mais uma prova de que Jeremy era o melhor namorado de todos os tempos.

O que oficialmente fazia dela a pior namorada de todos os tempos.

Ela fechou os olhos com força.

— Ah, Jeremy. Sinto muito. Eu não sabia.

— Sim. Eu tinha arrumado lugares na primeira fila. Mas... tanto faz.

Ele pareceu tão arrasado. E, de repente, Caitlin também estava. Então ficou pensando numa maneira de fazer aquilo dar certo.

— Espera. Deixe-me ver se eu consigo...

— Esquece — interrompeu-a Jeremy. — Aproveite sua noite de *trotes*.

Antes que Caitlin pudesse reagir, Jeremy já tinha desligado na cara dela.

Ela ficou perplexa. Tentou ligar de novo, mas ele não atendeu.

— Jeremy, me liga de volta! — gemeu ela em sua caixa postal, então imediatamente ligou de novo. Ainda sem resposta. Ela não podia acreditar. Ele estava *irritado* com ela?

Seu telefone tocou, e ela se apressou em atender, ansiosa para falar com Jeremy. Mas era Ursula novamente. Caitlin esperou um segundo, pensando em suas opções. Se Jeremy tivesse atendido, ela teria lhe dito que iria. A iniciação era importante... mas não tanto quanto lugares na primeira fila. Mas também ficara irritada por ele nem sequer ter tentado entender seus motivos e simplesmente desligar em sua cara.

Então atendeu a ligação.

— Você pode comprar algumas serpentinas em spray no caminho? — resmungou Ursula. — Já que obviamente não fez mais *nada* para ajudar?

— Claro — disse Caitlin, desanimada. — Daqui a pouco estou aí.

Caitlin não estava com o menor clima para uma iniciação, mas de qualquer forma fez o curto trajeto até as novíssimas e multimilionárias instalações de atletismo de Beacon High. Parou em uma das vagas de estacionamento de capitã de time — pela primeira vez — e deu uma olhada no espelho. Seus olhos estavam inchados, mas não havia nada que pudesse fazer a respeito no momento.

Então tentou ligar novamente para Jeremy. Nada ainda.

— Provavelmente consigo às nove — disse ela em sua sexta mensagem de voz. — É só falar, que estarei aí. Muito obrigada *mesmo* por esses ingressos. É... bem, é fantástico.

Então entrou correndo no ginásio com a serpentina em spray na mão. Ao vê-la, toda a equipe, incluindo as novatas, deu um pulo e começou a atirar rolos de papel higiênico umas para as outras. Ursula estava esvaziando o último pacote grande, jogando rolos sobre as cabeças de algumas jogadoras para as que estavam atrás.

— Desenrolem! — instruiu Ursula como um sargento. — E... decorem!

— Sigam-me! — disse Caitlin, lembrando como era a iniciação.

A primeira coisa a fazer era decorar com papel higiênico algumas árvores junto ao campo de futebol. A capitã — ou as cocapitãs, no caso — sempre corria o mais rápido possível para chegar lá, e as outras garotas a seguiam. As mais lentas tinham de escalar as árvores mais altas e atirar a maior parte do papel higiênico.

Ela agarrou dois rolos e seguiu para as portas duplas que levavam para fora. Estava com o grupo da frente, correndo pelo campo a toda velocidade. Podia ouvir as outras garotas bufando atrás dela enquanto desenrolavam seus rolos de papel e começavam a pendurá-los pelos galpões e cercas. Era esquisito correr, estranho fazer algo tão ativo e bobo quando Jeremy estava tão bravo com ela. Mas ela não tinha escolha. Era capitã. E aquilo tinha um peso.

Ela levou o grupo para fora do campo, descendo a colina em direção à rua principal do campus. Quando todas a alcançaram, ela selecionou as corredoras mais lentas e indicou suas árvores. As novas jogadoras lançavam os pequenos rolos brancos nos galhos, então os pegavam de volta quando caíam e atiravam de novo. Em seguida, Ursula, que também as alcançara, iniciou um canto de chamada e resposta:

— *Ei, novatas!*
— *Ei o quê?* — responderam elas.
— *Ei, novatas!*
— *Ei o quê?*

Caitlin gritou a plenos pulmões também, rindo da velha brincadeira. Por um instante, até esqueceu Jeremy. Mas então tudo voltou subitamente à sua cabeça. Ela pegou o telefone no bolso. Ele ainda não tinha ligado.

As meninas pararam para recuperar o fôlego. Então o som de passos pesados e vozes masculinas ecoaram dos prédios da escola. O time de futebol masculino dobrou a esquina, correndo em formação. Josh vinha na frente. Caitlin olhou para ele por um momento. Então ele olhou nos olhos dela e inclinou ligeiramente a cabeça. Foi quando Caitlin percebeu. Se alguém pudesse notar que estava chateada, seria ele. Ela virou, constrangida.

— Tudo bem, vamos para o vestiário para começar a parte do Ki-Suco — disse Caitlin à equipe, tentando parecer alegre. Ela olhou para as novatas. — Bebês — gritou ela com voz forte. — Entrem em formação. Está na hora de colocarem suas fraldas para o banho de Ki-Suco!

As meninas gemeram e riram. Caitlin seguiu depois delas, mas então sentiu alguém tocar seu ombro. Ela virou e viu Josh atrás dela.

— Ei — disse ele em tom descontraído, embora observasse atentamente o rosto dela.

— Ei — respondeu ela sem graça. Caitlin manteve o rosto virado para o outro lado, esperando que ele não visse seus olhos inchados.

— Você está bem?

Caitlin ficou surpresa ao notar a preocupação sincera em sua voz. Engoliu em seco.

— Claro — disse ela com ar sério. — Estou ótima.

Josh cruzou os braços sobre o peito, mantendo os olhos nela.

— Vamos lá. O que houve?

Caitlin sentiu-se tomada por uma onda de emoção. Por que Josh estava sendo tão gentil com ela quando o magoara tanto? Ela deu de ombros.

— Só besteira. Nada importante.

— É o Jeremy? — disse ele em voz baixa. E esperou pacientemente, olhando para ela.

Caitlin levou as mãos ao rosto e cobriu os olhos por um instante.

— Sim. É o Jeremy. Ele... ele está bravo comigo. Eu esqueci esse compromisso do time, e ele tinha comprado ingressos para um show e ia me fazer uma surpresa. Agora ele está muito, muito chateado. Eu me sinto mal.

Ela olhou para ele, esperando que revirasse os olhos e dissesse que ela recebera o que merecia, mas, em vez disso, Josh simplesmente deu de ombros.

— Ele está com raiva porque você lhe deu bolo, ou porque é uma coisa de futebol?

Caitlin franziu a testa.

— Eu não sei.

O que Josh perguntava fazia sentido. Se tivesse tido de cancelar com Jeremy por outro motivo — um compromisso familiar, ou algo com relação à escola —, ele teria desligado na sua cara? Era como se o futebol fosse o gatilho para sua raiva.

Josh suspirou.

— A questão é que Jeremy vê as coisas em preto e branco. Ou você é essa pessoa — Josh apontou o polegar na direção de seus times — ou aquela. Não pode ser as duas.

Caitlin estava perplexa. Aquilo era verdade. Surpreendeu-a a maneira como ele colocara isso: não de forma depreciativa, mas simplesmente constatando. Jeremy era Jeremy.

— Você é a capitã — prosseguiu Josh. — Tinha de fazer isso pela equipe. Se ele se importa com você, vai entender.

Ele a encarou por mais um instante, depois virou e disse para o time dele:

— Vamos lá! Precisamos cobrir de papel o topo das árvores, onde as *meninas* não conseguiram alcançar.

Os meninos riram e comemoraram, e as garotas vaiaram e gritaram, bem-humoradas.

— Caitlin, vamos — chamou Ursula do outro lado do campo. — Para os vestiários, agora.

— Um segundo — gritou Caitlin de volta, os olhos ainda em Josh.

Ela queria agradecer a Josh pelo que acabara de lhe dizer e por ter sido tão legal, principalmente dadas as circunstâncias. Ele passara do prédio de matemática e estava escalando uma imensa árvore, um rolo de papel higiênico enfiado no bolso do short. Ela foi até lá e o viu desenrolar o papel para decorar os galhos. O papel era tão leve que foi soprado por uma leve brisa e voou de volta para ele.

Então ele olhou para baixo e a viu.

— Ah — disse ele. — O que foi?

— Eu só queria dizer... — começou Caitlin. Ela engoliu em seco. — Você é mesmo...

— O quê?

Josh inclinou-se em sua direção para ouvi-la melhor. Os olhos deles se encontraram. Josh abriu o velho sorriso que costumava reservar só para ela. Caitlin sentiu o coração revirar.

Mas, de repente, ouviu o barulho de madeira rachando.

— Merda — gritou Josh, o galho embaixo dele se partindo.

Ele agitou as mãos tentando agarrar outro galho, mas seus dedos se fecharam em um monte de folhas. Elas se soltaram em sua mão, e de repente ele estava caindo da árvore com força até a grama lá embaixo. Josh aterrissou com um baque assustador a poucos metros de onde Caitlin estava.

Caitlin gritou e correu para o seu lado, o coração batendo como um tambor. Seus olhos estavam fechados. Ele parecia ferido. Aquilo era culpa *dela*.

— Josh? — gritou ela em meio às lágrimas. — Você está bem? Lentamente, ele abriu os olhos.

— Estou... bem — disse ele com voz fraca. Ele se sentou e olhou para ela, o rosto atordoado. — Acho que é meu tornozelo.

— Você consegue andar?

Ele pensou um pouco, então balançou a cabeça.

— Acho que não — sussurrou.

Um grupo de outros jovens já havia se aproximado. Abalada, Caitlin pegou o celular e ligou para a emergência. A adrenalina correu por ela quando a atendente disse que uma ambulância viria logo.

Em pouco tempo, ouviram a ambulância chegando, e dois paramédicos fortes levaram Josh até a parte de trás do carro. Caitlin estava muito nervosa — ambulâncias sempre a fariam lembrar de Taylor, para o resto da vida. Ela viu Josh olhar para ela da maca. Ele trincava os dentes e cerrava os olhos para conter a dor. Ela se desvencilhou da multidão e colocou um pé no para-choque.

— Josh, quer que eu vá com você?

Josh olhou nos olhos dela, mas o paramédico se colocou no caminho.

— Você é da família?

Ela balançou a cabeça.

— Namorada?

Caitlin se afastou. Não cabia a ela acompanhar Josh ao hospital. Não mais. Ela congelou, o fim do relacionamento deles de repente muito real.

— Não — disse ela em voz baixa. — Não sou.

O paramédico fechou a porta com força. Com as luzes piscando, a ambulância emitiu um barulho alto de sirene, saiu dali e acelerou pela rua principal.

CAPÍTULO QUATORZE

NA MANHÃ DA SEGUNDA-FEIRA SEGUINTE, Julie estava sentada em seu carro, no estacionamento da Beacon High. Os jovens se reuniam em grupos, para relembrar seus fins de semana. Os ônibus escolares bufavam no meio-fio, portas se fechavam, e havia um grupo de garotas junto à ala de arte com um grande cartaz com o rosto de Lucas Granger. O primeiro sinal tocou, indicando que havia mais quinze minutos até o início da aula.

Ela não se sentiria preparada em quinze minutos.

Julie colocou o cinto de segurança e ligou o carro. Então sentiu uma mão sobre a dela.

— Ei. Você consegue.

Ela ergueu os olhos. Carson quisera buscá-la naquela manhã, mas ela insistira em buscá-lo em vez disso, para poder fugir rapidamente no meio do dia se precisasse.

— Venha — disse ele com um sorriso caloroso. — Estarei com você a cada passo.

Julie olhou cautelosamente para os alunos que entravam no prédio.

— Eu não sei — sussurrou ela. — Não posso encarar Ashley.

— Pode sim. Se a virmos, simplesmente nos viramos e seguimos por outro caminho, certo? Ou melhor ainda, nós a *enfrentamos* e lhe dizemos a babaca patética que é.

Os olhos de Julie correram para as garotas com o cartaz de Granger. Não voltara à escola desde que Granger morrera, e imaginara que essas coisas já teriam começado a perder a força. Mas parecia haver mais tietes de Granger do que nunca.

— Vamos — disse Carson, abrindo a porta do carro.

Com um longo suspiro, Julie desligou a ignição, pegou sua bolsa e os livros, e foi com ele para a escola.

Só fazia pouco mais de uma semana desde a última vez que estivera ali, mas Beacon High parecia diferente — e *estava* diferente. Havia uma nova samambaia no saguão e vários cartazes de Granger pelos corredores. Julie também estava diferente. Na última vez em que saíra dali, ainda era a Julie Redding Perfeita, com um séquito constante de pessoas que a seguiam pelos corredores. Agora era suja e vergonhosa, deixando apenas o fétido odor de urina de gato e comida estragada em seu rastro. Pelo menos era assim que se sentia.

Eles cruzavam o corredor, Julie de cabeça baixa, Carson guiando-a pelo cotovelo.

— Julie! — chamou alguém atrás dela.

Julie se encolheu ao som de seu nome, certa de que era Ashley. Mas, quando virou, sua grande amiga Nyssa Frankel acenava para ela. Natalie Houma estava ao seu lado, com um sorriso completamente normal.

— Você estudou para o teste de química? — perguntou Nyssa, com um tom infantil. — Estou tão ferrada. Tipo, quem precisa saber como equilibrar equações?

— Humm, não... — balbuciou Julie, sentindo-se zonza. — Quero dizer, sim, estudei. Um pouco. Mas acho que vai ser difícil.

— Você vai na sexta, certo? — intrometeu-se Natalie. — Recebeu meu e-mail, não é?

— Sexta?

Julie não fazia ideia do que estavam falando. Mais do que isso, por que estavam agindo de maneira tão normal, sem nem mencionar o fato de que ela não aparecera por mais de uma semana? Então ela lembrou que Natalie *mandara* mesmo um e-mail. Vários, na verdade. Mas Julie não os lera.

— Minha festa de Halloween — explicou Nyssa. — Precisamos conversar sobre as fantasias na hora do almoço. Estou pensando talvez em super-heroínas sexy. Ou princesas da Disney sexy?

— Você não pode transformar *tudo* em algo sexy, Nyss — provocou Natalie, revirando os olhos para Julie. — Certo, Julie?

— Hã...

O segundo sinal, que indicava que tinham apenas cinco minutos antes do início da aula, tocou antes que Julie tivesse chance de responder. Natalie apenas deu de ombros e saiu apressada com Nyssa, as duas acenando em despedida para Julie, que virou para Carson, o rosto atônito.

— Não posso acreditar.

Carson sorriu.

— Viu só? — Ele se curvou e a beijou suavemente no rosto. — Eu disse que você ficaria bem. Então isso significa que você vai à festa de Halloween da Nyssa comigo na sexta à noite? Talvez como uma Cinderela sexy? — provocou ele.

Julie acabou rindo.

— Definitivamente não como Cinderela — disse ela, empurrando-o de brincadeira.

Nem podia acreditar que estava pensando em ir àquela festa. Mas talvez pudesse.

Eles caminharam até o armário de Julie, que, para seu espanto, não estava coberto de mensagens maldosas ou fotos de gatos. Então Carson deu uma olhada no relógio e fez uma careta.

— Olha, detesto fazer isso com você, mas deixei um livro no meu armário. E vou mesmo precisar dele.

Julie piscou para Carson. O armário dele ficava do outro lado do campus, e a primeira aula dela era naquele prédio. Se fosse com ele, iria se atrasar. Se ficasse com ela, ele se atrasaria.

— Humm... — disse ela.

Julie olhou em volta, nervosa. Seus colegas estavam conversando, batendo portas de armário, aproveitando até o último segundo com o nariz enfiado em livros grossos, enviando mensagens de texto apressadas antes do terceiro sinal. Ninguém estava prestando atenção nela e, pela primeira vez em muito tempo, aquilo era bom.

Está bem. Ninguém se importa. Então Julie viu Parker no corredor e sentiu-se ainda melhor. Parker passara a noite anterior na casa dela, mas desaparecera em algum momento naquela manhã — enquanto Julie estava no banheiro, vomitando de nervoso. Não esperava que Parker fosse aparecer na escola.

— Vá buscá-lo — disse ela, prendendo os cabelos sedosos atrás das orelhas. Com Parker como reforço, ficaria mais tranquila. — Vou ficar bem.

Carson parecia preocupado.

— Você tem *certeza*?

Julie assentiu, vendo Parker se aproximar dela.

— Tenho que tentar alguma hora, certo?

Ele a beijou de novo. O cheiro do xampu dele — algo delicioso que lembrava coco — inundou o ar à sua volta.

— Vejo você depois da aula, ok? Estarei esperando bem aqui — disse e seguiu rapidamente pelo corredor.

Julie pegou o braço de Parker quando ela passou, e Parker virou em sua direção. Seu rosto estava encoberto pela sombra do capuz, mas ela parecia diferente de alguma forma. Julie levou um instante para compreender a expressão no rosto da amiga, mas, quando conseguiu, foi um completo choque. Parker parecia *feliz*.

— Ei! — exclamou Parker, dando tapinhas no ombro de Julie. — Você veio!

— Você também — disse Julie.

— Sim, pensei em aparecer.

Parker bufou de maneira sarcástica, mas os cantos de sua boca se ergueram ligeiramente. Antes que Julie pudesse perturbar Parker para saber por que estava tão bem-humorada, Caitlin, Mac e Ava se aproximaram delas para um abraço em grupo.

— Bem-vinda de volta! — cantarolou Caitlin.

— Bom-dia, garota. — Ava acenou, uma pilha de pulseiras balançando sonoramente em seu pulso fino. — Bom ver você aqui.

— Sentimos sua falta — disse Mac com ar sério, apertando o braço dela de maneira reconfortante.

— Obrigada, meninas.

Julie estava completamente perplexa com o apoio delas.

— Então. Almoço. Nós todas — disse Caitlin com seu tom decidido de capitã do time de futebol. — Sem discussão.

— Nos encontramos aqui. — Ava colocou um fio solto de cabelo para trás da orelha. — Está bem?

Julie girou o cadeado do armário, prestes a lhes dizer que tinha combinado de almoçar com Natalie e Nyssa. Mas, quando o último número do segredo foi para o lugar, ela sentiu que o corredor ficara silencioso. Olhou por cima do ombro por uma fração de segundo, pensando que o corredor havia esvaziado, mas ainda estava cheio de alunos... alunos olhando para *ela*. Ao mesmo tempo, ouviu uma risadinha a poucos metros no corredor.

Seu coração começou a bater acelerado. Talvez tivesse falado cedo demais, quando dissera a Carson que estava bem. Seus dedos se curvaram na maçaneta do armário, e ouviu-se um sonoro *clique* ao abrir a porta. A trava se afrouxou em sua mão e a porta do armário se abriu. Não houve tempo de detê-la. Julie sentiu o *ping... ping... ping* de coisas pequenas, parecendo pedrinhas, acertarem seus sapatos, e então uma avalanche de areia e pó jorrou do armário, cobrindo-a até os tornozelos e deixando a frente de seu vestido completamente cinza. Um cheiro familiar se ergueu do chão, invadindo o interior de suas narinas.

Areia de gato.

Julie ficou boquiaberta e uma nuvem de pó malcheiroso cobriu sua língua. Ela engasgou. Ava deu um grito, bem quando Mac pulou para trás, horrorizada, levando as mãos ao rosto, a boca aberta em um *O* assustado. Parker estava ao lado delas, os punhos cerrados, o rosto vermelho de fúria. Alguns últimos grãos de areia caíram pelo chão; o som reverberando em meio ao silêncio atordoado.

Então, como se esperando a deixa, Julie ouviu a primeira risada contida a poucos metros de distância, depois a próxima, então verdadeiras gargalhadas e um coro de *Minha nossa* e *Cara, isso foi demais!*. Uma multidão tinha se formado. Julie identificou os rostos de Nyssa e Natalie, que, além das garotas da aula cinema, pareciam ser as únicas pessoas que não estavam rindo. As duas a encaravam com os olhos arregalados, parecendo preocupadas, mas sem saber o que fazer.

Um grupo de alunos do penúltimo ano se afastou enquanto alguém abria caminho até a frente. E então, lá estava ela: com um vestido envelope no estilo de Julie, o cabelo em cachos como os de Julie, e um sorriso presunçoso, triunfante e detestável.

Ashley, a garota que assombrava os pesadelos de Julie. Algumas garotas com a mesma expressão cruel no rosto a cercavam. Todas riam perversamente.

— Bem-vinda de volta, Srta. Julie — disse Ashley com voz debochada. — Aqui. Pensei que você poderia querer isso.

Então foi até Julie e colocou algo em sua cabeça. Julie tateou, seus dedos tocando algo plástico. Era uma *caixa de areia*. Os alunos davam gargalhadas, e ela ouviu o conhecido som de iPhones tirando fotos.

Julie estava devastada, querendo ter algo para dizer, alguma coisa para fazê-los se calarem. Em vez disso, tudo o que conseguiu foi atirar a caixa plástica no chão, se afastar do mar de areia de gato e sair pela porta mais próxima para o estacionamento.

Ela correu alguns passos, mais grãos de areia caindo de suas roupas. Podia sentir que todos a observavam pelas janelas, rindo. Quando já estava longe o suficiente, deixou escapar um soluço angustiado. Como podia ter sido tão estúpida? Algo dentro dela lhe dizia que nunca deveria ter voltado para a escola. Mas deixara Carson, o doce e ingênuo Carson, convencê-la.

De repente, algo horrível lhe ocorreu: e se Carson estivesse metido nisso? Afinal, fora ele quem a convencera a voltar, e depois a abandonara junto ao armário.

Antes que pudesse pensar melhor a respeito, Julie sentiu alguém segurar firmemente seu braço.

— Droga... — bradou ela, soltando a mão e virando, pronta para lutar contra quem quer que tivesse ido até ali atormentá-la mais.

Mas estava cara a cara com Parker, que tinha um ar tão irritado e vingativo quanto o de Julie. Parker abraçou Julie com força, como se estivesse protegendo-a de uma tempestade.

— Não posso acreditar que aquela vadia fez isso com você — rosnou Parker. — Ela vai *pagar*.

— É tão horrível — disse Julie, as lágrimas caindo livremente agora. Parker era a única que ela deixava vê-la chorar. — Toda aquela areia de gato... e aqueles garotos rindo...

Parker puxou Julie para mais perto ao sentir seus ombros serem sacudidos pelos soluços.

— Faço qualquer coisa por você, Julie — sussurrou na orelha dela. — É só você dizer, e ela vai pagar.

Julie pensou naquilo por um instante, depois se afastou. O rosto de Parker estava transtornado e, por um momento, Julie sentiu medo dela.

— Não — disse ela, colocando um braço no ombro de Parker. — Somos melhores do que isso.

— Eu sei. — Parker respirou fundo. — Mas *gostaria* que pudéssemos — sussurrou ela. — Queria, só uma vez, que as pessoas recebessem o que merecem.

CAPÍTULO QUINZE

NAQUELA TARDE, Mac, Ava e Caitlin pararam ombro a ombro na calçada rachada e cheia de mato em frente à casa de Julie. Claramente, não eram as primeiras a aparecerem desde que Ashley enviara o endereço de Julie em seu e-mail bombástico: a palavra *Acumuladora* estava pintada em tinta spray na calçada rachada da casa, e *Saia da cidade, lixo branco* tinha sido escrito na porta da garagem. Gatos magros e sarnentos entravam e saíram de decorações festivas aleatórias no quintal da frente, como se fossem grandes postes de arranhar. Havia várias sucatas de carros no quintal lateral. A grama não era cortada há séculos; estava cheio de dentes-de-leão e, provavelmente, carrapatos.

Aquele não era um lugar que Mac gostaria de visitar. Mas o Subaru de Julie estava na entrada — ela estava em casa. E elas precisavam ter certeza de que estava bem.

Mac se sentia péssima por Julie. Antes de conhecê-la na aula de cinema, sempre a admirara de longe — Julie era uma garota bonita, radiante e amigável, que sempre vestia as roupas perfeitas e dizia a coisa perfeita. Era incrível saber que aquele tempo todo ela estivera por um fio e escondia um segredo tão grande. Mas Mac entendia por que ela fizera isso. Afinal, estudavam na Beacon, lar de alunos que tinham pais CEOs, prêmios Nobel e herdeiros de empresas que figuravam na Fortune 500. Não havia espaço para a imperfeição em Beacon, e certamente não para acumuladores.

O telefone de Mac tocou e ela olhou para a tela. *Está a fim de fazer alguma coisa?*, escrevera Oliver.

Sentiu um aperto no coração. Ela queria gostar de Oliver, realmente queria. E ele tinha sido tão legal depois do amasso fracassado em frente ao restaurante tailandês, mandando mensagens de texto casuais, enviando emojis engraçados. Mas toda vez que via seu nome no telefone, não sentia... nada. Não devia ficar mais animada se realmente gostasse dele? Por que, em vez disso, o rosto de Blake sempre aparecia em sua mente? Ela não parava de pensar naquele cartão que ele escrevera. No protetor labial que ele guardava no estojo do violão para dar sorte.

— Bem, vamos — disse às outras, guardando o telefone no bolso sem responder.

Começou a caminhar, observando um gato desconfiado que parara na grama marrom, patas no ar, antes de entrar em uma piscina infantil vazia e suja. As outras garotas seguiram atrás dela, e Mac tocou a campainha enferrujada, que emitiu um som metálico meio arranhado. Uma sombra passou por trás da cortina da janela da frente, mas ninguém apareceu. Após um instante, Mac tocou a campainha novamente. Nada ainda.

— Ela tem que estar aí dentro — sussurrou Ava. — O carro dela está aqui.

Todas se assustaram quando a cortina se abriu, puxada por uma mão invisível. O rosto inchado de Julie apareceu na janela. Parecia que estivera chorando desde que saíra da escola naquela manhã. Era como se uma luz tivesse se apagado dela, e agora estivesse embotada, devastada. Sem dizer uma palavra, Julie desapareceu da janela. Por um segundo, Mac ficou com medo de que ela tivesse se recolhido, mas então a porta se abriu com um rangido.

Um odor úmido e fétido emanou da casa em direção à varanda. Julie parou à entrada com seu roupão, a brancura impecável praticamente reluzindo contra o pano de fundo de sujeira, lixo e outras coisas que ofereciam risco à saúde e se assomavam atrás dela. Seus ombros estavam caídos e suas mãos pendiam desanimadamente ao lado do corpo.

Ninguém falou por um momento, até que Ava quebrou o silêncio constrangedor.

— Viemos levá-la para ir à manicure! — chilreou ela, animadamente demais.

Julie fixou o olhar no chão, onde um pequeno grupo de gatos se reunira em torno de seus chinelos.

— Hã, sem ofensa, mas ninguém vai olhar para as minhas unhas.

Mac estendeu a mão para o braço de Julie, para consolá-la.

— Folhados dinamarqueses daquela incrível padaria nova da cidade, então. A fornada noturna fica pronta por volta desse horário.

Julie balançou a cabeça com tristeza.

— Obrigada. Mas não vou sair. *Nunca mais.* — Os ombros dela subiram e desceram. — Desculpem, meninas. Vou voltar a dormir.

— Você tem certeza? — perguntou Caitlin em voz baixa. Julie assentiu. — Bem... ligue para nós, está bem? — acrescentou. — Por qualquer motivo. Mesmo que seja muito tarde da noite.

Não havia mais nada a fazer além de voltarem para seus carros. Ava e Caitlin tinham ido juntas — Ava se oferecera para dar carona a Caitlin, já que morava perto. Então se despediram de Mac e saíram. Mas Mac hesitou. Bateu a porta de seu carro e virou de volta para Julie, que ainda estava de pé na varanda, olhando para a rua com uma cara inexpressiva.

— Sei como é — disse ela, então se encolheu. Não era exatamente verdade. — Quero dizer, também fui provocada. Humilhada.

Julie piscou.

— É mesmo? — disse ela com voz fraca.

Mac deu um passo de volta em direção à casa.

— Por Nolan Hotchkiss. É por isso que eu... você sabe. Concordei com tudo.

Ela olhou ao redor, perguntando-se se devia estar dizendo isso em voz alta, ali fora, mas não parecia haver ninguém por perto. A casa das Redding era provavelmente o tipo de lugar pelo qual a maioria dos vizinhos *evitava* passar se pudessem.

Julie inclinou ligeiramente a cabeça. Então olhou por cima do ombro para a casa.

— Você quer... entrar? — perguntou ela, um pouco hesitante.

— Eu adoraria — disse Mac rapidamente, preocupada de que Julie pudesse mudar de ideia.

A casa cheirava a mofo, urina de gato e ao rato morto que apodrecera sob a máquina de lavar louça na lanchonete em que Mac trabalhara no último verão. Mas Mac fingiu que não a incomodava. Manteve o olhar em frente, tentando não se espantar com as torres de caixas, montes de móveis feios e rasgados e pilhas de roupas que chegavam ao teto. Julie seguiu pelo corredor, virando de lado em pontos particularmente estreitos.

— Caixa de areia — disse ela, apontando para uma caixa plástica no caminho de Mac, tão cheia que dificilmente havia um ponto seco. Então abriu uma porta no fim do corredor. —

Aqui. Este é o meu quarto — chamou Julie, as bochechas coradas de vergonha.

Mac entrou e ficou sem fôlego. Ao contrário do resto da casa, o quarto de Julie cheirava a perfume e roupa fresca. Havia duas camas cuidadosamente arrumadas lado a lado no canto, e os livros nas prateleiras tinham lombadas perfeitas. Era como se tivesse entrado em uma casa diferente. Um *universo* diferente.

— É tão legal aqui — deixou escapar Mac.

— Sim, ao contrário de todo o resto. — Julie sentou-se na cama maior. — Sabe, nunca trouxe mais ninguém aqui... fora a Parker. — Seu olhar correu para uma mochila em tom verde-exército do outro lado do quarto e ela deu de ombros.

— Então você contou a Parker sobre... — Mac apontou para o corredor.

Um olhar pesaroso enevoou o rosto de Julie.

— Sim, embora não a princípio. Eu deveria ter contado a ela mais cedo. Isso nos aproximou muito.

Julie suspirou fundo. Mac já ia perguntar o que ela estava sentindo, porque toda aquela coisa com Parker devia ter sido muito difícil para Julie, mas então Julie disse:

— O que Nolan fez com você?

Mac limpou a garganta.

— Ah, fingiu que gostava de mim para ganhar um dinheiro dos amigos.

Julie arregalou os olhos.

— Meu Deus. Sinto muito.

— Tudo bem. — Mac mexeu em sua bolsa, a lembrança voltando até ela. — Só quis dizer que sei como é — continuou ela, olhando para Julie. — Pensar uma coisa, ter sua vida de um jeito, e então puxarem o tapete de baixo de você... e todos rirem às suas custas.

Julie deitou na cama.

— O pior é que fui à escola hoje e pensei que tudo ficaria bem. Sou tão idiota. Sei *bem* como é a Beacon. Sei do que todos aqui são capazes.

— Nem todos — ressaltou Mac. — Você tem a nós. — Ela desviou o olhar, pensando em Nolan, como quisera desesperadamente acreditar que ele estava mesmo a fim dela. — Mas entendo — acrescentou.

Afinal, Nolan nem era o pior — olha o que Claire tinha feito, tramando para atrapalhar sua audição para Juilliard. E elas supostamente eram *amigas*.

Ela se ajeitou na cama, e de repente sua bolsa caiu e várias coisas se espalharam. Uma escova de cabelo deslizou pelo chão, seguida pela carteira de Mac. Ela se abaixou imediatamente para pegar suas coisas, envergonhada por macular o espaço perfeito do quarto. Então Julie disse:

— O que é isso?

Mac seguiu seu olhar. O cartão que Blake lhe dera no outro dia havia caído e se abrira, exibindo a mensagem sincera lá dentro. Mac o pegou depressa, mas, pelo olhar de Julie, ela provavelmente tinha visto alguma coisa.

As orelhas de Mac arderam, vermelhas. Ela baixou os olhos, sentindo as lágrimas chegarem repentinamente. Não contara a história com Blake para nenhuma das garotas da aula de cinema. Não contara a ninguém. Era muito confuso, e ela se sentia muito envergonhada por seu papel naquilo tudo.

— Quer falar sobre isso? — perguntou Julie suavemente, o olhar preocupado.

— Não! — disse Mac, chorando. E balançou a cabeça. — Quero dizer, céus, não quero perturbá-la com meus problemas. Estou aqui para ter certeza de que *você* está bem.

— Por favor, eu *preciso* de uma distração — insistiu Julie.
— O que está acontecendo? É um cara, não é? — disse ela com conhecimento de causa.

Mac olhou para seu tênis Vans xadrez. De repente, era como se um vulcão rugisse dentro dela, prestes a explodir.

— É Blake Strustek — disparou ela. — Somos amigos há muito tempo, e eu o amo há anos, mas agora está tudo arruinado.

Então ela despejou toda a história sobre Blake: que sempre tivera uma queda por ele, mas Claire começara a namorá-lo primeiro; que, de acordo com Blake, Claire tinha mentido e dissera que Mac não era a fim dele. Que os dois tinham uma banda e, recentemente, algo começara a surgir entre eles — pelas costas de Claire. Que nunca quisera magoar Claire. Mas, quando chegou à parte em que Claire e Blake a enganaram para sabotar sua audição para Juilliard, Julie ficou boquiaberta.

— Não é *assim* que melhores amigas se tratam! — exclamou ela.

— E eu não sei? — disse Mac melancolicamente.

Julie cruzou os braços sobre o peito.

— Agora faz sentido você ter citado Claire naquela aula de cinema. Eu nunca tinha conseguido entender.

Mac estremeceu com a lembrança daquela conversa. Assim que dissera o nome de Claire, sentira-se horrível — principalmente porque Claire estava do outro lado da sala e podia ter *ouvido*. Mas estava tão brava com Claire naquele dia — tinha visto Blake e ela se beijando no corredor, e todos os seus sentimentos de traição e ressentimento haviam voltado à superfície.

— Eu nunca devia ter dito aquilo... só estava tendo um dia ruim — disse com um suspiro. — Não queria, de fato, que ela *morresse*.

— É claro que não — disse Julie com firmeza.

— Quer dizer, só porque eu falei não significa que isso vá acontecer — disse Mac em voz alta, pensando na teoria que Caitlin mencionara outro dia na casa de Ava.

— É claro que não — disse Julie. Mas então se remexeu desconfortavelmente. — Ainda assim detesto saber que esses nomes estão por aí naquele bloco. E duas das cinco pessoas que citamos estão... você sabe.

Ela desviou os olhos.

— Ninguém pode ligar aquelas anotações a nós — disse Mac rapidamente. Precisava dizer isso em voz alta para, de alguma forma, desfazer a má sorte. — É uma teoria muito louca. Ninguém iria matar as pessoas que escolhemos. Não faz sentido. Ninguém odeia todas nós assim... ou todos que citamos.

O telefone de Mac tocou, e ela olhou para a tela. Sua mãe estava ligando. De repente, lembrou-se de ter feito planos para jantar com seus pais — mais comemorações por ter entrado para Juilliard. Levantou-se, guardando o celular no bolso.

— Eu tenho que ir — disse ela com tristeza, olhando para Julie. — Você vai ficar bem?

Julie fez que sim.

— Obrigada por ficar e conversar comigo. Ajudou muito mesmo... ter você aqui.

Mac assentiu e saiu do quarto de Julie, detestando deixá-la num espaço tão pequeno. Desviou das caixas e dos gatos, e logo estava novamente do lado de fora, respirando ar fresco. Mas ainda arfava, e sabia por quê. Tinha sido todo o papo sobre a lista e aquela terrível conversa.

Ela se perguntou, de repente, o que Claire estaria fazendo naquele instante. Estaria em casa? Estaria segura? Mac *devia* se preocupar com ela? Era irônico — a garota que odiava, a garota que *a* odiava, podia ser a pessoa que mais precisava dela naquele momento.

CAPÍTULO DEZESSEIS

DEPOIS DE DEIXAR CAITLIN EM CASA, Ava agarrou o volante com força, concentrada. Em vez de seguir em direção à sua casa, dobrou à esquerda em uma rua íngreme que não era percorrida regularmente. A menos que você estivesse indo à Penitenciária Upper Washington, o que era o caso de Ava. Era onde Alex estava sendo mantido sob custódia. Tinha sido estipulada uma fiança de vinte e cinco mil dólares, e seus pais, dois professores, ainda estavam tentando arrecadar o dinheiro.

Ela devia estar fazendo diversas coisas naquela noite, como estudar para a prova de história ou atualizar a página Lady Macbeth que criara no Facebook para um projeto da aula de inglês avançado.

Entretanto, tinha tido um estalo naquele dia. Era algo que ela não conseguia explicar, um gatilho que não sabia identificar, mas de repente percebera que *precisava* ver Alex na prisão. Independentemente de quantas vezes visse jovens dizendo nos noticiários que Alex batera violentamente naquele garoto de sua antiga escola, ela precisava *ouvi-lo* dizer isso. Mais importante, ela precisava que ele lhe dissesse que não era culpado, que não havia matado Granger.

Seu telefone tocou, e ela olhou para baixo. *Ei, ainda estou com seu brilho labial*, dizia Caitlin em sua mensagem. *Quer voltar para buscar?*

Ava tinha emprestado o brilho labial para Caitlin no carro, mas não ia voltar de jeito nenhum agora, nem explicar o que estava indo fazer. *Pego na escola, sem problemas*, respondeu. Era estranho: provavelmente *podia* contar às garotas que ia visitar Alex. Mas queria manter isso em segredo, até entender um pouco melhor as coisas.

Quando ela parou no complexo policial, quinze minutos depois, ainda estava tentando pensar no que dizer. Aprumou os ombros, passou por uma porta em que se lia VISITANTES e escreveu seu nome em uma prancheta.

Após um aterrador processo de registro e revista, durante o qual Ava tinha certeza de que a policial lhe dera um ou dois apertões a mais quando ninguém estava olhando, sentou-se na sala dos visitantes. O piso de concreto estava mosqueado e manchado por substâncias misteriosas, e as mesas e cadeiras de metal frio eram aparafusadas ao chão. O ar tinha um odor penetrante, como se urina e produtos de limpeza tóxicos tivessem se combinado, formando um novo tipo de oxigênio. Ava sentiu o nariz arder. Só de pensar em Alex sozinho naquele lugar sentia uma pontada por dentro.

Uma pesada porta de metal se abriu com um rangido no fundo da sala, e Ava deu um pulo. Um guarda do tamanho de um armário entrou primeiro, então se afastou para o lado, e ela pôde ver Alex, que estava algemado, pálido e exausto. O coração de Ava saltou para a garganta, e ela conteve o choro.

Alex ergueu a cabeça e encarou-a, o olhar profundamente intenso, desesperado e triste. Ele parecia devastado. Ava resistiu ao impulso de correr e passar os braços ao redor dele.

— Alex... — começou ela.

— Sinto muito — disse ele ao mesmo tempo. — Ava, eu sinto muito. Nunca quis que nada disso acontecesse. Não queria metê-la em problemas. Sei que você não fez isso... nada disso.

Ele prendeu a respiração, tentando conter a emoção que o inundava. Ava desconfiava de que ele estava fazendo de tudo para não chorar. Alex era o emotivo no relacionamento dos dois: santo Deus, ele tinha chorado quando viram *Toy Story 3*. Essa lembrança fez com que *ela*, de repente, quisesse chorar, mas se conteve.

— Você não é culpado, é? — sussurrou ela.

Alex balançou a cabeça decididamente.

— Claro que não. Eu nunca... Ava, eu nunca poderia *matar* alguém. Você me conhece.

Ava assentiu.

— Eu sei. Só precisava ouvir você dizer. — Ela desabou na cadeira dura. — Mas por que você foi lá? Por que mandou uma mensagem para Granger? E o que aconteceu na sua antiga escola?

Alex sentou-se em frente a ela e se inclinou sobre a mesa antes de continuar.

— Bem, vou começar com a mais fácil. Escrevi para o Granger dizendo "Fique longe da minha namorada ou eu te mato" porque você me disse que ele deu em cima de você e a polícia nem sequer *acreditou*. — Ele baixou os olhos. — Me desculpe. Foi estúpido. Eu só... me senti tão impotente, sabe?

Sim, pensou Ava. *Eu sei.*

— Me desculpe por nunca ter lhe contado o que aconteceu na minha antiga escola — continuou ele. — Não consegui. Mas dei uma surra naquele cara porque ele *estuprou* minha ex-namorada.

Ava arfou.

— Ela me procurou logo depois que aconteceu e me implorou para não contar a ninguém — prosseguiu ele. — Seus pais eram loucos e teriam surtado se descobrissem que ela não era... enfim. Não contei a ninguém. Mas também não podia deixar para lá. Não ia contar o segredo dela para ninguém, mas aquele cretino merecia *pagar* pelo que tinha feito. Eu *vi* os hematomas no corpo dela.

Ele balançou a cabeça e fechou os olhos com a lembrança.

Ava soltou o ar lentamente. Queria tanto acreditar nele, e definitivamente conseguia entender por que ele quisera resolver as coisas com as próprias mãos com o cara que ferira sua ex — afinal, ela e as outras tinham feito isso com Nolan. Mas ela percebeu que ainda estava muito irritada.

— Está certo. Mas por que você disse aos policiais que me viu naquela noite?

— Porque eu *vi* você. — Alex desviou o olhar. — E você não estava exatamente... vestida. Fiquei furioso.

Ava encarou-o com um olhar fulminante.

— Então imaginou o pior, sem sequer me perguntar?

Ele ergueu as palmas das mãos.

— Não, só liguei para eles mais tarde. Eu vou explicar. Mas Ava... o que você *estava* fazendo lá?

Ava soltou o ar e se preparou para falar.

— Não era o que parecia — começou ela, a voz trêmula.

— Então me explique o que era.

O coração dela estava disparado. Precisava contar tudo, percebeu. Era a única forma de reconstruírem a confiança que um dia tiveram. Mas será que podia fazer isso? Olhou para ele.

— Tudo bem — disse ela em voz baixa. — Vou lhe contar. Mas você não vai gostar nem um pouco.

Alex assentiu, mas seu rosto pareceu nervoso.

— Ok.

— Você se lembra do que Nolan fez comigo no segundo ano? Os boatos que ele começou sobre eu dormir com professores para conseguir notas mais altas? — disse ela, e Alex assentiu de novo. — Bem, não fui a única vítima de seu bullying, nem de longe. Algumas das outras garotas e eu conversamos durante a aula de cinema no dia em que assistimos a *E não sobrou nenhum*.

Ava ganhava confiança à medida que falava, encorajada por uma sensação de puro alívio só de dizer as palavras em voz alta. Contou a Alex sobre a peça que pregaram em Nolan, e como alguém se aproveitara dessa oportunidade para matá-lo. Como de repente pareciam culpadas — muito, muito culpadas — pela morte de Nolan. Contou a Alex como Granger dera em cima dela quando fora à sua casa pedir ajuda com a dissertação. Alex fez uma careta e fechou os olhos nessa parte.

Então ela lhe contou sobre as fotos e mensagens que encontrara no telefone de Granger e que Nolan o vinha chantageando.

— Uau — disse Alex, um pouco chocado. — Esses dois se mereciam.

— Com certeza — disse Ava.

Então explicou que elas tinham ido à casa de Granger procurar provas contra ele, mas que ele voltara para casa antes que tivessem conseguido sair. Finalmente, as bochechas queimando de vergonha, Ava descreveu como, em um esforço para salvar as amigas, sacrificara o que lhe restava de dignidade e fizera Granger acreditar que queria dormir com ele. Então falara para ele tomar um banho, e todas haviam escapado — embora Ava tivesse corrido para o quintal e descoberto o flash drive com a prova da chantagem de Nolan, que Granger havia enterrado. Em seguida fora se juntar depressa às outras no carro. Tinha sido exatamente nessa hora que Alex a vira correndo pelo gramado, o vestido ainda meio desabotoado.

— Me sinto péssima só de lhe contar isso — disse Ava, a voz falhando. — E me odeio por ter esse plano em ação, para começar.

Alex balançou a cabeça.

— Queria que você tivesse me contado sobre a brincadeira, mas entendo por que você fez isso. Nolan foi realmente um babaca com você, Ava. — Ele a olhou nos olhos. — Nada do restante é sua culpa.

Os lábios de Ava se entreabriram.

— Obrigada — sussurrou ela.

Era incrível a tranquilidade com que Alex estava encarando tudo aquilo. Ela esperara uma reação muito pior.

— Então todas vocês estavam lá — disse Alex. — E *todas* vocês foram embora?

— Sim. — Ava assentiu. — Por quê?

— Bem — disse Alex lentamente. — Vi você sair. Mas depois vi alguém correr *de volta* pelo gramado até a casa de Granger. — Ele parecia querer pedir desculpas. — Pensei que era você de novo.

Ava franziu a testa.

— Fui direto para casa. E tomei um longo banho quente.

Alex passou a mão pelos cabelos encaracolados e lhe lançou um olhar constrangido.

— É *por isso* que minhas digitais estavam na porta de Granger. Corri até lá quando pensei que você tinha entrado novamente.

Ele se remexeu na cadeira metálica. Ava notou pela primeira vez como a camisa laranja da prisão estava frouxa nele.

— Queria achar você, mas a porta estava trancada. Então ouvi um grito... pensei que fosse *você* e fiquei muito assustado. Pensei que talvez ele tivesse... — Alex engasgou, depois recuperou o controle de sua voz — Fiquei com medo de que ele tivesse feito alguma coisa. Com você. Foi *então* que liguei para a polícia. Disse a eles que vi você entrar e que ouvi gritos. Mas, quando os policiais apareceram, Granger estava morto, e quem quer que *realmente* estivesse lá tinha sumido.

Ava olhou para ele, o coração acelerado.

— E você não viu quem era?

— Não. — Alex parecia frustrado. — Ela saiu sem que eu visse.

— Mas você tem certeza de que era uma garota?

— Definitivamente. Ela estava de capuz, ou talvez um chapéu. Mas tinha a constituição física de uma menina, tenho certeza disso. Eu... pensei que talvez você tivesse colocado um agasalho e voltado.

Ava passou a mão pela testa, tentando processar o que ele lhe dissera.

— Você não contou isso à polícia?

Ele olhou para a mesa.

— É claro que contei. Mas não acreditam em mim. Acham que eu inventei essa outra garota para encobrir minha culpa no assassinato.

— Mas e as impressões digitais na faca da cozinha? As suas não estão lá, não é?

Ele deu de ombros.

— Aparentemente *não há* impressões digitais na faca. Quem quer que tenha feito isso estava usando luvas.

— Ah, meu Deus — sussurrou Ava.

Ela recostou-se na cadeira, sentindo-se mal. As coisas estavam ainda mais confusas do que antes. Ela não tinha ideia de como se sentir.

Alex inclinou-se para frente e pegou as mãos de Ava. O guarda limpou a garganta enfaticamente, e Alex recostou-se novamente.

— Sinto muito, Ava. Eu devia ter confiado em você. Não devia ter escondido nada disso.

— Eu também não devia ter escondido nada de *você*.

Ava observou os profundos olhos castanhos dele, a pele macia e as feições perfeitas por um instante. Sentira tanto sua falta, que era fisicamente doloroso.

— E eu o perdoo — sussurrou.

Alex abriu um sorriso meio triste.

— Eu perdoo *você* — sussurrou ele de volta. — Por ora, é tudo o que importa.

Eles se olharam nos olhos por um bom tempo. Ava gostaria de poder voltar atrás em tantas coisas, mas, no momento, estava feliz por ter Alex de volta. Só que não o tinha de *fato* de volta: ele ainda estava na prisão. E até que ela descobrisse quem realmente havia matado Granger, era ali que ele iria ficar.

CAPÍTULO DEZESSETE

JULIE ESTAVA SENTADA no alto da cadeira de salva-vidas, girando seu apito. Estava no Beacon Rec Center, onde trabalhava vigiando uma piscina cheia de crianças lá embaixo. De repente, uma garotinha com um tanquíni rosa olhou para ela e apontou.

— Louca dos gatos! — gritou ela.

Julie se encolheu. Como aquela garotinha sabia sobre ela?

— Louca dos gatos! — juntou-se a ela um menino, saindo da piscina e parando junto à base da cadeira de salva-vidas. — Louca dos gatos imunda!

De repente, toda a piscina estava em alvoroço. Todos riam, das crianças às pessoas nadando, passando pelos outros salva-vidas cuidando da área. Quando Julie olhou para baixo, não estava usando sua camiseta Juicy e short Adidas, mas uma camisola aparentemente feita de pelo de gato. O que ela estava *fazendo* ali, afinal? Não tinha jurado nunca mais sair de casa, mesmo tendo que mentir que estava doente para faltar ao trabalho? Quando ela olhou para o outro lado da piscina, havia uma garota ali, a boca aberta em uma gargalhada maldosa. Era Ashley. Ela incentivava as crianças, apontando para Julie.

— Ela é a louca dos gatos! — provocava Ashley. — Vão atrás dela!

— Não! — gritou Julie. Então olhou em volta, à procura de Parker, que sabia que devia estar por perto. — Parker, *me ajude!*

Quando as crianças correram para Julie, ela acordou, sentando-se bruscamente em seu carro. Ela olhou em volta. Era terça, final da tarde.

Seu telefone, que de alguma forma estava em sua mão, tocava. Ela olhou para o aparelho, ainda desorientada. O sonho parecera real demais. Ela odiava quando isso acontecia.

O celular tocou novamente. Era um número local, um que Julie já tinha visto antes, mas não conseguia se lembrar de onde.

— Alô? — murmurou ela ao telefone, a cabeça ainda zonza.

— Srta. Redding? — entoou uma voz severa.

Ela piscou com força. A voz era familiar, mas seu cérebro estava muito confuso para saber de onde a conhecia.

— Sim?

— Aqui é o detetive Peters. Soube que não esteve na escola hoje.

— Isso mesmo — respondeu Julie com cautela, cada vez mais acordada e desconfiada.

Desde quando detetives de homicídios se preocupavam com a frequência escolar?

— Srta. Redding, preciso que venha à delegacia. Suas amigas também estão vindo. Posso mandar uma viatura se você precisar. Presumo que esteja em casa?

— Hã, obrigada. Quero dizer, não, isso não será necessário. — Ela esfregou os olhos com a mão livre. — Do que se trata?

— Vou explicar tudo quando você chegar aqui. O que sugiro que faça rapidamente. — Ele fez uma pausa. — E Julie... — Sua voz mudara repentinamente de profissional e firme para sombria e ameaçadora.

— Sim? — indagou ela nervosamente.

— Nem pense em não vir. — Ele desligou antes que ela pudesse responder.

Trinta e cinco minutos depois, Julie chegou à delegacia de polícia de calça de moletom, um agasalho com capuz volumoso e tênis de corrida. Seu cabelo estava torcido em um coque frouxo no alto da cabeça. Estava sem maquiagem, e não se importava nem um pouco. De que adiantaria de qualquer maneira? Tudo o que as pessoas viam quando olhavam para ela era pelo de gato, como em seu sonho.

O detetive Peters estava no saguão, coçando o queixo pontudo, um ar sério no rosto. Tinha olheiras profundas e migalhas de comida gordurosa na camisa. Parecia abatido, como se estivesse virando noites desde que Nolan morreu.

As outras garotas estavam juntas, parecendo tão confusas e preocupadas quanto Julie. O alívio tomou conta dela ao ver Parker, o capuz cobrindo o rosto. Parecia menos aborrecida do que no estacionamento da escola no dia anterior, depois do que Ashley aprontara, mas Julie podia ver, pelo jeito como deslocava o peso de um pé para o outro e trincava a mandíbula, que estava tensa. Ela olhou nos olhos da amiga, e Parker olhou de volta. Julie se perguntou onde Parker passara a noite anterior — não fora para a sua casa. Na verdade, Julie não falava com ela desde a pegadinha da caixa de areia. Parker desligara o telefone novamente. Começava a ficar bastante frustrante.

Então Julie olhou para as outras. *O que está acontecendo?*, perguntou movendo os lábios sem emitir som e erguendo as sobrancelhas. Caitlin deu de ombros. Mac franziu a testa.

— Agora que estão todas aqui — disse Peters, com um tom mal-humorado —, vamos lá atrás.

Ele as levou pelo mesmo labirinto de mesas e baias que haviam passado no outro dia até a mesma sala de interrogatório com o mesmo espelho falso.

— Sentem-se, senhoritas.

Parker sentou-se perto da porta, e Julie, ao lado dela. Peters se deixou cair em uma cadeira no lado oposto da mesa. Dava para ver seu couro cabeludo em meio aos cabelos escassos enquanto ele virava as páginas de uma pasta de documentos na mesa. Então ele ergueu os olhos e observou lentamente o semicírculo de garotas, analisando-as uma a uma.

Por fim, ele falou.

— Alex Cohen foi liberado.

Ava arfou, espantada.

— Isso é maravilhoso! O que houve?

Peters permaneceu inexpressivo, o rosto sem entregar nada.

— Na verdade, vocês deviam se preocupar com todas as provas que as incriminam.

Parker levantou a cabeça e Julie colocou a mão em seu pulso para acalmá-la. Caitlin e Mac engoliram audivelmente em seco. O rosto de Ava perdeu a alegria e ficou preocupado. O coração de Julie começou a bater com força contra as costelas, e sua cabeça ficou um pouco zonza. Mas já esperava por isso, não?

— Depois que os cientistas forenses terminaram a investigação, o envolvimento de vocês com o crime parece mais claro do que nunca — continuou o detetive. — Suas digitais estão por toda a casa. — Ele parou por um instante, deixando que absorvessem suas palavras. — Se mataram Hotchkiss, talvez Granger estivesse atrás de vocês. Então precisavam se livrar *dele*, para que não falasse nada. — Ele bateu a caneta na mesa, clicando o botão. — Agora — concluiu o detetive —, alguém quer me contar a verdade de uma vez por todas? Se falarem agora, as coisas serão muito mais fáceis para vocês. Então sugiro que nos contem logo o que sabem.

Julie não ousou olhar para nenhuma das outras garotas. Podia sentir Parker praticamente vibrando de raiva e frustração ao seu lado. *Não digam nada*, mentalizou para as outras garotas. Porque o que *poderiam* dizer? Tudo o que tinham feito só as fazia parecerem culpadas. Estava doida para saber se os policiais haviam encontrado a anotação no bloco amarelo, a que descrevia como matariam Nolan e todas aquelas outras pessoas. Ela rezava para que não tivessem encontrado.

Peters virou de novo em direção à Julie. Seus olhares se encontraram por um instante antes de ele observar a mão dela tranquilizando Parker. Pareceu curioso por um momento, depois fez uma anotação rápida na pasta. Após mais um minuto de silêncio, ele soltou o ar e disse:

— Muito bem, senhoritas. Vamos fazer as coisas do jeito difícil.

Ele levantou da cadeira, atravessou a sala e fez um gesto para alguém do lado de fora. Uma mulher de meia-idade com óculos grossos, um terninho horrível e mocassins de salto médio entrou rapidamente, pressionando os lábios, e assentiu na direção das garotas.

— Esta é a Dra. Rose — disse Peters. — Ela é psicóloga criminal e vai conversar com cada uma de vocês separadamente. Então veremos se suas histórias coincidem. — Ele olhou atentamente para elas. — Sei que formaram uma frente unida, mas não sabem tudo umas sobre as outras. E confiança é uma coisa complicada.

Ava franziu a testa.

— O que você está querendo dizer? Que uma de nós fez isso e não contou às outras?

Peters deu de ombros e sorriu.

— Você disse isso, não eu.

Então virou para sair da sala. Pouco antes de chegar à porta, virou de volta e olhou diretamente para Julie.

— Vamos começar com você — disse ele com naturalidade, acenando a cabeça para a Dra. Rose. Então fechou a porta firmemente quando saiu da sala.

Julie pôde sentir os olhos das outras garotas sobre ela, mas não disse nada. Segurou o braço de Parker e olhou fixamente para a mesa.

— Julie Redding, certo? — disse a Dra. Rose, olhando fixamente para Julie. Seus olhos pareciam enormes por trás dos óculos, como se estivesse segurando uma lupa diante do rosto. — Vamos até a minha sala. Ligo depois para agendar com o restante de vocês.

Ava ergueu a mão.

— Nossos pais vão saber sobre isso?

— Sim, depois das entrevistas, teremos de contar a eles — disse a Dra. Rose. — Agora, Srta. Redding, venha comigo.

A Dra. Rose virou o corpo e saiu pela porta. Julie engoliu em seco e se levantou também. Em seguida, olhou para Parker, e sua amiga acenou a cabeça de maneira encorajadora.

— Vai ficar tudo bem — sussurrou ela. Mas então Julie olhou para Ava, Caitlin e Mac. Elas pareciam aterrorizadas.

Julie se virou para Parker.

— Nos vemos lá fora depois? — sussurrou ela.

Parker assentiu, e as outras garotas se entreolharam com ar preocupado. Julie se perguntou se deveria lhes pedir que se encontrassem com ela também, mas a Dra. Rose limpou a garganta impacientemente antes que tivesse chance.

Julie seguiu a Dra. Rose por um longo corredor até uma pequena sala mal iluminada. O lugar não tinha quase nada, fora alguns diplomas emoldurados pendurados nas paredes, uma mesa de metal com um tampo imitando madeira e duas cadeiras. Julie inspirou e expirou. *Um... dois... três.* Na mesma hora se sentiu mais calma. Até conseguiu sorrir para a doutora enquanto se sentavam cada uma de um lado da ampla mesa.

— Está bem — disse a Dra. Rose. — Vamos começar.

Julie olhou ao redor do escritório.

— Onde está o detector de mentiras?

— Perdão? — indagou a Dra. Rose.

— Você não vai me fazer passar por um teste de detecção de mentiras ou algo assim? — Julie acenou as mãos no ar enquanto falava.

— Não, Julie. Não é o que eu vou fazer. — A Dra. Rose tirou os óculos e os colocou na mesa entre elas. Ela parecia mais simpática, quase amigável. — Nós só vamos conversar.

Nós só vamos conversar. Por um instante, Julie pensou em dizer à Dra. Rose que já tinha um terapeuta, até se lembrar de que Fielder era um grande idiota.

— O que você quer saber?

— Bem, para começar, fale um pouco sobre sua vida. Sua vida em casa, quero dizer.

Parecia que Julie tinha uma pedra presa na garganta. Por que diabos a mulher iria querer saber *disso*? Pensou em uma série de mentiras, mas então concluiu que provavelmente não a levariam a lugar algum. A Dra. Rose certamente sabia de tudo, de qualquer forma. E, se Julie mentisse, seria vista como alguém não confiável... talvez até uma assassina.

— Hã, minha mãe e eu nos mudamos da Califórnia para cá há alguns anos — começou Julie. — Minha mãe é... hã... ela tem alguns... problemas.

A Dra. Rose assentiu e pegou um bloco de anotações em espiral.

— E isso tem sido difícil para você, não é?

Julie estremeceu. Então, a Dra. Rose sabia *mesmo*. Mas sua voz era tão gentil. Tão tranquilizadora. De repente, uma barragem se rompeu no peito de Julie, e ela começou a falar muito depressa.

— Ela é uma acumuladora. Um caso grave, diagnosticado mesmo. Nossa casa é imunda, e acho que deve haver uns vinte e seis gatos morando lá. E minha mãe... ela é... realmente problemática. Ela me odeia. E me faz sentir como se eu fosse a causa de tudo isso.

A Dra. Rose assentiu, ouvindo atentamente.

— E como tudo isso faz você se sentir?

Julie pensou por um instante.

— Envergonhada. Constrangida. Eu não queria que ninguém da Beacon Heights soubesse, porque, quando descobriram na Califórnia, as pessoas foram... — Julie estremeceu. — Deus, elas foram tão cruéis. Eu era apenas uma criança, sabe? E me chamavam de coisas tão ruins, e ninguém as deteve. Nem os professores, nem os pais deles. Foi... foi terrível.

— E você estava com medo de que isso acontecesse novamente aqui, não estava?

— Sim. Então tentei evitar isso desta vez.

— E como você fez isso?

Ela respirou fundo.

— Mantinha meu mundo familiar e o exterior totalmente separados... vivia duas vidas ao mesmo tempo. Nunca convidava ninguém para minha casa... nunca. Fora a Parker, ela sabia.

— Parker Duvall?

— A-hã. — Julie limpou a garganta. — Contei à Parker meu segredo. E, a partir desse momento, ela era bem-vinda. Mas ninguém mais... eu não podia arriscar que mais alguém soubesse a verdade.

A Dra. Rose fez uma anotação em seu bloco.

— Continue.

Julie tentou ver o que Rose havia escrito, mas o bloco estava fora do alcance da vista.

— Então, hã, nunca namorei muito, porque não podia levar ninguém em casa. E deu certo, por bastante tempo. Ninguém sabe... pelo menos ninguém sabia, até outro dia. — Os olhos dela se encheram de lágrimas.

A Dra. Rose fez mais algumas anotações.

— O que aconteceu?

Julie deixou escapar uma risada triste.

— Ashley Ferguson. Foi isso o que aconteceu.

— Quem é Ashley?

— É uma garota da escola que meio que me idolatrava, eu acho. Ela se vestia igual a mim, pintava o cabelo igual ao meu. Me seguia para todo lado... era muito estranho.

— Parece que ela realmente a admirava. Isso de alguma forma não é lisonjeiro?

Julie deu de ombros.

— Eu acho, talvez no início. Mas era meio demais. Quero dizer, ela apareceu no banheiro de um restaurante quando eu estava em um encontro e roubou um batom da minha bolsa.

A Dra. Rose fazia anotações freneticamente. Julie estava tentada a se inclinar e ver o que era tão importante para ela escrever, mas resistiu ao impulso.

— Bem, outro dia ela mandou um e-mail para a escola toda contando sobre... — Ainda era difícil dizer as palavras em voz alta. — Sobre a minha mãe. E a minha casa. E sobre mim. Então, agora todos sabem.

— E como é isso para você?

— É horrível. Não posso nem ir à escola. Bem, eu tentei ontem, mas aquela va... quero dizer, Ashley encheu meu armário com areia de gato. Ela é tipo o novo Nolan.

Assim que disse o nome dele, Julie se arrependeu.

Como era de se esperar, a Dra. Rose ergueu as sobrancelhas.

— Nolan Hotchkiss?

Julie engoliu em seco, o coração acelerando. *Um... dois... três...*

— Sim.

— Está dizendo que Nolan fez alguma coisa com você, assim como Ashley?

Julie desviou o olhar, examinando os quadros na parede. *Letitia W. Rose, PhD, Universidade de Washington.*

— Não, ele fez uma coisa com Parker. E eu o odiava por isso. — A voz de Julie falhou, e sua garganta ardia de raiva. — Mas não o *matei*.

— Conte-me o que Nolan fez com Parker, Julie.

Julie suspirou. Repetira aquela história para a polícia tantas vezes, e nunca ficava mais fácil de contar.

— Na noite em que o pai dela... a atacou, ela estava em uma festa na casa do Nolan. Ela me ligou com a voz arrastada e parecia realmente confusa. Mas também parecia meio surtada, como se estivesse fora de controle.

— O que ela disse?

— Ela disse: "Acho que ele colocou oxicodona na minha bebida." — Julie fez uma pausa. — Ela estava falando do Nolan, porque eles eram amigos próximos. Nolan sabia que o pai dela era... um cretino. O pai de Parker vivia batendo nela... nada do que ela fazia era bom o suficiente. Drogas eram o que mais o irritava. Ele ameaçara matá-la se um dia a pegasse drogada. — Julie respirou fundo. — Parker achou que Nolan tinha feito isso de propósito, como se ele achasse que seria engraçado se o pai dela lhe desse uma surra. — Ela cerrou os punhos. — Eu disse que iria buscá-la e levá-la para casa. Ela estava tão atordoada quando cheguei à casa de Nolan. E me implorou para deixá-la ir para minha casa para que o pai dela não a visse daquele jeito, mas, bem... Eu ainda não lhe contara sobre meu... problema. Estava com medo de deixá-la ir à minha casa. Parker e eu éramos melhores amigas, mas ela era *tão* popular. Eu tinha medo de que me abandonasse se soubesse.

De repente, lágrimas começaram a correr pelo seu rosto enquanto relembrava. Parker implorara e implorara, e ela inventara uma desculpa esfarrapada dizendo que sua mãe estava dando uma festa e não iria querer receber ninguém. "Vai ficar tudo bem", dissera à Parker, enquanto a levava para a casa apesar dos protestos de Parker sob o efeito das drogas. *Deus*, pensou Julie, *como fora idiota*.

— Então você a levou de volta para casa — concluiu a Dra. Rose por ela.

Julie assentiu. Respirou fundo e encontrou forças para terminar a história.

— Foi nessa noite que o pai dela...

Ela parou de falar e fechou os olhos, querendo poder afastar as lembranças que inundaram sua mente: dos meses que Parker havia passado no hospital, pontos por todo o rosto, pescoço e braços; dos ossos quebrados e membros inchados; de Parker aprendendo a caminhar novamente. Julie podia ter evitado tudo isso se tivesse sido corajosa o suficiente.

— Ela é minha melhor amiga, e deixei isso acontecer com ela. — Julie balançou a cabeça e bateu os punhos nas coxas. — Foi por minha causa — sussurrou, a voz cheia de raiva e reprovação. — Fui tão egoísta. Só me preocupava com a minha reputação.

— Você não sabia o que iria acontecer, Julie. O que o pai de Parker fez com ela... isso é culpa dele. Não sua.

— É legal você falar isso — disse Julie. — Mas é mesmo verdade? Acho incrível Parker ter me perdoado. Ela devia me odiar.

Julie sentiu o rosto ser tomado pela tristeza. Nunca tinha dito aquelas coisas em voz alta — não para outro terapeuta, e não para Parker. *Talvez você não devesse ter me perdoado. Afinal, sou uma inútil. Eu fiz isso com você. É minha culpa.*

A doutora ficou em silêncio por um tempo, mas sem tirar os olhos do rosto de Julie. Parecia que estava muito concentrada em algo.

— Então você sente que Parker a perdoou, Julie?

Julie lançou-lhe um olhar perplexo.

— Bem, é claro. Quero dizer, por que mais ela ainda seria minha amiga? E nunca mais deixarei que nada de ruim aconteça com ela. Eu preferiria morrer.

— Entendo. — A Dra. Rose abriu um sorriso caloroso para Julie, como se realmente entendesse. Então se recostou. — Então você matou ou não matou Lucas Granger?

Julie se encolheu, surpresa com a rápida mudança na conversa.

— É claro que não.

— E Nolan? Você o odiava, mas também não foi você?

— De jeito nenhum. — Julie pegou um fio solto em sua calça de moletom. — Não sou capaz de matar ninguém.

A Dra. Rose assentiu.

— Não, acho que não. Mas e suas amigas?

Julie piscou.

— O que tem elas?

— Você acha que *elas* são capazes?

Julie olhou fixamente para a Dra. Rose, tentando entender aonde queria chegar. Será que ela achava que uma das outras tinha cometido os crimes? Ava? *Parker?* Julie não podia suportar a ideia de Parker ser interrogada.

— É claro que não — respondeu com voz rouca. — Nenhuma delas.

Mas, pela maneira como a Dra. Rose olhava para ela, Julie começou a se perguntar: ela e a polícia sabiam de algo que Julie desconhecia? Tentou se lembrar de tudo o que houvera na noite da morte de Granger. Só porque não voltara à casa de Granger não queria dizer que as outras não tinham voltado. Mas isso era loucura, certo? Não podia começar a desconfiar delas agora.

— Ok. — A Dra. Rose se levantou. — Bem, isso ajudou muito. Posso ter outras perguntas para você, então mantenha seu telefone por perto. — Ela abriu a porta, estendendo o braço para mostrar à Julie que estava liberada. — Obrigada pelo seu tempo.

Julie levantou-se devagar, completamente confusa. Pegou sua bolsa e passou pela doutora.

— Tchau.

Então seguiu depressa pelo corredor até o saguão, esperando ver Parker à sua espera, mas ela não estava lá. Frustrada, saiu sob a luz do sol do fim de tarde. Parker não estava em lugar algum. Julie pegou o celular do bolso e ligou para a amiga. A ligação caiu direto na caixa postal. Por um breve segundo paranoico, Julie teve medo de que Parker tivesse ouvido tudo o que havia dito sobre ela para a Dra. Rose, incluindo o quanto se culpava, e de repente tivesse concluído que *também* culpava Julie e decidido ir embora.

Esfregou os olhos, depois foi até o carro. Por um instante, ficou apenas sentada, sem saber o que fazer. De jeito nenhum podia ir para casa. Também não queria falar com ninguém. Então virou a chave na ignição, saiu do estacionamento e só... dirigiu, passando por pequenos bairros, através do centro de Beacon, até mesmo perto do litoral. Precisava muito relaxar.

Mas o passeio não estava sendo muito terapêutico e, depois de dar a volta por Beacon, ainda estava agitada e ansiosa. Quando olhou para o telefone no banco do passageiro, percebeu que a tela estava acesa com alertas do Instagram — dezenas deles. Abriu o aplicativo e, quando *@ashleyferg marcou você em uma foto* apareceu, sentiu um frio na barriga.

Acessou cautelosamente o Instagram. Era outra foto da casa de Julie, mas, desta vez, uma van do Departamento de Saúde estava parada bem em frente. Assim como um veículo em que se lia RESGATE DE ANIMAIS DE BEACON. A foto mostrava autoridades e funcionários de pé na varanda ou saindo da casa com caixas transportadoras de gato. A mãe de Julie estava no jardim, a boca aberta em um triângulo irritado, o cabelo bagunçado, o rosto mais insano do que nunca.

Julie estava boquiaberta. Quando isso acontecera? *Naquele dia?* Então olhou para a legenda.

Julie Redding não é mais a rainha dos felinos! #semfiltro.

Julie desabou contra o banco atrás dela.

— Ah, meu Deus — sussurrou.

Ashley ligara para o Centro de Controle de Zoonoses ir à casa delas. Aquilo iria ser um pesadelo. Aqueles gatos eram tudo para sua mãe... e agora iam ser levados. Isso significava que a Sra. Redding concentraria toda a sua atenção em Julie. Toda a sua ira.

Quando ela achava que sua vida não poderia piorar. Aquela *vadia*.

Por algum motivo, a palavra ecoou em sua mente. De repente ouviu Parker dizendo aquilo ontem: *Aquela vadia vai pagar*, com aquele olhar horrível no rosto. Olhou novamente a postagem do Instagram. Ashley a publicara há quase uma hora. Será que Parker já tinha visto? *Aquela vadia vai pagar. Vou dar um jeito nela.* E, mesmo quando Julie dissera que não podiam fazer isso, Parker falara: *Gostaria que pudéssemos. Queria, só uma vez, que pudéssemos.*

Ah, Deus. Julie se perguntou, então, se sabia exatamente onde Parker estava naquele momento. Estaria se *vingando*?

Julie pegou o celular e ligou para Ashley. Ninguém atendeu. Em seguida entrou rapidamente no site de alunos da Beacon High e encontrou o endereço de Ashley. Saiu depressa com o carro, forçando-se apenas a diminuir a velocidade para não ser parada. Tentou ligar para Parker várias vezes. Ainda sem resposta.

— Parker, onde você *está*? — disse ela, nervosa. — Olha, espero que você não esteja surtando por causa do Instagram. Porque eu não estou. Estou bem. Ok?

Dobrou à direita, depois à esquerda, então mais uma vez à esquerda. Um monólogo constante martelava em sua cabeça. *Parker provavelmente não está com Ashley. Isso nem faz sentido — ela não é a mesma garota de antes, a que chegava na cara das pessoas e agitava as coisas. Você está ficando louca.*

Julie bateu a porta do carro e correu para a entrada da casa de Ashley. A porta da frente estava aberta. Ao passar por ela, Julie ouviu um grito.

Com a adrenalina correndo pelo corpo, ela seguiu o som até o andar de cima, pelo corredor e para dentro de um quarto. A cama de Ashley tinha exatamente a mesma colcha que a de Julie, só que no tamanho queen — Julie nem sequer parara para pensar como Ashley descobrira *isso*. Avançou pelo quarto e viu um vapor saindo pela porta aberta do banheiro, onde a água do chuveiro corria com toda força. Entrou depressa no banheiro e observou a cena. Havia uma embalagem de shampoo Aveda de alecrim e menta (a mesma marca que Julie usava) caída no piso.

Também havia uma escova de dentes e um copo no chão, assim como o que parecia ser uma pequena vaca de cerâmica quebrada. Alguém os derrubara? A cortina do chuveiro tinha sido arrancada da haste, mas a água ainda corria a toda. Então, Julie olhou *dentro* da banheira. Foi quando ela viu.

Ashley.

Julie tinha quase certeza de haver gritado. Apesar de estar na banheira, Ashley usava um roupão rosa felpudo e estava encharcada. Seu cabelo molhado pingava pelo ralo. Seus dedos estavam enrugados. Os olhos, fechados. Havia arranhões em seus braços, e um hematoma se formava em sua têmpora.

Os pensamentos passavam a toda velocidade pela mente de Julie. Agachou-se ao lado dela e pressionou os dedos à garganta de Ashley, procurando sentir sua pulsação, mas não sentiu nada. Em seguida, estendeu a mão em frente à boca e ao nariz de Ashley. Não sentiu sua respiração, nem mesmo bem fraca.

— Ah meu Deus, ah, meu Deus — disse Julie, olhando ao redor.

Será que Ashley havia escorregado? Quanto mais observava a cena, mais parecia que tinha ocorrido uma luta — havia marcas de unhas no papel de parede, revistas espalhadas por todo o chão e, claro, o fato de Ashley estar deitada *na* banheira e não no tapete antiderrapante.

Será que Parker tinha feito isso?

Não pense assim, dizia a si mesma, mas Julie só conseguia pensar no rosto determinado de Parker no outro dia. *É só você dizer*, ela falara. Só que Julie *não tinha falado nada*... ou tinha? Seus pensamentos pareciam repentinamente confusos. Só conseguia pensar naquele sonho louco que tivera, aquele em que gritara pedindo ajuda a Parker. Acordara segurando o celular... será que ligara para Parker enquanto dormia? Então pensou novamente no Instagram da Ashley. E se Parker tivesse visto aquilo e simplesmente... surtado? E se Parker tivesse feito isso por ela... matado por ela?

Então, de repente, Julie relembrou daquela aula de cinema. Parker sorrira para o grupo e dissera: *Ou Ashley Ferguson. Adoraria vê-la escorregar e rachar a cabeça enquanto está no chuveiro lavando o cabelo de imitadora.*

Não. Não podia ser.

Julie voltou ao presente. Se Parker tivesse feito isso, então suas digitais provavelmente estavam por toda a sala — e agora também as de Julie. Não podia chamar a polícia, porque nunca poderia fazer isso com Parker. Ela sabia o que precisava fazer, e sentiu uma força vindo de dentro dela para fazer isso.

Julie respirou fundo algumas vezes, depois ficou de joelhos e se moveu para frente. Cruzou os braços pesados de Ashley sobre o peito e estendeu suas pernas. Então olhou em volta do cômodo à procura das ferramentas de que precisaria. Julie iria se livrar de todas as evidências: de cada impressão digital, de tudo. Até mesmo do corpo.

Era isso o que se fazia pelas melhores amigas.

CAPÍTULO DEZOITO

NA MANHÃ DE QUARTA, Mac parou o carro no estacionamento da escola e pegou seu telefone. Vinha pensando em uma determinada música durante todo o caminho — um remix de Rossini e Rihanna, seu compositor favorito e a cantora de que mais gostava, ainda que com uma pontinha de culpa — e queria assistir ao clipe do YouTube novamente. Quando finalmente encontrou o e-mail com o link, percebeu por que devia estar pensando naquela música em particular: Blake a enviara algumas semanas antes, quando estavam meio que saindo. *Achei que você iria gostar*, escrevera ele, pontuando o e-mail com um beijo.

— Pare! — disse ela em voz alta para si mesma, batendo as mãos no volante para reforçar.

Já decidira que não daria outra chance a Blake, e tinha de se manter firme. Por que era assim tão difícil?

Talvez houvesse outras razões para estar se sentindo um pouco abalada naquela manhã. Tivera de ver a Dra. Rose, a psicóloga criminal, no final da tarde do dia anterior. Por duas vezes Mackenzie tivera de se sentar sobre as mãos para evitar que tremessem, e por três vezes pegou-se cantarolando uma peça de Dvořák, o que fazia quando estava nervosa. A Dra. Rose fizera um monte de perguntas aparentemente inofensivas sobre a autoestima de Mac, seu envolvimento com Nolan (ao qual não dera muita importância), se ela gostava da aula de cinema de Granger e por que sentira necessidade de ir com as amigas à casa dele na noite em que fora morto. Mac não conseguia nem se lembrar o que dissera, estava tão nervosa.

Então, estranhamente, a Dra. Rose lhe perguntara sobre as outras garotas. Ava parecia muito tensa, comentou a doutora — ela parecia traumatizada com a morte da mãe? O mesmo com relação à Caitlin — ela perdeu o irmão, esse tipo de coisa deve tê-la deixado com raiva, certo? E Julie tinha uma vida problemática em casa, e Parker, bem...

— Parece que você está envolvida com algumas amigas que têm uma grande bagagem — concluíra a doutora. — E você sabe, pessoas que têm... *questões*, bem, elas podem resolver as coisas de maneiras diferentes.

Mac olhara para ela.

— Você quer dizer matando pessoas? — perguntara.

A doutora apenas piscou.

— É claro que não — disse ela. — A menos que seja o que *você* pensa.

Mac não sabia o que pensar. *Deveria* suspeitar das outras? De certa forma, fazia sentido: todas tinham participado daquela conversa na aula de cinema. E se uma delas tivesse matado Nolan, é claro que mataria Granger para silenciá-lo e envolveria as outras garotas como cúmplices involuntárias. Caitlin odiava Nolan mais do que qualquer uma delas. Ou que tal Ava? Nolan começara aqueles boatos terríveis sobre ela, e Granger *dera* em cima dela. Talvez ela tivesse um lado violento secreto.

Mas, então, Mac procurou afastar aquele pensamento. Elas eram suas *amigas*. Não eram assassinas. Só lhe restava a esperança de que pudessem passar pelas entrevistas sem levantar mais suspeitas e perguntas sobre o envolvimento delas. A última coisa que queria era que Juilliard descobrisse que estava sendo interrogada ou que seus pais se preocupassem mais do que deviam.

Com um suspiro, saiu do carro, começou a atravessar o estacionamento e deu uma olhada nas outras mensagens em seu telefone. Havia uma de Oliver, um simples: *Você está bem?* Ela estremeceu, sem saber como responder, e decidiu não escrever nada.

Enquanto seguia em direção ao armário, Mac notou pequenos grupos de jovens se reunindo no corredor. Sussurravam uns para os outros, depois se afastavam para formar novos grupos e sussurravam um pouco mais. O ar parecia carregado. O que estava acontecendo? Então Mac notou Alex Cohen diante do armário, a cabeça abaixada. Talvez *aquela* fosse a razão de todos os murmúrios — Alex tinha sido acusado de assassinato, passara aquela semana na prisão e agora estava de volta. Embora Mac acreditasse que Alex não era culpado e estivesse feliz por Ava por ele estar solto, ainda se sentia um pouco desconfiada. Afinal, ele as *denunciara* para a polícia.

Ela abriu o armário e começou a revirar os livros. Nyssa Frankel abriu seu armário a poucos metros enquanto trocava frases rápidas com Hannah Broughton.

— Ela simplesmente sumiu — Mac a ouviu sussurrar. — Foi o que a mãe dela disse à polícia.

Mac aguçou os ouvidos. *Quem* tinha sumido? Julie? Mac sabia que Nyssa e Julie eram amigas. E se Julie tivesse ficado abalada demais após a conversa com a Dra. Rose no dia anterior e simplesmente... *ido embora?*

Hannah colocou as mãos nos quadris.

— Você acha que ela foi *sequestrada?* Ouvi dizer que o quarto dela estava, tipo, totalmente impecável. O que era muito estranho, porque aparentemente ela é uma completa desleixada.

Mac contraiu os lábio, séria. Julie definitivamente não era desleixada...

Nyssa fechou o armário com um sonoro clique.

— Você acha que ela fugiu?

Hanna balançou a cabeça firmemente.

— Se Ashley estivesse fugindo, não teria pelo menos levado o telefone? Você sabe que ela não consegue viver sem ele.

Os olhos de Mac se arregalaram. *Ashley?*

Ela se afastou das garotas, pegou o telefone e abriu o site de notícias local. Como era de se esperar, a manchete principal era *Adolescente da Região Desaparecida*. A reportagem explicava que os pais de Ashley Ferguson não a encontraram ao chegar do trabalho. O carro dela estava na entrada e seu telefone no quarto, carregando. Esperaram algumas horas, pensando que ela podia ter saído para dar uma volta, antes de finalmente ligarem para a polícia por volta das dez da noite.

Mac foi invadida por uma sensação de terror até seu cabelo praticamente se arrepiar. Ashley estava na lista.

Bateu a porta do armário, seguiu pelo corredor e viu Caitlin e Ava cochichando em um canto. Mac invadiu o círculo delas.

— Ok, mas que *diabos*? — sussurrou ela.

— Então você já ficou sabendo? — indagou Ava, o olhar correndo de um lado para o outro.

Mac assentiu. Ao levar a mão ao rosto, percebeu que seus dedos tremiam.

— Não devemos conversar sobre isso aqui — disse ela, olhando ao redor do corredor movimentado. — Há tantas pessoas...

— Mas, meninas — interrompeu Caitlin, a voz estridente. — O que está *acontecendo*?

Mac pegou uma linha solta do punho do suéter.

— Não devemos presumir o pior — disse ela em voz baixa. — Uma coisa pode não ter nada a ver com a outra, ok? Ou

Ashley pode ter fugido. Quero dizer, nós dissemos que ela... *vocês sabem...* no banho, certo? E não foi o que aconteceu. Ela simplesmente desapareceu.

Mas quando se entreolharam, parecia claro que não era o que ninguém pensava. Caitlin começou a tremer.

— A culpa é nossa — sussurrou ela. — *Nós* falamos aqueles nomes. E agora todos estão morrendo.

— Pare. — Ava pegou o braço dela. — Não podemos *mesmo* falar sobre isso aqui.

— Talvez devêssemos simplesmente nos entregar — disse Caitlin freneticamente, a voz mais alta. Estava claro que precisava falar sobre isso naquele instante, não tinha como esperar. — Antes que mais alguém seja assassinado. Antes que alguma outra coisa aconteça. O que vocês acham?

— E de que adiantaria? — sibilou Ava. — Você acha mesmo que quem quer que esteja fazendo isso vai parar quando estivermos na prisão?

— Talvez! — gritou Caitlin, fazendo algumas pessoas virarem a cabeça.

— *Shh* — alertou-a Mac, esperando que os alunos que passavam presumissem que estavam falando sobre algum teste de história. Ela se aproximou das garotas. — Você está se ouvindo? — disse à Caitlin. — Quer jogar sua vida fora por alguma *conversa* estúpida que tivemos? Como se fôssemos as primeiras pessoas a conversar sobre pessoas que queremos ver mortas. *Dá um tempo*, Caitlin.

— Somos as primeiras pessoas a ver de fato *mortas* as pessoas que queríamos que morressem! — sussurrou Caitlin, o sangue pulsando em suas têmporas.

— Vamos pensar sobre isso logicamente — disse Mac em voz baixa. — Talvez nós mesmas possamos descobrir o que está acontecendo. Devíamos fazer perguntas a algumas das garotas com quem Granger estava ficando. Quero dizer, elas tinham motivos para matar Granger, certo?

Ava assentiu.

— Alex disse que viu uma menina entrar na casa de Granger naquela noite, algum tempo depois que saímos. Pode ter sido uma delas.

— Isso com relação a Granger — concordou Caitlin. — Mas e quanto à Ashley? Ao pai de Parker? Simplesmente não faz *sentido*.

— Tem alguém que *faça* sentido? — disparou Ava.

Mac não pôde evitar: seu olhar correu para Ava, com desconfiança. Pensou na conversa que tivera com a Dra. Rose. Era difícil não levantar algumas hipóteses. Ela mal conhecia aquelas garotas.

Ava retesou o corpo.

— Eu não feri o Granger — disse ela na defensiva, como se estivesse lendo a mente de Mac. — E não fiz nada com Ashley.

— Nem eu! — disse Caitlin rapidamente. Então olhou para Mac com uma súbita desconfiança. — Onde *você* estava ontem?

Mac ficou boquiaberta.

— Por que *eu* iria ferir Ashley? — perguntou, atônita. — Eu nem a conheço!

Ava deu de ombros.

— Por que alguma de nós faria isso? Talvez você soubesse que Ashley ouviu nossa conversa na aula de cinema. Talvez tivesse de detê-la antes que ela contasse para todo mundo, da mesma maneira que espalhou os rumores sobre Julie. Você tem muito a perder, Mackenzie. Acabou de entrar para Juilliard. Precisa proteger seu futuro, não é?

— Você enlouqueceu? — gritou Mac. Uma coisa era ela desconfiar das outras, mas como poderiam desconfiar *dela*? Então apontou para Ava. — Eu poderia facilmente dizer o mesmo sobre você. E quanto ao seu namorado? Ele tem um histórico de violência!

Os olhos de Ava faiscaram.

— Essa história vai além do que você sabe. Alex bateu naquele cara porque ele *estuprou* alguém.

— Sim, mas Granger deu em cima de você — ressaltou Caitlin, mal ouvindo a explicação de Ava. — Você é quem mais devia querer vê-lo morto.

— Me desculpe, esquecemos que Nolan levou seu irmão ao suicídio? — sibilou Ava, curvando os lábios. — Você é quem devia querer isso mais do que ninguém. Tem algum cianureto aí com você, Caitlin?

Caitlin ficou perplexa.

— Como você se atreve?

Já estava prestes a se atirar para cima de Ava, mas Mac agarrou seu braço.

— Espere um minuto! — Mac sentiu-se tomada por um estado de espírito mais racional. — Todo mundo respira fundo, ok? Está claro que as coisas que os policiais nos disseram estão mexendo com a nossa cabeça. Mas isso faz algum sentido?

Então olhou em volta. Ava e Caitlin franziam a testa. *Elas não fizeram isso*, disse a si mesma. Queria tanto acreditar nisso.

— E quanto a Julie? — disse Caitlin em voz baixa. — Alguém sabe onde ela está?

— Tentei ligar para ela hoje de manhã, quando soube da Ashley. — Ava sentiu um nó na garganta. — Ela não atendeu. E tenho certeza de que ela não está na escola depois do que Ashley fez ontem.

Mac mordeu o lábio inferior.

— Talvez devêssemos lhe perguntar onde *ela* estava ontem, depois da nossa ida à delegacia de polícia. Foi mais ou menos na hora em que Ashley... vocês sabem.

Ava arregalou os olhos.

— Você não está dizendo...

— É claro que não — interrompeu Mac. — Ou... eu não sei. Ashley *estava* arruinando a vida dela.

— E você viu aquela foto no Instagram? — sussurrou Caitlin. — Ashley denunciou a mãe de Julie ao Centro de Controle de Zoonoses. Levaram todos os gatos embora. Estava no noticiário.

Ava colocou as mãos nos quadris.

— Vocês duas são muito rápidas em apontar o dedo.

— Você *também* — disparou Caitlin.

O sinal tocou e todas se encolheram. Ava colocou a bolsa Chanel no ombro.

— Conversamos mais tarde — disse ela com firmeza para Caitlin.

— A menos que estejamos na cadeia — murmurou Caitlin.

As duas nem sequer olharam para Mac, o que lhe fez sentir uma pontada de arrependimento. Ela havia estragado tudo. Não devia ter deixado escapar que estivesse sequer considerando qualquer uma delas como suspeita — isso só as afastara. Elas precisavam ficar juntas naquele momento, não brigar pelos corredores.

Empurrou os óculos para cima do nariz e começou a andar, ainda irritada. Quando entrou na sala da orquestra, viu Claire perto do quadro de avisos, lendo um anúncio sobre os ensaios. Então se deu conta de algo terrível que a fez ficar paralisada quando a conversa na aula de cinema voltou à sua mente. Primeiro Nolan, depois o pai de Parker, em seguida Ashley...

E agora... Claire?

CAPÍTULO DEZENOVE

O RESTANTE DO DIA na escola passou como um borrão enquanto Caitlin tentava, sem sucesso, se concentrar nas aulas e no treino de futebol. Durante a aula de química, ela não parava de olhar para a porta, certa de que alguém entraria de repente, dizendo que Ashley Ferguson estava morta. Durante o treino de futebol, manteve o celular com ela, para desgosto da treinadora Leah, esperando por uma ligação da polícia dizendo que queriam vê-la novamente. Ou, ainda pior, uma mensagem dizendo que outra pessoa da lista delas estava morta. Também ficou de olho em Ursula Winters, perguntando-se se ela estaria por trás de tudo isso. Ela *estava* naquela aula de cinema. Será que ouvira a conversa delas naquele dia? Seria por isso que Ursula estava rindo enquanto tomava um grande gole de sua garrafa de Gatorade? Aqueles arranhões nos braços de Ursula teriam sido em razão de uma briga com Ashley Ferguson na casa dela?

Mas *por quê?*

Caitlin também evitou as novas amigas, assustada com a conversa com Ava e Mac naquela manhã. Não que elas quisessem conversar com ela de qualquer jeito. Quando Ava a viu no final do corredor entre o quarto e o quinto tempos, virou-se e seguiu na direção oposta. Quando ela e Mac estavam perto uma da outra na fila da cantina, Mac saiu para a fila da salada para evitar falar com ela. Além disso tudo, Jeremy a estava evitando. Embora talvez ela também o estivesse evitando. Eles tinham tido algumas conversas meio artificiais após o encontro fracassado no sábado, mas Caitlin podia ver que ele ainda estava chateado... e talvez ela também ainda estivesse chateada. Ela lhe deixara várias mensagens na noite do show, tentando se desculpar e argumentar com ele, mas ele estava vendo aquilo de uma forma tão simplificada.

Ainda por cima, tinha sido chamada para conversar com a Dra. Rose naquela tarde. Entrou na delegacia de polícia tão nervosa que achava que até mesmo suas pálpebras estavam tremendo. Ela se sentiu culpada — por *tudo*. O que nem fazia sentido. Só porque tinha tomado parte em uma conversa onde um grupo de meninas dissera o nome de pessoas que não se importariam em ver mortas — e esses inimigos então *morreram* —, isso não fazia dela uma assassina. Suas palavras não eram mágicas e nem elas eram Deus. Mas o que *estava* acontecendo? Quem estava fazendo aquilo?

Poderia ser uma delas?

— Sente-se, Caitlin — disse a Dra. Rose, indicando uma cadeira à sua frente.

Caitlin sentou-se, tensa, as mãos no colo. O relógio marcava ruidosamente as horas num canto. Caitlin deu uma olhada nas lombadas dos livros. Eram todos publicações técnicas da área psicológica que provavelmente a fariam dormir.

— Então. — A Dra. Rose bateu as unhas em sua prancheta. — Fiquei sabendo que uma garota de sua escola desapareceu.

Caitlin ergueu a cabeça. Não esperava que a Dra. Rose falasse sobre *isso*.

— Hã, sim — disse ela o mais casualmente possível. — Ashley Ferguson.

— Você a conhece?

Caitlin balançou a cabeça.

— Não muito. Ela fazia algumas aulas comigo, só isso.

— Cinema, certo?

Caitlin sentiu um arrepio na espinha. O que a Dra. Rose sabia?

— Hã, sim — disse ela vagamente.

— O professor dessa matéria morreu recentemente, não foi?

Seu coração começou a bater acelerado.

— Sim.

A Dra. Rose fez uma anotação. Caitlin estava quase certa de que tinha algo a ver com a conexão que ligava Granger, a invasão à casa dele, a aula de cinema e Ashley. *Deus*, aquilo tudo parecia tão ruim para ela.

— Então, Ashley já lhe causou algum problema? Ouvi falar que ela era de fazer bullying.

Caitlin balançou a cabeça, fazendo sinceramente que não.

— Eu mal a conhecia.

— Mas ela *estava* causando problemas a alguém, não estava? Alguém que você conhece?

Caitlin sentiu um aperto no peito.

— Bem, talvez — disse ela em voz baixa.

— Você pode me dizer quem é. — A Dra. Rose se inclinou para frente. — Tudo o que me disser aqui é confidencial.

Era estranho: na escola, quando estavam conversando, Caitlin sentira que não podia mais confiar nas outras garotas, que era cada um por si naquele momento. Mas ali, diante de uma policial — bem, alguém meio da polícia, de qualquer forma —, não conseguia entregar Julie. Parecia uma grande traição. Julie era tão legal e doce. Não merecia a forma como Ashley a tratara e não era capaz de matar ninguém.

— Ashley enviou um e-mail para a escola toda sobre a mãe de Julie ser uma acumuladora, não foi? — disse a Dra. Rose suavemente.

Caitlin piscou. Então a Dra. Rose já sabia.

— Algo assim.

— Então colocou areia de gato no armário de Julie e publicou uma foto no Instagram. Está certo?

Caitlin baixou os olhos. Os policiais estavam verificando o *Instagram* agora?

— Julie parecia chateada com o que Ashley estava fazendo com ela? — perguntou a Dra. Rose.

Caitlin sentiu uma barragem se romper dentro dela.

— É claro — disse ela. — Qualquer um ficaria. Ashley foi tão, *tão* má... e Julie não tinha feito nada para merecer isso. Julie é uma boa pessoa. Nunca machucaria ninguém, nem mesmo alguém que fizesse bullying.

— Você viveu uma situação em que alguém que amava sofreu bullying, certo?

Caitlin congelou.

— Bem, sim — disse ela com voz abafada. — Meu irmão, Taylor. Nolan Hotchkiss o atormentava. E então ele se matou.

— Então você é um pouco sensível a essa questão de bullying, não é?

Ela deu de ombros.

— Acho que sim.

A Dra. Rose anotou algo em seu bloco. Caitlin queria poder ver o que era. Será que dizia que Caitlin tinha muitos motivos para ferir Nolan?

— Eu não fiz nada — disse ela de repente.

— Não estou dizendo que você fez — replicou a Dra. Rose de maneira simpática.

Mais tarde, em seu carro, Caitlin estava tão distraída que quase ultrapassou dois sinais vermelhos e bateu em um ônibus escolar. Era tão difícil deduzir o que a Dra. Rose pensara a respeito dela. Ela suspeitava agora de Caitlin? Ela suspeitava de Julie? Ou ela era ótima em fazer perguntas irritantes?

Dirigiu sem saber para onde estava indo e acabou chegando à casa de Jeremy, mesmo sem ligar para avisar que ia. Parou junto ao meio-fio, pegou suas chaves e ela mesma abriu a porta, o que fazia há anos. Mas era a primeira vez que fazia para ver Jeremy, não Josh, e isso era um pouco estranho.

Encontrou Jeremy na sala de lazer, vendo um filme preto e branco de zumbi que se lembrava vagamente de Taylor ter assistido uma vez. A lembrança a fez sorrir um pouco.

— Ei — disse ela em voz baixa.

Jeremy não olhou para cima.

— Ei.

Caitlin sentiu um frio no estômago. Precisava dele naquele momento. *Muito*. Aproximou-se e se sentou ao seu lado, tentando se apoiar em seu corpo, mas o ombro dele permaneceu rígido. Por fim, ele colocou uma das mãos no joelho dela, apertou, depois retirou-a. Pelo menos já era algo... mas não era o suficiente.

— Como foi o seu dia? — perguntou ela, virando para olhar para ele. Mas ele mantinha os olhos na tela, onde um zumbi dilacerava uma vaca.

— Foi bom.

Nenhuma pergunta sobre como tinha sido o dia dela. Nenhum detalhe sobre o filme de zumbi a que estavam assistindo. Nem mesmo um maldito comentário sobre o *tempo* — ela ficaria satisfeita com qualquer coisa àquela altura.

— Então você ainda está com raiva de mim? — finalmente perguntou ela.

Jeremy olhou para o chão por um instante.

— Estou tentando. Estou mesmo. Só posso demorar um pouco mais para superar.

— Ok. — Pelo menos ele estava sendo sincero sobre seus sentimentos. Ela pegou sua mão. — Bem, você pode me avisar quando tiver superado isso completamente para podermos dar uns amassos de novo?

Jeremy não pôde deixar de rir.

— Ok.

Antes que pudesse dizer qualquer outra coisa, Caitlin ouviu um estranho som de passos pesados e arrastados, e Josh apareceu na entrada. Seu rosto estava vermelho pelo esforço, e ele se apoiava com força nas muletas. Seu pé esquerdo e a canela estavam completamente cobertos por um gesso enorme. Só os seus dedos estavam de fora. Quando viu Caitlin e Jeremy, o rosto dele se fechou um pouco. Caitlin sentiu o corpo de Jeremy se retesar ao lado dela no sofá.

Caitlin soltou a mão de Jeremy e sentou mais para frente.

— Essa coisa é imensa — disse ela, apontando para o gesso. Não podia simplesmente fingir que Josh não estava ali.

— É. — Josh começou a se mover com dificuldade em direção à lavanderia.

— Quebrou muito feio? — perguntou ela.

Ele parou em frente à TV.

— Muito. Talvez não consiga jogar no início do próximo ano.

Caitlin arregalou os olhos.

— Que droga. Sinto muito. — Mais uma vez, não podia deixar de pensar que tinha sido culpa *dela*.

Josh só deu de ombros.

— Bem, o que posso fazer? Vou me dedicar firme à fisioterapia. Me empenharei ao máximo, mas, se não der para jogar logo no começo, não jogo. O técnico da Universidade de Washington prometeu que ainda terei a bolsa de estudos.

Caitlin estava impressionada com sua atitude calma. Achava que Josh estaria confuso e hostil. Quando estava de mau humor, ele geralmente saía para chutar bola um pouco. Ele nunca ficava tão relaxado ou feliz quanto depois de um longo treino. Mas ali estava ele, ignorado — até mesmo com sua carreira universitária em risco —, e parecia... bem.

— Hã, você pode sair daí? — Jeremy quebrou o silêncio. — Não consigo ver.

Josh olhou para o irmão por um segundo, então deu de ombros e saiu, atravessando a sala em um progresso lento e doloroso de novo. Caitlin o viu se retirar, notando que não dissera nada desagradável a Jeremy sobre os filmes que escolhia, nem fizera Caitlin se sentir estranha por estar ali com seu irmão. Quando Josh se tornara tão maduro? Será que o término com ela tinha feito isso?

Então ela virou e olhou para Jeremy, surpresa com a maneira ruim como se comportara. Jeremy encontrou seu olhar por um instante, estreitou os olhos, o rosto severo e alerta. Parecia estar prestes a se defender... ou discutir com ela. Por instinto, Caitlin abriu um sorriso tranquilizador. *Eu estou com você*, esperava que seu olhar lhe dissesse enquanto procurava tirar Josh dos pensamentos. Não precisa ter ciúmes.

Isso pareceu desfazer a tensão. O rosto de Jeremy relaxou até uma expressão quase constrangida.

— Hã, obrigado! — gritou para Josh e, apesar de não estar sendo nada sincero, Caitlin apreciou o esforço.

— Então, onde estávamos? — perguntou ela provocativamente, chegando mais perto dele. — Ah, certo... estávamos agendando nossa próxima sessão de amassos.

Jeremy passou o braço em volta dela. Ainda sem entender os pensamentos confusos que tivera com relação a Josh, Caitlin se aconchegou a Jeremy e sentiu o corpo dele relaxar enquanto ela se enroscava nele, formando uma curva perfeita.

CAPÍTULO VINTE

PARKER SENTOU-SE DE REPENTE. Onde estava? Sabia que andara dormindo — e parecia que tinha sido por muito tempo. Ela olhou em volta, prestando atenção ao local familiar. Um cômodo quadrado com uma janela improvisada. Um cheiro de mofo no ar. Do lado de fora, vislumbrou a lateral de uma casa branca de estuque bem distante. Espera um minuto. Ela *conhecia* aquela casa.

Levantou de um pulo, puxando rapidamente o capuz para cima e localizando os sapatos que jogara pelo chão. Estava no bosque atrás da casa de Nolan Hotchkiss. Há muito tempo, alguém havia construído uma cabana de caça ali. Ninguém mais a usava, mas, seja lá qual fosse o motivo, nunca fora derrubada. Parker e Nolan ficavam muito por ali quando eram amigos — costumavam chamá-la de clube — e, quando as coisas estavam realmente ruins em casa, ela às vezes ia parar ali. Também levara Julie ali algumas vezes, embora Julie tivesse dito que o lugar a assustava.

— Jesus Cristo — disse ela em voz alta.

O que a possuíra para ir até *ali*? Estava maluca? Elas já eram suspeitas do assassinato de Nolan. A última coisa de que precisava era ser pega andando furtivamente perto de sua propriedade. Realmente enlouquecera.

Quando abriu a porta, o bosque estava silencioso. Ela caminhou em direção à casa dele, passando pelo quintal. A fita da polícia já não cercava mais a propriedade; parecia novamente perfeita e imaculada, como se nenhum crime tivesse acontecido. Com o coração acelerado, Parker atravessou a grama úmida de orvalho, seguindo para o ponto de ônibus a algumas avenidas dali. Não viu ninguém no caminho, nenhum corredor de pé às seis da manhã ou pais levando cachorros para passear. Será que conseguira mesmo escapar sem que ninguém visse que dormira ali?

De certa forma, isso não a surpreendera. Como sempre, parecia que nem estava ali.

Naquela tarde, Parker abriu a porta pesada da CoffeeWorks, a cafeteria pequena e desconhecida que frequentava ultimamente. Não era o Café Mud, a nave-mãe de madeira de demolição e aço onde a maioria dos alunos da Beacon High passavam seu tempo livre. Mas a iluminação fraca e o café forte eram exatamente o que Parker precisava naquele momento. Alguma coisa chocalhou contra suas bochechas, e ela ergueu as mãos para descobrir o que era. *Os brincos de Julie.* Os brincos pendurados de prata com as contas bonitas. Tinha esquecido que havia pegado emprestado. Esquecia mais e mais coisas todos os dias. Na verdade, quando fora a última vez em que *falara* com Julie? Lembrava-se vagamente de estar sentada sozinha em um penhasco na noite anterior, bebendo de um engradado de seis cervejas, enquanto conversava com Julie pelo telefone. Julie estava meio histérica. Começara lhe falando que Mac fora à casa dela e contara coisas terríveis sobre Claire — aparentemente, ela praticamente aniquilara as chances de Mac em Juilliard. Então

Julie passara para Parker. Perguntara onde Parker estava e quando voltaria para sua casa. Perturbara Parker, dizendo que parecia que ela estava guardando segredos. *Você pode me contar*, insistira Julie. *Você precisa me contar.* Mas Parker gemera, revirando os olhos. *Não estou guardando segredo*, dissera. Mas, na verdade, estava guardando um grande segredo: voltara a ver Fielder.

Como Julie continuou a perturbá-la, Parker sentiu-se pressionada, e então as coisas acabaram em briga novamente... e Parker não conseguia se lembrar do resto da ligação.

Provavelmente era por isso que acordara ali naquela manhã.

Parker esfregou o rosto com as mãos, sentindo as cicatrizes ásperas sob suas palmas. Realmente precisava colocar a cabeça em ordem. Precisava falar mais com Elliot — hã, Fielder — sobre concentração. Talvez ele pudesse lhe passar mais técnicas de visualização. Ela fechou os olhos e tentou ouvir a voz tranquilizadora dele. Isso imediatamente a acalmou. As sessões que tivera com ele até o momento deviam estar funcionando.

Então deu uma olhada no lugar. A máquina de café expresso chiava e resfolegava, um barista jogava a borra de café no lixo, e a porta se abriu e se fechou atrás dela, trazendo uma corrente de ar frio até suas pernas.

— Próximo cliente? — gritou a pessoa no caixa, tatuada, com piercings e de gênero neutro.

Parker se aproximou e pediu um latte triplo. Quando colocou o dinheiro no balcão, ouviu uma voz familiar atrás dela.

— Então é para cá que você vem em vez da escola, hein?

Parker virou. Era Ava, seu longo cabelo sedoso emoldurando o rosto, os olhos amendoados com um perfeito delineado ameixa. Seu tom era amigável e ela sorria.

— Ei — disse Parker. Então deu de ombros timidamente, percebendo que era de tarde... e *não estava* na escola. Por outro lado, nem Ava. — Está matando aula também?

— Ah, eu só precisava de um pouco de cafeína. Provavelmente vou voltar para o sétimo tempo. — Ava indicou uma mesa perto da janela. — Quer sentar?

Parker deu de ombros.

— Ok.

Elas pegaram suas bebidas e foram até uma mesa no fundo, perto de uma máquina antiga de Pac-Man que Parker sempre pensara ser um toque legal. Ava olhava para seu cappuccino. Parker percebeu que nunca havia falado com Ava — ou com qualquer uma das outras — sem Julie. E se perguntou o que Ava pensava dela. Que era uma parasita de Julie? Uma aberração, depois de toda aquela história com seu pai?

Pare de se desvalorizar, Fielder lhe dissera em sua última sessão. *As pessoas não olham automaticamente para você e veem uma aberração. Sorria de vez em quando. Ficará surpresa em ver quem sorri de volta.* Ok, isso era um estilo de felicidade um pouco Disney, mas talvez ela devesse tentar.

Sorriu cautelosamente para Ava.

— Como você está indo?

E assim, como Fielder dissera, Ava abriu um sorriso de volta.

— Bem, eu acho. Mas estou um pouco angustiada por causa da polícia. Você não?

— Sim, com certeza. — Parker misturou o açúcar em seu latte usando um palitinho de madeira lascado. — É bem assustador. — Assustador nem começava a descrever direito como era.

A polícia vai descobrir a verdade, não se preocupe, dissera Fielder quando ela se abrira com ele em uma sessão no dia anterior — depois da qual ele lhe pagara um café, dizendo que a cafeína poderia ajudar suas dores de cabeça. Parker esperava que ele estivesse certo, com relação à cafeína e à polícia. Detestava serem novamente suspeitas.

— Como você está com essa história da Ashley?

Parker envolveu a xícara de café com as mãos.

— Está falando da areia de gato e do Instagram? Não muito bem, para ser sincera.

Uma imagem do rosto triste e humilhado da amiga no corredor no outro dia passou pela mente de Parker. E Parker não conseguia imaginar como estava a vida de Julie agora sem aqueles gatos como um escudo. Talvez tivesse sido *por isso* que ficara longe da casa de Julie nos últimos dois dias.

Ava franziu a testa. Uma ruga minúscula se formou entre seus olhos.

— Não... estou falando do fato de Ashley estar desaparecida desde terça.

Parker congelou, a mente confusa.

— Ela *o quê?*

— Os pais dela não sabem onde ela está. A polícia tem procurado em toda parte. — Ava fez uma cara estranha. — Você não ficou sabendo?

Parker sentiu os lábios começarem a tremer. Algo pareceu mexer com sua memória, mas ela não sabia o que era.

— Isso é terrível — disse ela, olhando a distância.

Por outro lado, era maravilhoso Ashley ter sumido. Assim não atormentaria mais Julie.

— Mas não devemos nos preocupar com isso, certo? — continuou ela. — Quero dizer, era onde você queria chegar com isso, não era? Só porque falamos alguns nomes, isso não significa que tenhamos algum controle sobre o fato de estarem morrendo ou sumindo ou o que for.

— Talvez — disse Ava com ar distante. E começou a rasgar o guardanapo em pedaços minúsculos.

Parker engoliu em seco. Ava estava preocupada com a possibilidade de que alguém *estivesse* matando as pessoas da lista delas?

— Bem, pelo menos Alex foi liberado — disse Parker com voz animada, mudando de assunto. — Vocês dois estão bem?

Ava mexeu o café.

— Humm, sim — respondeu ela, ainda distraída. — Acho que vamos ficar bem.

Parker assentiu, feliz por Ava.

— Estou realmente feliz por tudo ter dado certo. Se ao menos liberá-lo não nos tivesse metido em problemas.

— É.

Ava olhou para o chão. Então olhou para Parker. Parecia que queria dizer alguma coisa, mas então olhou para baixo e ficou de boca fechada.

— O que foi? — perguntou Parker.

Os olhos de Ava correram de um lado para o outro. Mais uma vez, parecia estar reunido coragem, mas então a luz em seus olhos enfraqueceu.

— Ah, nada. Ei, ouvi falar que Nyssa Frankel ainda vai dar a festa na sexta, apesar de tudo.

Parker deu de ombros.

— Nyssa nunca cancela suas festas. — Quando eram amigas, Parker costumava dizer que Nyssa poderia estar com as duas pernas quebradas em tração e ainda assim daria sua festa anual de Halloween. — Mas eu provavelmente não vou.

— Sério? — Ava tocou o braço dela. — Talvez todas nós devêssemos ir. Ia parecer que estamos agindo normalmente, sabe?

— Talvez — disse Parker, distraída, embora duvidasse.

Algumas gotas de café pingaram do copo de Ava na mesa. Ela limpou-as com um guardanapo, pigarreando sem jeito.

— Adoro esse lugar. Vim aqui depois de termos ido conversar com os policiais no outro dia, na verdade. Eu estava tão pilhada que precisava do maior frapê que eu podia comprar. Aquilo foi realmente estressante, não achou?

Parker estreitou os olhos, tentando lembrar o que havia feito depois de irem à delegacia. Tinha dado o bolo em Julie, disso se lembrava, não esperando para se encontrar com ela depois da conversa de Julie com a psicóloga. Sentira-se mal por isso mais tarde — e lembrava-se de ter falado sobre isso com Fielder no dia anterior. *Julie provavelmente queria que eu ficasse lá para saber como tinha sido*, dissera. *Mas eu simplesmente... não podia.* Fielder perguntara à Parker por quê, e ela lhe falou que se sentira compelida a ir embora. *Por causa de algo que aconteceu?*, perguntara Fielder, mas Parker disse que não tinha certeza. *Talvez porque a ideia de alguém se intrometer na psique de pessoas a assusta*, ressaltou Fielder. *Você tem problemas de confiança. Estou chegando em algum lugar?*

Parker percebeu de repente que a Dra. Rose ainda não havia entrado em contato com ela chamando-a para conversar. Por outro lado, isso provavelmente era bom: ela já tinha um psicólogo. Não precisava de outro.

Ergueu os olhos e notou que Ava não estava mais prestando atenção. Tinha visto algo junto à porta e estava congelada.

— Eita — sussurrou ela.

Parker se virou e viu uma loira deslumbrante e intensamente bronzeada vindo a toda na direção de Ava.

— O que...

Então observou, confusa, uma mulher de meia-idade em um vestido cinza de seda agarrar Ava pelo braço. Após um segundo, Parker a reconheceu da casa de Ava no outro dia. Era a madrasta dela.

— Eu sabia que a encontraria neste buraco! — disparou a mulher, cheirando forte a bebida e perfume.

— Oi, Leslie — disse Ava entre os dentes cerrados. Então virou para Parker. — Tenho certeza de que você se lembra da minha amiga...

Leslie interrompeu-a.

— Tenho o trabalho de ir até a escola para autorizar sua saída para você me ajudar a preparar as coisas para a chegada da minha mãe esta noite, e eles nem conseguem *encontrá-la*, sua vadia ingrata. — Leslie levantou Ava bruscamente, enchendo-a de perguntas. — Você mata aula com frequência? O que acha que seu pai vai pensar disso? E como se atreve a não estar lá para me ajudar?

— Me desculpe — disse Ava. Então se soltou de Leslie e endireitou a roupa. — Eu... eu esqueci. Não achava que você queria que eu me envolvesse.

A voz dela era forte, mas cautelosa. Parker reconhecia o tom — usara-o com o pai muitas vezes. Era sua voz de *não desperte a fera*. Não diga nada para irritá-lo. Embora, inevitavelmente, Parker sempre o irritasse.

Leslie balançou a cabeça para trás.

— Ah, eu *não quero* que você se envolva. Na verdade, seria melhor se você não aparecesse o fim de semana todo. Seu pai concorda.

Ava arfou. Olhou ao redor do café. Os clientes a encaravam.

— Ele nunca diria isso — sussurrou ela.

Leslie riu.

— Pode perguntar. Ele vai lhe dizer. Ele quer você completamente fora das nossas vidas, Ava querida. E sabe de uma coisa? Todas essas coisas de que você está sendo acusada? Ele acha que você é culpada.

Os olhos de Ava se inflamaram.

— Você é uma mentirosa.

Leslie revirou os olhos.

— É preciso uma para reconhecer a outra.

O lábio inferior de Ava tremeu.

— Eu devia contar a ele todas as coisas que você me diz. O quanto você bebe. Acho que ele merece conhecer você de verdade, não é?

Leslie ficou pasma. Com uma velocidade surpreendente, agarrou novamente o pulso de Ava com seus dedos parecendo garras.

— Como *ousa*?

Ava se encolheu de dor. Parker olhou para as unhas de Leslie. Estavam cravadas tão profundamente na pele de Ava que pequenas gotas de sangue começavam a aparecer. De repente, Parker foi inundada por lembranças semelhantes com relação ao pai. E sentiu os cortes na pele de Ava tão vividamente como se fossem em seu próprio braço.

Parker se levantou depressa.

— Ei — começou ela, aproximando-se de Ava para puxá-la de volta.

Mas Leslie tinha soltado o braço de Ava como se não houvesse nada errado. Então virou para Parker, olhando para ela pela primeira vez. A princípio, havia um discreto sorriso doce em seu rosto, mas em seguida estreitou os olhos, e encarou-a com desprezo. Depois virou de volta para Ava.

— Você vem comigo. *Agora*.

Leslie virou em seus saltos absurdamente altos e marchou para o carro. Ava pegou sua bolsa, as lágrimas descendo pelo rosto, deixou o café na mesa e, com um soluço desconsolado, também seguiu para a porta.

— Ava! — Parker saiu depressa atrás dela. — Ava! Espera!

Ava entrou no seu próprio carro e bateu a porta antes que Parker pudesse chegar até ela. Acelerou o motor, deu ré para sair bruscamente da vaga e desapareceu.

Parker ficou sozinha no estacionamento. *Pobre Ava*. Por que ninguém a defendera? Por que ela não fizera isso agora mesmo?

Uma barragem se rompeu inundando a mente de Parker de lembranças: seu pai batendo nela, a mãe assistindo. O som da voz de seu pai quando ela chegou em casa drogada... *naquela noite.* Sua mãe dizendo: "Ah, Parker, como você pôde?", como se fosse tudo culpa de Parker. Seu estômago revirou, e sua cabeça continuou a girar. Suas mãos tremiam, e buscava o ar, ofegante, enquanto tentava desesperadamente se controlar.

Quando seu coração começou a bater mais devagar, o celular tocou em seu bolso. Ela o pegou, a mão mais firme. Viu *Fielder* escrito na tela. Parker o encarou por um instante enquanto o telefone continuava a vibrar em sua mão, então apertou IGNORAR. Queria vê-lo — sabia que ele realmente se preocupava com ela, que agora ele podia ser a única pessoa que realmente se preocupava com ela —, mas não queria falar com ele até organizar melhor seus pensamentos.

Parker recostou-se no banco, fechou os olhos e respirou fundo algumas vezes para se acalmar. Sentiu o cheiro de chuva no asfalto, o ar fresco roçando sua pele. *Ava, você não está sozinha. Estou aqui para ajudá-la*, disse ela em silêncio, enviando seus pensamentos para Ava na brisa.

CAPÍTULO VINTE E UM

LÁGRIMAS CORRIAM pelos cantos dos olhos de Ava mais rápido do que conseguia secá-las com a manga. Piscou para clarear sua visão e fez um chamado por voz para Alex pelo Bluetooth do seu carro. Quando ele atendeu, perdeu sua compostura novamente.

— Ela é tão horrível! — disse aos soluços. — Não posso mais aguentar isso!

— Ei... devagar — disse Alex. — Onde você está? Está bem?

Ava respirou fundo algumas vezes, firmando a voz.

— Estou bem. É só que... Leslie. Ela acabou de me *atacar* em público, e agora tenho de ir para casa e vê-la novamente, e esse fim de semana vai ser horrível, cheio de momentos em família.

Não conseguia imaginar como seria a mãe de Leslie — se ela tivesse no mínimo um décimo da atitude de Leslie, seria insuportável.

Alex gemeu.

— Sinto muito. Ela é uma pessoa horrorosa.

— Olha, desculpe pedir isso, mas você pode me encontrar na minha casa? Preciso de um escudo. E não sinto que posso contar com meu pai agora.

Ela estremeceu, pensando no que Leslie lhe dissera sobre ele não a querer por perto. Não era verdade, era? Ele não achava que era culpada, não é?

— É claro — disse Alex. — Estou no trabalho. Chego em quinze minutos.

— Espere, você está no trabalho? — perguntou Ava, fungando. — É melhor você não vir, então.

O chefe de Alex na sorveteria lhe devolvera o trabalho assim que as acusações haviam sido retiradas, mas ela sabia que levaria mais tempo do que isso para as pessoas voltarem a confiar em Alex. Não era hora de ele forçar a barra.

— Você tem certeza? — perguntou Alex. — Por que você não vai para minha casa em vez disso? Posso levar sorvete cremoso de caramelo duplo mais tarde — ofereceu ele.

Ava suspirou, diminuindo em um sinal de trânsito.

— Bem que eu gostaria — disse ela, imaginando a cena: sair, tomar sorvete e ser *normal*. — Mas acho que eu tenho que enfrentar isso.

— Chego lá assim que eu puder, está bem? Saio daqui em... — ela o ouviu afastar o telefone da bochecha para poder verificar a hora — ... uma hora e meia. E vou direto para sua casa, ok?

— Ok. — Ava sentiu-se tomada de alívio e gratidão. — Eu te amo.

— Eu também te amo. Vai ficar tudo bem. Eu juro.

Eles desligaram exatamente quando Ava parou o carro em sua casa. Sentiu um aperto no peito ao ver o carro de Leslie, que estava estacionado em um ângulo estranho, os pneus dianteiros no gramado. Como Ava poderia encará-la? Por outro lado, qual era sua alternativa?

Assim que colocou o pé no primeiro degrau, ouviu a voz de Leslie aumentando e diminuindo na cozinha, esbravejando enfaticamente. Não conseguia entender as palavras, mas podia identificar o tom: irritado. Ava sabia que Leslie estava falando com seu pai sobre ela e, de fato, um instante depois, ela ouviu o pai murmurar em resposta. A voz dele soava tranquilizadora. Talvez ele estivesse concordando com tudo o que ela dizia.

Horrorizada e definitivamente nem um pouco pronta para enfrentar as consequências, Ava subiu depressa para o quarto e bateu a porta. Caiu de frente na cama, a tristeza tomando conta dela. Uma batida na porta a fez pular. Para seu alívio, foi a cabeça de seu pai que apareceu, não a de Leslie.

— Ava? — Ele parecia inseguro.

Ava virou para o outro lado, olhando para a parede.

— O que foi? — perguntou ela, mal-humorada.

Ele deu alguns passos para dentro do quarto.

— Estávamos esperando que você pudesse descer e ajudar a preparar a festa.

Ava não disse nada. Aquela era a última coisa que queria fazer.

— Você sabe que espero que se comporte bem neste fim de semana — disse seu pai. — Significaria muito para mim e para Leslie.

— A-hã — disse Ava, sem entonação.

Ele pigarreou.

— Leslie me disse que você foi rude com ela — acrescentou ele com voz tranquila. — É verdade?

Rude. Então como Leslie estava agindo com ela? Ava olhou para o tapete. Enquanto se movia, seu pai arfou.

— Ava — disse ele, pegando seu braço, ainda com marcas vermelhas profundas de onde Leslie cravara as unhas na pele de Ava. — Onde você arrumou essas marcas?

Ava olhou para o pai, em seguida rapidamente virou de volta. Queria desesperadamente contar-lhe a verdade. Mas, mesmo se contasse, Leslie inventaria algo para se livrar e descobriria uma forma de punir Ava mais tarde. De que adiantava?

— Foi um acidente — murmurou ela. — Uma coisa estúpida na escola.

O pai de Ava só olhou para ela, os olhos arregalados e tristes.

— Você está tão diferente — disse ele. — Tão... *fechada*. É como se eu não a conhecesse mais. Leslie está preocupada com você.

Ava olhou para ele. Leslie fizera a cabeça dele *de uma forma*; ela já estava cheia daquilo. Algo dentro dela se partiu, como uma barragem que se rompe.

— Eu não estou diferente! — explodiu. — Foi *você* que mudou! É você que não passa mais tempo comigo, nem me dá o benefício da dúvida, e é como se você tivesse simplesmente *esquecido* a mamãe, e...

Um barulho alto e abafado interrompeu as palavras de Ava. Ava e seu pai pularam da cama e correram para olhar pela janela, de onde o som viera. Ava deu uma olhada no quintal, mas não viu nada de errado. Então olhou para baixo e deu um grito.

Leslie estava deitada na grama completamente inerte. Seu corpo tinha caído em um ângulo estranho, os joelhos apontando para um lado, o torso para o outro. O pescoço dela estava torcido de uma forma perturbadora de tão pouco natural.

Ava engoliu em seco. O Sr. Jalali afastou-a para chegar mais perto da janela. Quando viu a esposa, seu rosto ficou pálido.

— Santo Deus — sussurrou ele.

Seus joelhos cederam e ele agarrou o peitoril da janela para manter-se de pé. Ava ajudou-o a se erguer, e juntos eles correram pela escada e saíram pela porta.

O chão estava úmido do orvalho do início da noite. Leslie continuava naquela estranha posição, mas, de perto, seu rosto parecia marcado e abatido, e uma pequena gota de Chardonnay borbulhava no canto de sua boca.

— Ah, minha querida — disse o Sr. Jalali, caindo de joelhos e atirando-se contra o peito dela. — Ah, minha querida amada.

— Papai, não toque nela! — gritou Ava. — Você pode machucá-la!

O Sr. Jalali se afastou, os olhos cheios de medo. Ava ajoelhou-se e aproximou o ouvido da boca de Leslie, tentando ouvir sua respiração. Escutou uma fraca inspiração, depois uma expiração sibilante.

— Ligue para a emergência — disse ela, trêmula.

Então olhou para a casa. Acima deles, as portas da varanda do quarto principal estavam escancaradas, como se tivessem sido empurradas para fora. Será que Leslie saíra para tomar um pouco de ar, perdera o equilíbrio e caíra?

Ava olhou de volta para Leslie, que estava fantasmagoricamente pálida. Seu coração começou a martelar aceleradamente quando lembrou de suas palavras sobre Leslie naquela aula de cinema. *Talvez ela pudesse cair da varanda depois de tomar sua garrafa noturna de Chardonnay.*

Alguém fizera aquilo.

Então outra coisa lhe ocorreu: aquela mesma pessoa podia ainda estar na casa.

Ava se levantou depressa e encarou a porta da frente. Viu algo se mover pelo canto de seu olho e virou. Seria uma sombra, avançando em direção ao quintal? Ava seguiu em frente, desconfiada, deu a volta nas roseiras num canto da casa e saiu no pátio, que estava parcialmente decorado com mesas elegantes, pratos e talheres arrumados, flores e velas em belíssimos candelabros de prata, tudo para a festa. Mas não havia ninguém lá.

Estava tudo quieto. Ava arfou, inspirando profundamente, o horror e a confusão correndo por ela. Queria dizer a si mesma que *tinha sido* um acidente, que não tinha visto nada ali atrás.

Mas bem no fundo sabia que não tinha sido um acidente.

CAPÍTULO VINTE E DOIS

JULIE ESTAVA SENTADA em um balanço no parquinho a poucos quarteirões de sua casa. O lugar ficava junto a uma igreja, mas poucas crianças iam lá, então sempre tinha o lugar só para si. Ia até ali quando se sentia particularmente estressada, ou quando parecia que as paredes de sua casa estavam se fechando em torno dela — o que, sinceramente, acontecia com bastante frequência. Só de sentar e se balançar geralmente já se sentia mais calma, principalmente tendo ao fundo o pôr do sol laranja e púrpura cintilando através das nuvens. Mas não naquela noite. Talvez nunca mais. Sentia-se horrível e dispersa. Não suportava ficar em casa — sem os gatos, sua mãe não parava de choramingar alto, dizendo que era tudo culpa de Julie —, mas também não podia ir a nenhum outro lugar. Aparentemente, o Serviço Social fora notificado de que havia uma menor morando na casa cheia de gatos, e alguém deveria aparecer em breve para conversar com Julie, mas isso também não a fazia se sentir melhor. E aí? Eles a mandariam para um *lar temporário*? Não parecia muito melhor.

Era como se o mundo *inteiro* estivesse se fechando em torno dela. Pegou o telefone e tentou ligar para Parker mais uma vez, mas a amiga ainda não atendeu. Onde ela *estava*? E o que *fizera*?

Julie tentou voltar para aquela terça-feira horrível, mas não conseguia. Todos os tipos de cenários pavorosos do que Parker podia ter feito com Ashley corriam por seus pensamentos como água. Era mais fácil tentar bloquear tudo ao máximo... pelo menos até conseguir falar com Parker e lhe perguntar a verdade. Por outro lado, ela realmente queria saber a verdade? Julie era, incontestavelmente, cúmplice no crime da amiga... se Parker tivesse mesmo feito aquilo. Se não tivesse, bem, Julie ainda era a cúmplice de alguém.

Fechou bem os olhos ao se lembrar dos membros sem vida e dos lábios azuis de Ashley; da maneira como a cabeça dela balançava e tombava para frente quando Julie arrastou seu corpo pesado pelo bosque; da lama que cobriu os pés de Julie depois que ela soltou o corpo e rolou Ashley para o rio atrás da casa; do barulho angustiante de Ashley atingindo a água. E havia ainda o profundo abismo dos pensamentos que não saíam da cabeça delas e assustavam Julie cada vez mais: e todas as outras coisas terríveis que aconteceram? Nolan, Granger, o pai de Parker? Parker odiava todos eles — poderia ser ela a pessoa por trás de todos aqueles assassinatos? Julie não vinha acompanhando a amiga muito atentamente; dias *inteiros* se passavam sem que soubesse onde Parker estava. Pretendera ser uma amiga melhor, ficar de olho em Parker, mas sua vida pessoal tinha saído de controle, e ela não estava conseguindo acompanhar as duas.

Mas não pensara que Parker estava por aí fazendo... *essas coisas*. Julie fechou os olhos, apavorada só de pensar.

— Julie?

Ela ergueu os olhos depressa, depois engasgou. Carson estava na ponta do parquinho, os braços ao lado do corpo. Olhava para ela com carinho, embora estivesse preocupado.

Ela desceu do balanço e pegou sua jaqueta num banco ali perto.

— Tenho que ir — disse ela abruptamente, sem olhar nos olhos dele.

— Espera! — Ele foi atrás dela. — Quero falar com você.

Há apenas alguns dias, o som da voz dele fazia o coração dela descompassar. Agora não sentia... nada.

— Não posso mais sair com você — disse ela sem rodeios.

Carson parecia ter levado um tapa.

— Não entendo — disse ele. — O que eu fiz?

Julie baixou os olhos. No começo, pensara que Carson a convencera a voltar para a escola como um favor para Ashley. Um pensamento maluco, mas não sabia quem Ashley tinha sob seu poder. Mas em uma das muitas mensagens que Carson deixara para Julie nos últimos dias, ele de alguma forma percebera que ela estava preocupada com isso e lhe dissera que não era verdade.

Ela acreditava nele agora, mas não importava. Não podia mais ficar com ele. Carson podia estar disposto a entender que sua mãe era uma acumuladora, mas não tinha como entender que agora ela era cúmplice de um assassinato. Se ele descobrisse o que ela vira, o que *fizera*, bem... Não iria querer ter nada com ela.

E Julie não podia se permitir se aproximar de ninguém, fora Parker. Precisava proteger a amiga a todo custo. Arruinara a vida de Parker uma vez e não ia fazer isso de novo. Era mais fácil assim.

Ela virou e olhou para ele.

— Tem muita coisa acontecendo no momento. Preciso colocar minha cabeça no lugar. Eu sinto muito.

— É a coisa dos gatos? Do Controle de Zoonoses? Como você está indo?

Julie queria rir. *Adoraria* que sua vida fosse simples assim.

— Não é isso — disse ela. — É... complicado.

— Mas estou aqui para ouvir seja o que for — insistiu Carson, a voz gentil. — Com quem mais você pode conversar?

— Estou bem. — Julie enfiou as mãos nos bolsos e continuou andando. — Tenho a Parker.

Carson a seguiu.

— Na verdade, Julie, precisamos conversar sobre a Parker.

Julie virou bruscamente, o sangue se esvaindo do rosto. O que Carson sabia? O que ele queria dizer?

— Não, não precisamos — sussurrou ela, e então começou a correr.

Ela seguiu depressa pelo quarteirão, a jaqueta balançando nas mãos. A iluminação da rua tinha se acendido, e ela mal conseguia enxergar, mas não queria parar de correr até chegar à sua casa. Em determinado ponto, olhou por cima do ombro, aliviada ao ver que Carson não a seguia. *Precisamos conversar sobre a Parker*. Ela devia saber que não podia ter se envolvido com Carson. Agora ele tentava interferir na vida dela e de Parker. Não ia deixar ninguém se meter entre elas.

Assim que chegou à sua calçada, o celular tocou novamente. Era uma mensagem de Ava, que vinha tentando muito falar com ela ultimamente. *Leslie foi empurrada da varanda*, dizia a mensagem. *Em coma.*

Julie sentiu um frio no estômago, e seus joelhos ficaram bambos. *Outra pessoa da lista*. Isso não podia estar acontecendo. Então seu coração parou.

Aquilo podia também ter sido obra de Parker?

Ligou freneticamente para Parker pela milionésima vez. Nada. Saiu da varanda, correu para o carro e se sentou depressa no banco do motorista. Tinha de ir à casa de Ava imediatamente.

Carros de polícia e ambulâncias enxameavam a pitoresca rua suburbana de Ava, suas luzes projetando um brilho lúgubre sobre os gramados bem cuidados. Julie estacionou bem longe da casa de Ava e passou por trás das casas vizinhas, atravessando quintais, sendo compelida adiante, embora não soubesse bem o que estava procurando. Alcançou o bosque cerrado em uma pequena colina acima do quintal de Ava e olhou em volta, tendo de repente uma premonição. Parker estava ali em algum lugar.

Julie se embrenhou no bosque. Apenas cerca de cem metros depois, encontrou uma figura familiar encolhida junto a uma imponente árvore, balançando-se de um lado para o outro. Julie perdeu o ar. O capuz de Parker estava puxado sobre a cabeça, o rosto coberto de terra, os olhos voltados para cima. Assim que a viu, Julie se ajoelhou perto dela.

— Parker — sussurrou Julie enquanto se agachava. Afastou o capuz do rosto de Parker, mas a amiga não olhou para ela. Julie colocou uma das mãos em seu braço. — Parker? — sussurrou.

Parker continuou a se balançar e murmurar para si mesma, como se Julie não estivesse ali. Julie se inclinou para perto, o pânico tomando conta do seu peito.

— *Parker!* — gritou ela, agarrando-a pelos ombros.

Parker ficou quieta. Então olhou fixamente para Julie, o olhar de repente lúcido.

— Julie — sussurrou ela. — Ah, meu Deus, Julie.

Ela parecia aterrorizada.

Julie puxou-a para perto e a abraçou com força.

— Está tudo bem, Parker. Está tudo bem. Eu estou aqui.

O rosto de Parker se contorceu e ela deixou escapar um soluço alto.

— Acho que fiz uma coisa horrível. Acho que fiz *muitas* coisas horríveis.

CAPÍTULO VINTE E TRÊS

PARKER OUVIU A VOZ FAMILIAR e reconfortante de Julie, como se viesse de um milhão de quilômetros de distância. Então ouviu seu nome novamente, desta vez um pouco mais alto, um pouco mais perto. Parker concentrou-se em retornar até a voz de Julie e, finalmente, estava de volta. Sentiu o solo úmido sob ela e ouviu as folhas farfalhantes nas árvores que balançavam acima da cabeça delas. Estava no bosque. Atrás da casa de Ava.

A casa da Ava. Todo o resto voltou de repente também.

Lembranças sensoriais a inundaram: seu bíceps se flexionando quando empurrou Leslie com força; as unhas de Leslie perfurando a pele de Parker enquanto tentava se agarrar desesperadamente, lutando para recuperar o equilíbrio; a sensação de alívio quando Leslie a soltou e caiu, atravessando a grade da varanda, sua boca formando uma oval assustada e silenciosa, antes de aterrissar com um baque ressonante lá embaixo. Parker tinha feito aquilo, mas era como se seu corpo tivesse se movimentado no piloto automático ou algo assim. Ela não se lembrava de *decidir* fazer nada daquilo.

Então, mais lembranças a bombardearam. Ashley Ferguson de pé no banheiro, preparando-se para entrar no banho. Ela virou quando Parker se aproximou por trás, os braços levantados para se defender, o rosto contorcido de medo, mas não exatamente de surpresa. Parker sentiu seus pulsos se contraírem quando empurrou Ashley para trás, com força, contra o ladrilho da área do chuveiro. Então sentiu o movimento rápido de sua perna e a canela nas panturrilhas de Ashley quando lhe deu uma rasteira. O chão vibrou quando a cabeça de Ashley rachou contra o piso.

E a sensação da grama fresca contra seus tornozelos quando voltou depressa à casa de Granger depois que as outras saíram? Sentiu o peso do cabo da faca em sua mão, e lembrou-se do olhar de surpresa no rosto dele ao entrar em seu quarto, onde o encontrou enrolado em uma toalha.

— O que *você* está fazendo aqui? — disparara ele.

Então um clarão, e ela estava sentada à mesa de um restaurante nos arredores da cidade, passando um maço grosso de dinheiro para um cara mais velho e grisalho, com um chapéu puxado sobre o rosto. Ela o descobrira em um site de anúncios.

— Por favor, cuide disso — dissera ela, e ele assentira. Então seu pai morrera no pátio da prisão.

Finalmente, seus pensamentos voltaram ao começo de tudo — àquela festa na casa do Nolan... Sentira o copo plástico escorregadio na mão quando Julie o passara para ela, e sentira os dedos tremerem enquanto tentava pegar o frasco de cianureto no bolso. Escondera as mãos e fingira cuspir no copo, como as outras tinham feito, mas em vez disso deixara cair o pó na cerveja morna. Depois entregara o copo à Ava, que o levara para Nolan.

Ela fizera aquilo. Ela fizera *tudo*. Todos aqueles lapsos de memória — seu cérebro de alguma forma tentava protegê-la da verdade. E explicava por que vinha evitando Julie ultimamente: não podia suportar lhe contar a verdade, mas também não podia esconder algo assim de Julie por muito tempo. Julie a conhecia melhor do que ela mesma.

Então lhe ocorreu um pensamento: ela não tinha contado a mais *ninguém*, tinha? Não. Não para Fielder. Não teria feito isso. Independentemente de quantos cafés ele tivesse lhe pagado, independentemente de como ele a fazia se sentir segura e apreciada, ela nunca teria lhe contado aquilo. Porque ele teria perguntado por quê — e teria feito Parker responder. Por outro lado, a resposta não era óbvia? Nolan merecia aquilo. Ashley também. Até Granger. Mas Leslie? Na mesma hora, o rosto furioso da mulher ao confrontar Ava na cafeteria surgiu na mente de Parker. Leslie *machucara* Ava. Parker, mais do que ninguém, sabia como era.

O mundo girou violentamente, e ela enfiou as mãos na terra para se firmar.

— Acho que fiz uma coisa horrível — repetiu ela, olhando assustada para Julie. — Acho que fiz *muitas* coisas horríveis.

— Parker? *Parker!* — gritou Julie. — O que você quer dizer? — Seus olhos se arregalaram. — Foi você, não foi? Todos eles? Você estava... seguindo a lista?

A cabeça de Parker começou a latejar e se encheu de um barulho ensurdecedor, mas ainda assim a resposta ressoou claramente:

— Todos eles mereceram.

Julie deixou escapar um som entre o engasgo e o soluço.

— Ah, Parker. — Ela parecia arrasada. — Não, não *mereceram*.

— Mereceram sim — insistiu Parker. Sentia-se tão, tão segura. — Todos eles.

Julie parecia devastada, mas também havia determinação em seu rosto. Colocou as mãos nos ombros de Parker, o rosto sério.

— Você tem de me prometer algo, está bem? *Não pode* fazer isso de novo. De agora em diante, vamos a absolutamente todos os lugares juntas. Não vou deixá-la sair da minha vista. Vou à escola com você e irei assistir às suas aulas em vez das minhas. Você vai dormir na minha casa todas as noites. Onde você for, eu vou.

Parker assentiu. Sentia-se muito abalada e zonza para falar.

— A única pessoa que falta nessa lista é Claire Coldwell — continuou Julie. — Ainda podemos salvá-la, Parker. Ela não merece que nada de ruim lhe aconteça.

Parker estreitou os olhos.

— Do que você está *falando*? — disparou ela. — *Você* me contou o que a Claire fez com a Mackenzie. Que roubou o namorado dela e basicamente sabotou seu futuro... e como Mackenzie apareceu em sua casa aos prantos. Claire é uma pessoa horrível. Tão horrível quanto o resto.

Julie balançou a cabeça.

— Não, ela não é, Parker. É uma vaca, com certeza... mas não merece ser machucada.

Parker cruzou os braços sobre o peito.

— Preciso defender minhas amigas.

Julie colocou a mão sobre a de Parker.

— Você não precisa fazer isso assim. Isso tem de parar, Parker. Você pode parar?

Parker olhou para a amiga. Julie parecia realmente chateada. De repente, o peso do que fizera a esmagou. Ela fechou os olhos. É claro que Julie estava certa: Parker era um monstro. Interpretara literalmente uma conversa ridícula na aula de cinema. Nenhuma delas queria de fato aquelas pessoas mortas.

Ela engoliu em seco, subitamente achando difícil respirar.

— Não sei mais quem eu sou — disse com voz rouca.

— Está tudo bem. — Julie acariciou o braço de Parker. — Vou ajudá-la. Eu juro. Mas agora precisamos tirá-la daqui. Mantê-la segura.

Parker engoliu em seco novamente, um gosto metálico na boca.

— Você quer me ajudar?

Julie assentiu.

— É claro. Fui eu que escondi o corpo de Ashley por você... já estou ajudando.

Parker piscou. *O corpo de Ashley*. Ela simplesmente deixara Ashley morta lá no chão?

— Você soube que estive lá?

— Imaginei que você tivesse estado lá — explicou Julie. — Limpei tudo, apaguei todas as impressões digitais. Nunca saberão que foi você. — Então olhou para a casa de Ava. — Quanto a essa morte, vamos torcer para que você não tenha deixado nenhuma digital. E quanto às de Granger, Nolan e seu pai... Bem, farei o melhor que eu puder.

Devastada, Parker deixou escapar um soluço desolador e desabou nos braços de Julie.

— Não sei o que eu faria sem você — falou em meio às lágrimas. — Farei tudo o que disser.

— Que bom — disse Julie.

Então ajudou Parker a se levantar, e as duas cruzaram o bosque até o carro de Julie. Mas, a apenas alguns passos dali, Parker já sentiu sua determinação vacilar. Algo em seu interior, uma parte profundamente sombria, tomara conta dela quando fizera todas aquelas coisas horríveis.

Como sabia que não se apoderaria dela novamente?

CAPÍTULO VINTE E QUATRO

MAC MAL CONSEGUIA ENTENDER o que Ava dizia em meio aos soluços histéricos. Pressionou o telefone à orelha, tentando discernir algumas palavras. Finalmente, entendeu uma frase inteira, mas quase desejou não ter entendido.

— Alguém empurrou minha madrasta da varanda!

— Minha nossa — disse Mac, ofegante. — Respire fundo, Ava. Respire. — Então seguiu seu próprio conselho, inspirando e expirando lentamente. — Ela... ela está...

— Ela está viva. Está em coma.

Mac fechou os olhos.

— Ah, graças a Deus, Ava.

— O que está acontecendo, Mac? — Ava fungou ao celular. — O que nós vamos fazer?

Mac levantou e fechou a porta do quarto. Seus pais estavam lá embaixo preparando o jantar, mas sua irmã passara muito tempo fuxicando no quarto dela nos últimos dias. Mac não tinha certeza se Sierra estava querendo apoiá-la ou se estava desconfiada, mas, de uma forma ou de outra, não queria que ela ouvisse nenhuma parte daquela conversa.

O que elas *iriam* fazer? Àquela altura já estava claro que não era uma coincidência. O assassino seguia a lista delas, como os pais seguiam a lista das pessoas que deviam avisar quando não houvesse aula. De certa forma, era culpa delas. Se elas não tivessem falado aqueles nomes, nada disso teria acontecido.

Sentou-se de volta na cama e segurou firme o celular.

— Precisamos ficar calmas e permanecer juntas, ok?

— Sim. — Ava engoliu em seco. — A parte mais assustadora é que a assassina esteve na minha casa ao mesmo tempo que eu.

Mac estremeceu. Era um pensamento horrível. Tentou imaginar a pessoa que fez isso lá embaixo em sua própria casa, naquele exato segundo. Sentiu o corpo gelar de medo.

— Eu poderia tê-la visto, talvez pudesse tê-la detido, se ao menos eu soubesse que estava ali.

Ava começou a chorar com vontade de novo.

Mac inclinou a cabeça ao ouvir o que Ava falou.

— Ainda não estou totalmente convencida de que o assassino é uma garota.

— Alex *disse* que viu uma garota entrar na casa de Granger — continuou Ava. — E... eu não sei. Só parece certo.

Fez-se um silêncio constrangedor. Então Mac percebeu algo. Pelo menos, podia chegar a uma conclusão: não havia como Ava ser a assassina, e Ava tinha de saber que Mac também não era; caso contrário, não teria ligado para ela. Talvez pudessem começar a confiar uma na outra de novo.

— Tem notícia das outras? — perguntou Mac.

Ava limpou a garganta.

— Mandei uma mensagem para a Julie, mas ela ainda não me respondeu. Vou tentar falar com a Caitlin depois.

Mac fechou os olhos, tentando imaginar uma das outras entrando furtivamente na casa de Ava e empurrando uma mulher da varanda. Elas não seriam capazes de fazer isso, não é? Devia ser outra pessoa.

Elas desligaram, e Mac atirou o celular na cama e começou a andar de maneira ansiosa de um lado para o outro do quarto. Seu violoncelo parecia lhe chamar, mas não conseguia se imaginar tocando. Então seu telefone apitou sob as dobras do edredom. Mac revirou a cama para encontrá-lo. Blake lhe enviara o Snapchat de um cupcake rosa cheio de confeitos coloridos, seu sabor preferido. Ele desenhara pequenos óculos e um bigode no cupcake. Ver aquilo de alguma forma a animou.

Mac fechou os olhos. Não, não, *não*. Mas, antes mesmo que soubesse o que estava fazendo, ligou para Blake. O telefone tocou uma vez... duas vezes...

O que você está pensando? Ela rapidamente desligou antes que ele pudesse atender, apertando várias vezes o botão para ter certeza de que havia encerrado a ligação, e depois desligou o aparelho para que Blake não pudesse ligar de volta. *Por que você voltaria a falar com Blake depois da maneira como ele a tratou?*, repreendeu-a uma voz em sua cabeça.

Mas o cartão que ele escrevera estava guardado em sua gaveta de roupas íntimas, sob um sutiã adesivo que sempre fora muito medrosa para usar. Ela e Claire haviam comprado juntas, após rirem muito em uma cabine no fundo da Victoria's Secret.

Claire. Mac sentiu um frio no estômago. Claire era a única pessoa na lista delas que ainda não havia sido atacada. Primeiro Nolan. Então o pai de Parker. Depois Ashley, e agora Leslie.

Mac lembrou do que dissera na aula de cinema naquele dia. *Talvez um atropelamento. Algo que pareça um acidente.* Não falara sério — só quisera participar do assunto. E, pelo amor de Deus, tudo não passara de uma conversa! Agora, se alguma coisa acontecesse a Claire, Mac se culparia para sempre.

Seu coração disparou. E se o assassino, quem quer que fosse, planejasse chegar ao fim da lista naquela noite?

Mac tentou pensar. Precisava acabar com aquilo. Precisava proteger a antiga amiga. Só havia uma coisa a fazer. Pegou um suéter e correu para o carro, gritando "Volto logo" para os pais ao passar depressa por eles.

Cinco minutos depois, parou em frente à casa de Claire. Felizmente, o carro da antiga amiga estava na garagem, e a luz do seu quarto no alto estava acesa. Mac soltou o ar, esperou um minuto até se sentir preparada, e olhou para cima e para baixo da rua. Os únicos outros carros estavam parados nas entradas semicirculares das garagens. Ninguém andava à toa pela calçada ou até mesmo entrara no quarteirão. Ok. Assim era melhor. Mas ainda precisava ver com seus próprios olhos que Claire estava segura.

Caminhou depressa até a porta da frente e tocou a campainha. Em seguida, ouviu passos de salto alto aproximando-se pelo piso da entrada. Uma luz quente e uma música de Beethoven que vinha do equipamento de som se derramaram sobre Mac quando a Sra. Coldwell abriu a porta. A casa cheirava a macarrão caseiro e pão recém-assado.

— Mackenzie! Que prazer vê-la.

O sorriso largo da Sra. Coldwell era tão sincero que fez Mac sentir um aperto no coração. Ela sempre gostara dos pais de Claire, que eram mais gentis e descontraídos do que os dela.

— Quem é, mãe?

A Sra. Coldwell virou e sorriu para a filha.

— Olha quem veio nos visitar!

Claire parou com os dedos dos pés curvados no alto da escada. Usava uma camisa surrada MELLO CELLO, calça de pijama, e seu cabelo estava preso com uma faixa. Seu rosto se fechou quando viu Mac.

— O que você quer? — perguntou amargamente.

Mac piscou com força. Não tinha pensado no que diria se encontrasse a antiga melhor amiga inteira. Estava tão aliviada em vê-la ali que não se importava em como devia parecer ridículo chegar ali de repente como se nada tivesse acontecido entre elas.

— Eu... hã... só queria dizer um oi — disparou ela.

— Ora, isso não é legal? — perguntou a Sra. Coldwell com voz alegre. — Posso lhe trazer um chocolate quente, Mackenzie? Um cookie caseiro com gotas de chocolate?

— Está bem — disse Mac.

A Sra. Coldwell sorriu por mais um instante, depois murmurou algo sobre deixar as garotas sozinhas e saiu para a parte de trás da casa.

Mac se mexia constrangidamente no saguão, observando as fotos no aparador. Ainda havia uma foto de Mac e Claire no palco do Seattle Symphony Hall há alguns anos. Elas trocavam sorrisos tão carinhosos, o braço ao redor da cintura uma da outra.

Então olhou para Claire.

— O que você vai fazer hoje à noite?

Claire fulminou-a com o olhar. Seu tom era ácido, o ar contundente.

— Por que *você* se importa?

— Então não vai sair de casa?

Claire ficou só olhando.

— Parece que vou sair de casa? — Ela colocou as mãos nos quadris. — O que você *quer*, Mackenzie? Esfregar na minha cara que está saindo com Oliver? — Ela revirou os olhos. — Ele parece sem graça, se quer saber. Nunca quis ficar com ele mesmo.

Mac mordeu o lábio inferior, querendo replicar que definitivamente parecera o contrário no Umami. Mas não importava. Nada importava, além de manter Claire segura.

— Hã, não estou saindo com o Oliver — disparou Mac. — Somos apenas amigos. Foi isso o que vim lhe falar, na verdade. — As palavras saíram apressadas, embora não fosse mentira. Há dias não tinha notícias de Oliver. Parecia que ele tinha entendido a mensagem. — Ele é seu se quiser.

Claire fez uma careta.

— Não quero sua sobra.

Então bateu a porta na cara de Mac.

Ainda assim, Mac não se sentiu mal. Afinal, problema resolvido. Saiu praticamente saltitando, tomada pelo alívio. Claire estava segura — pelo menos naquela noite.

Apertou o botão do chaveiro e seu Escape apitou, as luzes piscando. Assim que abriu a porta, viu um carro aproximando-se, lentamente como um tubarão, descendo a rua em direção a ela, as luzes apagadas. Mac sentou no banco do motorista e espiou pela janela enquanto o carro passava pela casa de Claire. Sem ar, reconheceu a marca e o modelo — um Subaru Outback antigo. E se encolheu ao ver a figura solitária e inexpressiva atrás do volante.

Era... a *Julie*?

CAPÍTULO VINTE E CINCO

— CAITLIN? VOCÊ AO MENOS está me ouvindo?

O som da voz de Jeremy pelo Bluetooth trouxe Caitlin de volta à realidade. Sua mente vagava — e, aparentemente, também seu carro. Era noite de quinta-feira, e ela vinha dirigindo sem rumo por no mínimo uma hora, algo que costumava fazer quando precisava de um pouco de calma para organizar seus pensamentos. Estreitando os olhos através do para-brisa, percebeu que saíra de seu bairro até os arredores de Beacon Heights.

— Desculpe, estou aqui. — Então procurou se concentrar no que Jeremy dizia ao telefone. Algo sobre uma maratona de filmes de ficção científica em um pequeno cinema de filmes de arte em Seattle no final de semana seguinte. — Parece ótimo. E... ah. O time inteiro está me perturbando para ir amanhã à festa de Halloween da Nyssa. Você vai, não é?

— Uma festa de Halloween? — Jeremy parecia hesitante.

— Também não estou muito no clima, mas talvez seja divertido — disse Caitlin. — A gente se fantasia, toma algumas cervejas...

Jeremy bufou sarcasticamente.

— Desde quando sou alguém que gosta de se fantasiar e tomar cerveja?

Caitlin sentiu um aperto por dentro — realmente esperara que Jeremy simplesmente dissesse sim sem reclamar.

— Estou planejando ir fantasiada de líder de torcida da Universidade de Washington, se isso ajudar — disse ela de maneira provocante, tentando manter leve o clima. — Isso implica em uma minissaia supercurta...

Ele suspirou.

— Ok, ok. Eu vou, mas só por você. — Ela o ouviu engolir em seco. — Você está bem? Tem andado um pouco... estranha ultimamente. Não parece você mesma.

— Sim! Estou bem. Só muito cansada. — Então bocejou como que para enfatizar. — Não tenho dormido bem. Fica difícil pensar direito.

— Então não está acontecendo nada?

Jeremy parecia mais resignado do que irritado. Caitlin detestava esconder coisas dele, aumentando a pilha de mentiras entre os dois. Até mesmo pequenas coisas: apesar de as mães dela já terem sido informadas, escondera de Jeremy que fora interrogada por uma psicóloga criminal. Podia ter explicado facilmente a ele, mas optara por não fazer isso. Havia também as coisas piores: e se ele soubesse sobre Granger? Como ele a veria se soubesse que ela se sentara com outras garotas, falando sobre as pessoas que queriam ver mortas — e que agora essas *mesmas pessoas* estavam sendo assassinadas a torto e a direito?

— Foi essa coisa com a madrasta de Ava? — arriscou Jeremy.

Caitlin respirou fundo.

— Sim — admitiu. A história se espalhara por toda a escola. — Me sinto tão mal por Ava — disse ela.

Jeremy fungou.

— Pensei que você tivesse me dito que Ava odiava a madrasta.

Opa. Caitlin lhe contara isso.

— Bem, ódio é uma palavra forte — disse ela rapidamente. Então olhou pela janela. — Sabe de uma coisa? Acho que estou perdida.

— Onde você está?

— No limite da cidade. Pelo menos, *acho* que estou.

— O que você está fazendo tão longe? — perguntou ele com voz séria.

Caitlin freou quando uma caminhonete parou na frente dela.

— Eu não sei — disse ela, distraída. — Só meio que... vim parar aqui.

— Talvez não devêssemos falar ao telefone enquanto você dirige. E talvez você não devesse dirigir quando está tão cansada.

— É — disse ela com um suspiro. — Ligo quando eu chegar em casa. E ei...

— Sim?

— Estou animada com a maratona de filmes. Mesmo.

Jeremy estalou a língua.

— Bem, não estou animado com a festa, mas pelo menos é uma desculpa para ver você com uma saia de líder de torcida.

Caitlin apertou o botão do volante para encerrar a ligação, e o carro ficou em silêncio. Havia outro segredo que também estava escondendo de Jeremy: ela e Josh tinham trocado algumas mensagens nos últimos dias. Nada sério, a maioria apenas um *oi* ou *como você está*, mas ainda assim. Josh era seu ex. Jeremy não ficaria feliz com isso.

Caitlin sabia que devia simplesmente deixar Josh de lado, mas se sentia tão mal por ter sido a causa de sua lesão. Além disso, era bom falar com ele. Josh estava tão mais calmo naqueles dias em que esteve machucado. Era como se a pressão de jogar futebol fosse uma corda em torno de seu pescoço, impedindo a circulação de chegar ao seu cérebro, meio como era para ela. Talvez eles tivessem mais em comum do que pensava.

Então isso significava que não tinha escolhido o garoto certo? É claro que não, disse a si mesma. *Você mesma falou: está apenas cansada.*

O noticiário, que ela mantinha muito baixo no fundo, chamou sua atenção, e ela aumentou o volume. *Os policiais ainda tentam descobrir o culpado do assassinato de Nolan Hotchkiss*, disse um repórter com voz monótona. *Hotchkiss foi morto há várias semanas em decorrência de envenenamento por cianureto em uma festa na residência de sua família em Beacon Heights. Os policiais especulam que sua morte e a de Lucas Granger, um professor de Beacon Heights, possam estar ligadas, embora ainda não haja evidências que provem isso. Em outra ocorrência em Beacon Heights, Ashley Ferguson, a adolescente de dezessete anos que desapareceu de casa há dois dias, ainda não foi encontrada.*

Caitlin estremeceu. Era surpreendente o noticiário não ter mencionado o pai de Parker e a madrasta de Ava naquela pequena sinopse. Seria apenas uma questão de tempo até os detetives descobrirem que as mortes estavam todas ligadas?

Ela fez a curva em um sinal, depois diminuiu a velocidade. Aquele bairro já era familiar — principalmente a casa caindo aos pedaços e cheia de tralha no final da rua. Caitlin tamborilou os dedos no volante, surpresa consigo mesma. Tinha dirigido até a casa de Julie sem perceber.

Passou a língua pelos dentes e pisou suavemente no acelerador. Ninguém via Julie há dias; ela também não vinha atendendo ligações ou respondendo mensagens. Era definitivamente preocupante. Será que estava se escondendo por causa daquela coisa com Ashley? Ela sabia que Ashley estava desaparecida, certo? E sobre o acidente de Leslie? Como tinha sido sua entrevista com a Dra. Rose? Era como se Julie tivesse sumido da face da Terra.

Caitlin parou junto ao meio-fio da casa em ruínas de Julie, desceu do carro e seguiu em direção à entrada, procurando caminho por entre os utensílios velhos e pilhas de lixo bloqueando a calçada. Ao se aproximar da varanda, uma voz rude e desconhecida berrou das sombras.

— O que você está fazendo aqui?

Caitlin deu um pulo, depois procurou em meio à escuridão. Só via o contorno de uma pessoa curvada nas sombras perto da porta. Aproximou-se da casa e espiou a figura pequena e abatida com o rosto obscurecido por um capuz volumoso.

— Hã. Oi? — disse ela, um pouco hesitante.

— Eu *perguntei* o que você está fazendo aqui?

A pessoa ergueu a cabeça, e Caitlin ficou sem ar. Era *Julie*. Uma versão encolhida, enrugada e pálida dela, pelo menos. Aquela pessoa tinha as mesmas feições, o cabelo da mesma cor emoldurando o rosto, mas seus olhos não tinham vida, a pele pálida, os movimentos rígidos. Parecia... um *zumbi*.

Caitlin se ajoelhou ao lado dela cautelosamente.

— Vo-você está bem?

— Estou.

Julie desviou o olhar de Caitlin, observando uma pilha de jornais úmidos e desbotados, que pareciam colados ao canto da varanda. Ao lado deles, havia uma fileira de plantas secas — caules mortos, na verdade — em vasos de cerâmica rachados, que pareciam estar ali desde os anos setenta.

— Mas, sério, o que você está *fazendo* aqui?

Caitlin ficou alarmada com a frieza e a distância na voz de Julie, e um formigamento de desconforto percorreu sua pele.

Olhou ao redor da varanda, sem saber direito onde pousar os olhos.

— Eu... Eu, hã, só queria ver como você estava. Não temos tido notícias suas. É só isso.

O olhar de Julie correu para Caitlin por uma fração de segundo.

— Obrigada pela preocupação. Mas nunca mais vou para a escola.

Ela parecia tão certa e determinada. Também tão robótica. Caitlin respirou fundo, perguntando-se se deveria mesmo insistir no assunto. Mas decidiu que sim.

— Olha, sei que deve ser muito difícil pensar em voltar, mas está tudo bem. Estaremos lá para ajudá-la... nós a protegeremos. Além disso, não sei nem se você ficou sabendo, mas Ashley não... bem, ela não está indo à escola no momento. Ela está desaparecida.

— Ouvi falar — disse Julie.

— Ah — disse Caitlin, surpresa. — Bem, então ok. Mas você não acha assustador? Considerando... você sabe. A nossa lista.

Julie virou para ela, os olhos ainda sem vida. Caitlin sentiu um arrepio na espinha.

— *Tudo isso* é assustador — sussurrou ela. E então fechou os olhos e voltou a se encolher na varanda. — Estou realmente cansada — murmurou.

Caitlin assentiu e se levantou.

— Está bem. Vou deixar você descansar um pouco, então.

Julie se levantou desajeitadamente.

— Talvez. — Ela arrastou os pés até a porta da frente, o rosto voltado para baixo.

— Vemos você amanhã? — disparou Caitlin, encolhendo-se ao notar seu tom excessivamente alegre.

Mas Julie não respondeu. Abriu a porta, atravessou-a meio vacilante e depois fechou-a com um rangido.

Caitlin ficou na varanda por mais um instante, perplexa demais para se mover na mesma hora. Era como se tivesse conversado com uma garota completamente diferente. Alguém que não conhecia.

Sabia que deveria ir embora logo, mas algo a fez permanecer no lugar, prestando atenção. Através da porta, ouviu a voz abafada de Julie, que parecia ligeiramente agitada. Quando terminou de falar, tudo ficou em silêncio — quem quer que estivesse conversando com Julie falava baixo demais para Caitlin ouvir. A voz de Julie murmurou novamente, depois mais uma vez o silêncio. Seria sua mãe, talvez?

A cortina se mexeu, e Caitlin deu um pulo, de repente sentindo que estava espionando. Virou e começou a descer as escadas, mas bateu em uma panela de metal enferrujada e arranhou a canela com força.

— Ai... droga!

Ela se abaixou para esfregar a perna e, ao fazer isso, viu algo escondido no canto da varanda, atrás dos jornais e dos vasos de planta. Era um pote plástico, com gotas de chuva acumuladas na tampa, um símbolo vermelho de risco biológico, que Caitlin reconheceu da aula de química, na frente. Ela se aproximou e leu o rótulo: FERTILIZANTE. E abaixo disso: *Apenas para uso agrícola. Contém cianureto de potássio.*

Confusão e medo irradiaram em ondas pelo corpo de Caitlin. Seu cérebro levou um instante para compreender. Ela olhou para o balde, relendo as palavras várias e várias vezes.

Foi isso que matou Nolan.

CAPÍTULO VINTE E SEIS

SEXTA À TARDE, Julie estava sentada à sua mesa, encarando o computador com um olhar inexpressivo, e Parker estava sentada na cama atrás dela, folheando a *Us Weekly*. Era meio-dia e ainda era tão estranho estar em casa, enquanto todos os que conhecia estavam na escola. Mas enfim. Nunca mais iria voltar às aulas. Ninguém podia obrigá-la.

Julie entrou no Facebook. Não sabia nem bem por quê — não ia exatamente começar a enviar mensagens ou publicar coisas como se nada tivesse acontecido. Podia imaginar o post: *Me desculpem por não publicar nada nos últimos dias! Estava muito ocupada me recuperando da humilhação pública, evitando os policiais e encobrindo minha melhor amiga, a assassina em série. Bons tempos!*

Assim que digitou sua senha, apareceram dezenas de notificações. Uma após a outra, traziam as felizes banalidades da vida normal — a vida que ela e Parker nunca mais teriam. Leu as mensagens sobre a festa de Halloween da Nyssa. *Quem está pronto para começar a festa cedo? Vejo vocês na minha casa em três horas! Só serão permitidas pessoas fantasiadas!*, escrevera Nyssa. Várias pessoas responderam com curtidas entusiasmadas.

Julie tinha esquecido que a festa de Halloween de sua velha amiga era naquela noite. Por um breve instante, foi transportada para festas de anos anteriores, de tempos mais felizes. Como a de dois anos atrás: ela se vestira como uma dançarina de Las Vegas, com uma pluma no alto da cabeça e um vestido brilhante que exibia seu corpo tonificado. As pessoas tiraram centenas de fotos dela para o Facebook, e sua roupa fora eleita informalmente a melhor fantasia da noite. Ela dançara a noite toda com as amigas, incluindo Parker. Mas Parker não fora à festa do ano anterior, porque a agressão que sofrera ocorrera apenas algumas semanas antes. Julie lembrava-se vagamente de ter ido, mas não se divertira muito, pois ainda estava muito abalada.

Sentiu a mão de Parker roçar seu ombro e virou. Sua melhor amiga estava debruçada sobre ela, lendo o post.

— Parece que todos vão — murmurou Parker, apontando para uma lista de comentários sob o convite.

Julie também examinava o post. Seu olhar se focou em um nome em particular: lá, mais ou menos no meio da página, Claire Coldwell escrevera: *Conte comigo!* Então Julie virou e olhou para Parker, o coração batendo acelerado. Parker vira o nome de Claire? Aquilo em seu rosto era um sorriso determinado? Julie lembrava-se de como Parker fora inflexível em afirmar que Claire também merecia justiça.

— Nós não vamos — disse ela enfaticamente.

Parker lançou um olhar estranho a Julie, depois ergueu as mãos.

— E desde quando *eu* quero ir a uma festa?

Julie engoliu em seco.

— Tudo bem — disse ela devagar. — Só para garantir.

Fechou os olhos. Aquela história de Parker estava perturbando-a nos bons momentos e lhe causando crises de pânico, insônia e hiperventilação nos ruins. Há apenas dois dias, ela achava que não havia nada que não faria por sua amiga e jurara protegê-la a todo custo. Mas agora Julie já não tinha tanta certeza. Parker *matara* pessoas, com as próprias mãos. Só de saber disso, Julie já se sentia muito culpada e responsável. Guardar aquele segredo — até mesmo por Parker — era errado.

Por outro lado, como poderia entregar sua melhor amiga? A única pessoa que estivera ao seu lado o tempo todo? Julie adoraria ter alguém que pudesse procurar em busca de orientação. Chegara até a pensar em conversar com Fielder a respeito disso, apesar de seu comportamento questionável com relação a Parker, mas, por fim, concluiu que era arriscado demais. Não podia confiar nele e, se alguma coisa acontecesse a Parker, ela nunca se perdoaria.

— Me desculpe — disse Julie, abrindo um sorriso para Parker. — Estou só cansada e estressada. Não liga para mim.

— Ei, entendo perfeitamente — disse Parker. — Mas você não acha que ficar presa aqui provavelmente não está ajudando?

Julie ficou tensa.

— Nós temos que ficar aqui... pelo menos até pensarmos no que fazer em seguida.

— E quanto tempo *isso* vai demorar?

— Eu não sei!

Julie sabia que precisava pensar em um plano — talvez uma rota de fuga para ela e Parker deixarem a cidade. Tinham de sair dali antes que a polícia descobrisse tudo, ou antes que Leslie acordasse e lembrasse que Parker a empurrara. Mas se sentia tão *empacada*. E exausta: não conseguia nem fazer o esforço de dar o primeiro passo.

Então ouviu um fraco retinir pela porta fechada do quarto. Julie e Parker viraram uma para a outra, os olhos arregalados.

— Foi a campainha? — murmurou Parker.
— Sim.

O pânico tomou conta de Julie. Não estavam esperando ninguém, e tinha certeza de que Caitlin e as outras tinham entendido que só queria ficar sozinha. A campainha tocou de novo.

— *Julie... você não vai atender a porta?* — berrou a Sra. Redding de algum lugar no corredor.

Precisava atender, mas não queria deixar Parker sozinha. Por fim, lançou a Parker um olhar de advertência.

— Fique aqui — sibilou Julie. — Estou falando sério.

— Eu juro. — Parker sentou-se de volta na cama e ergueu os joelhos em direção ao peito.

Julie seguiu cautelosamente pelo corredor, desviando das caixas. Ao abrir a porta, viu os detetives McMinnamin e Peters, parecendo pouco à vontade em seus ternos e gravatas, parados em meio às tranqueiras da casa de Julie. O rosto deles parecia extremamente sério. Julie ficou aliviada por ter dito a Parker para ficar quieta em seu quarto.

— Olá, Srta. Redding — disse o detetive McMinnamin bruscamente. — Importa-se se lhe fizermos algumas perguntas?

— Hã, claro que não.

Julie manteve a voz neutra, mas sua mente não parava. Seria melhor sair e conversar com eles na varanda? Ou achariam isso estranho e pensariam que estava escondendo algo lá dentro? Mas se eles entrassem e vissem como sua casa era horrível, isso não a tornaria ainda mais suspeita aos olhos deles?

— Por que vocês não entram? — disse ela calmamente, como se costumasse convidar as pessoas para sua casa.

Então abriu a porta emperrada, afastou uma pilha de cobertores velhos com o pé e os levou até a sala de estar. Os detetives examinaram a sala com um olhar desinteressado. Pareciam imperturbáveis, as expressões indiferentes intactas.

Julie passou por um caminho estreito em meio ao espaço entulhado de coisas até o sofá que, sinceramente, já havia esquecido que existia. Pegou uma pilha de revistas mofadas e colocou-as em cima de uma coluna de caixas ali perto. Em seguida, deslocou uma torre alta de jogos de tabuleiro — Ludo, Jogo da Vida, Batalha Naval, Master — com que Julie não se lembrava de ter brincado nem quando era pequena. Mesmo depois de tudo isso, mal tinha conseguido espaço suficiente para os dois homens sentarem. Pelo menos, havia um lado positivo: os gatos não estavam mais lá, porque tinham sido levados pelo Controle de Zoonoses alguns dias antes. O lugar ainda cheirava a urina de gato, mas já não havia uma dúzia de criaturas se esfregando nas pernas dos policiais.

— Por favor, sentem-se. — Julie indicou o sofá.

— Obrigado. — McMinnamin sentou-se com um suspiro pesado, pegando um pequeno bloco de anotações em seu bolso de trás.

— Vou ficar de pé, obrigado — disse Peters em seu tom de barítono.

Julie empurrou uma cesta cheia de bolsinhas e potes de amostras de cosméticos e pequenos frascos de xampu de hotel e se empoleirou na beirada da mesinha de centro, tentando parecer o mais natural possível. A sala ficou em silêncio por um instante. Julie se mantinha atenta a qualquer ruído vindo do seu quarto. Até o momento, Parker estava silenciosa como um túmulo.

McMinnamin limpou a garganta.

— Então, Julie, estamos surpresos por você estar em casa esta noite. Ficamos sabendo que há uma grande festa de Halloween.

Julie piscou. Como a polícia sabia disso? Eles acompanhavam todas as festas de Beacon? Ou apenas as mais recentes, em razão do que acontecera com Nolan?

— Hã, não ando muito no clima para festas — murmurou ela.

McMinnamin assentiu, como se fosse perfeitamente compreensível.

— Gostaríamos de lhe fazer algumas perguntas sobre uma de suas colegas de escola, Ashley Ferguson. Provavelmente ficou sabendo que Ashley sumiu de casa há alguns dias, não é?

— A-hã — confirmou Julie.

McMinnamin observou-a com seus olhos azuis melados.

— A família dela está muito preocupada e estamos apenas seguindo todas as pistas. Ficamos sabendo que você e Ashley tiveram alguns problemas.

Julie deu de ombros.

— Ashley descobriu sobre tudo isso — disse, indicando a sala, a casa, o quintal ao redor. — Que minha mãe é uma acumuladora. E contou para a escola inteira em um e-mail.

McMinnamin e Peters piscaram e esperaram que continuasse.

— Mas eu estava tentando ao máximo não deixar isso me atingir. — Então virou para os detetives, olhando nos olhos de McMinnamin. — O ensino médio pode ser brutal às vezes.

McMinnamin franziu os lábios, como se estivesse profundamente concentrado, depois clicou a parte superior da caneta algumas vezes.

— Onde você esteve na tarde de terça, depois de deixar a sala da Dra. Rose na delegacia?

Julie fingiu tentar se lembrar, embora viesse ensaiando sua mentira há dias.

— Eu estava com Parker. — McMinnamin ergueu ligeiramente as sobrancelhas, e olhou para Peters, que assentiu. — Nós fizemos compras. A tarde inteira — disse Julie de maneira confiante.

Os policiais a encararam, estreitando os olhos.

— Que Parker? — finalmente perguntou McMinnamin.

Julie resistiu ao impulso de revirar os olhos.

— Hã, Parker Duvall? Minha melhor amiga?

McMinnamin olhou para o bloco de notas. Escreveu alguma coisa, depois trocou um olhar silencioso com o parceiro.

— Certo. Parker Duvall — disse Peters. — Entendido.

Julie foi tomada pelo repentino medo de ter dito a coisa errada. *Eles agora vão querer interrogar Parker?* Não tinha certeza se Parker conseguiria lidar com isso. Talvez não devesse ter mencionado Parker. Talvez devesse ter dito que estava com Carson. Ele a teria encoberto.

A voz de McMinnamin trouxe Julie de volta de seu devaneio.

— Ok. Obrigado pelo seu tempo, Julie.

Ele se levantou.

— Se lembrar de mais alguma coisa, você nos procura? — acrescentou Peters.

— Claro — assegurou-lhes Julie.

McMinnamin apertou a mão dela. Peters bateu dois dedos na testa em despedida. Ela levou os homens até a porta, tentando fazer parecer que tinha todo o tempo do mundo. Em seguida, fechou a porta e se recostou contra ela, tomada pelo alívio. Não tinha sido tão ruim assim. Exceto pela parte em que basicamente os apontara para Parker. Mas eles não haviam perguntado onde Parker estava, nem dado qualquer indicação de que queriam falar com ela. Quando voltassem, depois de perceberem que

Parker costumava acampar na casa da Julie, Parker e Julie já teriam ido embora há muito tempo.

Mas primeiro precisava fazer uma ligação. Tinha ficado dolorosamente claro para Julie que não conseguiria lidar com aquilo sozinha. Ela precisava de ajuda — e só havia uma pessoa para quem podia pensar em ligar, apesar de suas muitas, muitas reservas. Julie seguiu pelo corredor de volta ao sofá da sala de estar e sentou-se. Não queria que Parker a ouvisse. Tirou o celular do bolso e digitou F-I-E na tela de busca de contatos. O nome de Elliot Fielder apareceu imediatamente, e Julie ligou para ele.

— Parker? — Ele parecia ansioso. — É você?

Parker? Julie ficou confusa. Por que ele estaria esperando Parker ligar? Ela desligou o telefone automaticamente e voltou ao corredor, em direção ao seu quarto, pronta para fazer algumas perguntas.

Esse era o problema: o quarto estava vazio. Julie olhou em volta, o coração pulando para a garganta.

— Parker? Parker?

Seu olhar se focou na tela do computador. O Facebook ainda estava aberto, mas a página mudara — agora era a página de Mac que aparecia ali. Julie aproximou-se. Uma foto estava destacada. Mac e um garoto loiro que Julie não reconhecia apareciam sentados em um carro escuro, a cabeça de um inclinada em direção à do outro. Estava claro que estavam dando uns amassos. *Uma vez vagabunda, sempre vagabunda*, escrevera Claire Coldwell na legenda.

Julie recostou-se.

— Merda — sussurrou.

Não sabia bem o que estava acontecendo ali, mas de uma coisa tinha certeza: Parker andara observando a foto. Talvez, para ela, aquilo fosse a última gota d'água, assim como tinha sido o Instagram de Ashley.

Saltou da cama e ziguezagueou o mais rápido que pôde através do labirinto de tralhas pelo corredor, de volta à entrada. Abriu a porta. Não havia nenhum movimento no quintal, a rua estava em silêncio.

Parker tinha desaparecido.

CAPÍTULO VINTE E SETE

AVA OLHOU PARA SI MESMA no espelho do banheiro do Beacon Memorial Hospital. Seus olhos estavam vermelhos, o nariz ressecado e descascado, e ela parecia esgotada. Tocou de leve suas olheiras, prendeu o cabelo para cima em um rabo de cavalo improvisado e jogou um monte de lenços de papel amassados na lata de lixo de metal. Quando saiu do banheiro, passou por um policial indo na direção oposta. Ava se encolheu, mas o policial nem olhou para ela. *Talvez ele devesse*, pensou com um sobressalto.

Leslie ainda estava em coma, fazendo um lento progresso, mas pelo menos não estava piorando. O pai de Ava ficara o tempo todo ao lado dela, e Ava também passara bastante tempo no hospital. Por mais que detestasse Leslie, queria dar apoio ao seu pai.

A polícia investigara a queda de Leslie e concluíra que fora um acidente — o nível de álcool no sangue dela era extremamente alto, e ela já estava agitada. Presumiram que ela tivesse escorregado da varanda em razão da bebida e do salto alto. Ainda assim, Ava estava nervosa com aquela coisa toda. Felizmente, tinha um álibi incontestável, já que estava com o pai quando a queda acontecera. Mas não conseguia deixar de pensar no bloco de anotações amarelo da casa de Granger. Onde tinha ido parar aquela coisa? E se alguém o encontrasse?

De certa forma, Ava ansiava por ver Leslie acordar. Pelo menos, assim, ela poderia lhes dizer quem a empurrara.

Voltou, cansada, para a sala de espera e encontrou o pai sentado em um dos sofás desconfortáveis, uma xícara do que provavelmente era um café frio nas mãos. A mãe de Leslie, Aurora Shields, que aparecera poucas horas após o acidente — uma situação incrivelmente embaraçosa, já que a acomodaram em sua casa, mas não tinham ideia do que fazer com a mulher, que reclamava de tudo, desde os lençóis desconfortáveis até a falta de leite de soja na geladeira —, estava rigidamente sentada à sua frente, as mãos cruzadas no colo. A Sra. Shields olhou friamente para Ava quando ela voltou. Ava se perguntava o que Leslie tinha contado à mãe sobre ela. Provavelmente nada de bom.

Ela abriu um sorriso educado para a Sra. Shields, aproximou-se do pai e apoiou a cabeça no ombro dele. Ele ergueu os olhos e envolveu-a em um forte abraço. Ava lançou os olhos para a papelada que ele estava lendo e viu escrito Cemitério McAllister em uma caligrafia digna e séria.

Ava franziu a testa.

— Você deve pensar positivo, pai. Ela não está... você sabe. *Ainda não.* — Então olhou para a Sra. Shields, que estava claramente prestando atenção.

O Sr. Jalali assentiu, depois dobrou os papéis no colo.

— Só estou tentando pensar em tudo, *jigar*. De qualquer forma, Aurora e eu achamos que seria uma boa ideia apenas ver quais seriam nossas opções.

Ele também olhou para a Sra. Shields. Foi quando Ava percebeu que provavelmente tinha sido tudo ideia da mãe de Leslie. *Meu Deus.* Leslie estava em coma há apenas alguns dias e sua mãe já estava comprando um túmulo. Talvez fosse por isso que Leslie era uma péssima mãe — tivera um modelo horrível.

Ava deixou escapar um pequeno gemido, pensando rapidamente em sua própria mãe e em seus arrependimentos com relação à Leslie. O Sr. Jalali olhou para ela com ar solidário, os olhos úmidos de lágrimas.

— Isso deve ser tão difícil para você, querida. Também está me trazendo muitas lembranças.

Ava se encolheu. Trazia *mesmo* lembranças: ela e o pai tinham feito vigília naquele mesmo hospital após o acidente da mãe, embora não por tanto tempo. A morte da Sra. Jalali fora repentina, e só houvera uma breve espera na sala de emergência antes que os médicos lhes dissessem que não poderiam salvá-la. Mas o cheiro de hospital ainda revirava o estômago de Ava, assim como a arte sombria nas paredes e os rostos pálidos e abatidos de todos os familiares à espera de ouvir se seus entes queridos vão se recuperar ou morrer. Por algum motivo, quando soubera da morte da mãe, Ava não começara a chorar. Em vez disso, andou entorpecida até as máquinas automáticas de venda e olhou para as embalagens ordenadamente enfileiradas atrás do vidro. Colocou algumas moedas na máquina e selecionou Bugles, o petisco preferido de sua mãe, como se comprá-lo pudesse trazê-la de volta.

Ava sabia que, se Leslie morresse, não sentiria o mesmo pesar — em vez disso, seria tomada pela culpa. Mas reconhecia como aquilo devia ser difícil para o pai dela. Por mais estranho que lhe parecesse, Leslie tinha sido o segundo amor da vida dele — e Ava lhe tirara isso. Ela acariciou o braço do pai, sentindo necessidade de reconfortá-lo.

— Nós temos um ao outro. Sempre tivemos. Vai ficar tudo bem.

— Você é uma boa garota — sussurrou o Sr. Jalali, fazendo Ava sentir uma pontada de culpa. Então ele olhou para ela. — Você não tem uma festa de Halloween esta noite?

Ava balançou a cabeça.

— Não vou deixá-lo sozinho. — *Principalmente com a Sra. Shields.*

— Ah, Ava. — Ele suspirou. — Você devia ir, vai se divertir. Sei como você adora festas à fantasia. Alex vai?

Ava fez que não.

— Ele tem que trabalhar até tarde.

Mas não pôde deixar de sorrir. Agora que Alex tinha sido liberado de todas as acusações com relação à morte de Granger, seu pai de repente voltara a ser um grande fã de Alex.

— E as suas amigas? — perguntou o Sr. Jalali. — As garotas com quem tem andado?

Ava recebera algumas mensagens de Caitlin e Mac mais cedo, perguntando se deveriam ir à festa de Nyssa ou não. Mac resolvera ir para ficar de olho em Claire — afinal, era a única pessoa da lista que restava. Caitlin também dissera que iria. Ava sentiu-se culpada de repente — deveria ir com elas, assim uma daria apoio à outra.

Ela assentiu.

— Ok. Vou ficar só um pouquinho. Mas, pai, se precisar de mim ou se alguma coisa acontecer, você me liga, certo?

— É claro. — Ele sorriu para ela gentilmente.

A Sra. Shields, no entanto, olhou para Ava como se ela tivesse acabado de dizer que ia para o estacionamento usar metanfetamina.

Virou para sair, pensando que não tinha fantasia e precisaria tomar um banho para tirar o cheiro de hospital. Assim que chegou à porta, seu pai a chamou novamente.

— Ah, Ava? — Ele enfiou a mão no bolso da calça e retirou algo pequeno e delicado. — Eu me esqueci. Achei isso... acho que é seu, não é?

Ela atravessou a sala e estendeu a mão. Ele deixou o objeto cair na palma de sua mão, e ela o observou por um instante. Era um lindo brinco de prata pendurado, com contas brilhantes em tom âmbar. Ela balançou a cabeça.

— Não é meu.

Seu pai parecia confuso.

— Você tem certeza? Não é da Leslie, e encontrei lá em cima no chão do meu quarto...

Ava piscou com força. De repente, teve um estalo — já vira aqueles brincos antes. O coração dela parou. Seus olhos se arregalaram.

— Você encontrou isso em seu *quarto*? — perguntou ela, perplexa.

Ele assentiu, inclinando a cabeça.

— Por quê?

Outro pensamento chegou aos lábios de Ava, mas ela não ousava falar em voz alta. *O quarto com a varanda de onde Leslie caiu?*

— O que foi? — perguntou seu pai, curvando-se para frente.

— N-nada. Vejo você mais tarde. Te amo.

Então virou e saiu depressa em direção à porta, a mente de repente rodopiando. Precisava chegar à festa e encontrar as outras o mais rápido possível.

O brinco era de Julie.

CAPÍTULO VINTE E OITO

NA NOITE DE SEXTA, um urso branco de um metro e noventa de altura esbarrou em Mac e limpou desajeitadamente a cerveja derramada na camisa dela com a pata gigante.

— Opa, desculpe! — disse ele com uma risada abafada.

Mac percebeu que era Sander Dennis, que estava em sua turma de química. A namorada dele, uma aluna do penúltimo ano chamada Penelope Steward, gargalhou em seu tutu rosa, depois passou pela mesa do DJ em direção ao barril.

— Onde está sua fantasia?

Mac ergueu os olhos. Thad Kelly, um aluno do último ano, usava uma fantasia de pássaro azul com uma faixa em que se lia: "Insira 280 caracteres." Ele encarava Mac, embriagado, apesar de a festa só ter começado há uns cinco minutos.

Mac olhou para sua calça jeans folgada, enrolada na barra, e seu suéter grosso de tricô.

— Não tive tempo de pensar em uma — disse ela.

— Sem graça! — Ele riu e se afastou, agitado.

Ela suspirou e examinou novamente o lugar. Se ao menos pudesse lhe dizer que não estava aqui para comemorar o Halloween, mas para salvar uma vida. Uma premonição horrível lhe dizia que o assassino planejava atacar Claire naquela noite. Era o ambiente perfeito: uma festa caótica e barulhenta, muito álcool, vários suspeitos.

Exatamente a mesma coisa que elas disseram quando estavam planejando pregar uma peça em Nolan na festa *dele*.

Mac estremeceu. *Tinha* de encontrar Claire. Com certeza ela ia à festa: mais cedo havia postado no Facebook sobre sua fantasia secreta. Mac também notara uma publicação que Claire fez no Facebook a respeito *dela* — uma foto em que Mac aparecia beijando Oliver, com uma legenda maldosa —, mas simplesmente apagou a foto de sua página e tinha decidido não ficar pensando naquilo ou no fato de que Claire aparentemente saíra de fininho do restaurante naquela noite para espiar Oliver e ela no carro. Isso não podia impedir Mac de tentar salvá-la.

Mac dera uma olhada nos sites de outras pessoas também. O Facebook de Ashley Ferguson permanecia inalterado, embora muitas pessoas tivessem publicado que estavam orando por ela. As pessoas também haviam publicado na página de Ava condolências pela madrasta dela, embora Ava não acrescentasse nada há muito tempo.

A página de Julie também não tinha novidades. A última vez que publicara alguma coisa tinha sido antes de toda aquela história do e-mail sobre a mãe acumuladora, quando fizera o upload de um link para um artigo chamado "Os dez melhores downloads do Pandora para dar uma animada no seu fim de semana". Com certeza não havia nada dizendo se iria à festa.

Mac fechou os olhos e lembrou-se de ver Julie passando pela casa de Claire. Talvez houvesse uma explicação para isso. Talvez Julie conhecesse mais alguém naquela rua. Talvez estivesse dirigindo devagar porque estava procurando uma casa específica — mas não a de *Claire*. Afinal, por que diabos Julie estaria por trás de tudo isso? Por que arriscaria tanto? Na verdade, talvez Julie tivesse o mesmo motivo que Mac: verificar se Claire estava segura. Tinha de ser isso.

Uma música da Katy Perry começou a tocar, e um grupo de jovens gritou e começou a dançar. Mac deu outra volta no pátio, contornando a piscina, onde um bando de alunos do penúltimo ano participava de uma partida mista agressiva de pólo aquático, as garotas segurando seus biquínis de amarrar quando se lançavam para fora da água.

Então Mac a viu. Lá estava Claire, sentada com Maeve Hurley, que tocava violino. Claire estava fantasiada como um doce confeitado do Candy Crush e segurava uma cerveja. Mac ficou tão emocionada que quase comemorou.

Ela se aproximou. Quando estava a poucos metros, Claire olhou para Mac e estreitou os olhos. Então começou a sussurrar algo para Maeve, que olhou para Claire e riu.

Mas isso ainda não dissuadiu Mac de sua missão.

— Ei, Claire — disse ela, aproximando-se da antiga amiga. Claire olhou para ela, confusa, depois franziu o nariz.

— Roupa legal. Só que não. Isso aqui é uma festa à fantasia, idiota. Ou essa é a sua fantasia... de idiota?

Então ela e Maeve trocaram um olhar, levantaram-se e seguiram em direção a casa.

— Espera! — gritou Mac.

Mas Claire não virou.

Bem, tanto faz. Mac iria simplesmente segui-las a noite toda. Foi atrás delas, observando os rostos fantasiados na multidão para ver se mais alguém estava de olho em Claire, talvez conspirando para machucá-la. Tudo o que viu foi Marilyn Monroes oferecidas, estrelas de rock desgrenhadas, dois robôs Daft Punk e cerca de uma dúzia das fantasias indispensáveis de gata sexy/bruxa sexy/freira sexy. Todos só estavam interessados em suas bebidas ou tirando fotos uns dos outros com seus telefones.

Mac seguiu Claire e Maeve pelas portas de vidro de correr até a cozinha, onde uma cabeça decapitada assustadoramente realista descansava em uma bandeja entalhada. Ao lado, havia uma travessa cheia de doces em forma de globos oculares e algo que vagamente lembrava cérebros humanos. Dois atletas risonhos, com olhos vermelhos e cara de culpa, vestindo camisas nada originais dos Seahawks, saíram da despensa, potes de manteiga de amendoim e caixas de biscoitos caindo de suas mãos. Esbarraram em Mac, e ela bateu na garota à sua frente. Que, na verdade, era Claire.

Claire virou de repente.

— *Cuidado*.

— Desculpa. — Mac baixou os olhos para o chão.

Claire cruzou os braços, inclinando a cabeça colorida para um lado.

— Qual é o seu problema, Mackenzie? Por que está me seguindo? Não está claro que não quero mais ser sua amiga?

Mac voltou a pensar na publicação do Facebook. Aquilo provavelmente parecia estranho.

— Sinto muito. Eu só...

— Você só o quê? — disparou Claire. — Você só vai me deixar em paz agora. — Então se virou e subiu as escadas.

Mac se apressou em seguir Claire de novo, mas a mão de alguém apareceu em sua linha de visão, fazendo-a parar. Mac estava de repente cara a cara com Blake, vestido como Anthony Kiedis, do Red Hot Chili Peppers, até mesmo sem camisa. Mac não podia deixar de notar que tinha um abdômen incrível.

Blake olhou para Mac, depois para Claire, subindo as escadas.

— Sei que você acha que fazer as pazes é a coisa certa, mas talvez seja uma causa perdida — gritou ele sobre o barulho da música.

Mac se afastou dele.

— Você não entende.

— Entendo sim. — Blake enfiou as mãos nos bolsos. — Você está tentando ser uma boa amiga. Vocês duas sempre foram muito unidas. Mas ela mudou, Macks. Claire não é a garota que você lembra.

— Não ligo para isso — disse Mac com firmeza. — Tenho que me certificar de que ela esteja *segura*.

— Como assim segura? — Blake sorriu. — Longe das bebidas? Provavelmente é tarde demais para isso. Quer que ela evite ficar com um cara qualquer?

Mac piscou. Não havia como explicar isso a Blake. Talvez ela estivesse *mesmo* exagerando. O que poderia acontecer com Claire enquanto ela estivesse na casa de Nyssa? Afinal, ela dissera que mataria Claire atingindo-a com um carro — e isso não poderia acontecer enquanto ela estivesse dentro de casa. Mac suspirou aliviada. Percebia que tudo o que precisava fazer era garantir que Claire não *saísse*.

Virou de volta para Blake bem quando ele caminhava em sua direção. Era estranho — ela o evitara durante semanas na escola, correndo para longe se o visse nos corredores ou no estacionamento. Agora, assim de perto, ele parecia diferente. Mais alto, talvez, do que se lembrava; mais forte, mais bonito. Estava tão perto de Mac que seu peito nu quase tocava o dela.

Ele estendeu a mão suavemente e tocou os cabelos de Mac.

— Você está muito linda.

Mac bufou com ar debochado. Agora tinha certeza de que Blake estava mentindo, considerando que não estava nem um pouco bem-vestida.

Blake deu mais um passo para perto dela. De repente, Mac podia sentir aquele cheiro açucarado de confeitaria que sempre vinha dele.

— Sinto tanto sua falta, Macks.
Ela baixou os olhos.
— Blake...
— E tenho esperado, *rezado*, para você pelo menos voltar a falar comigo. Tenho sofrido muito, Macks. A vida não é a mesma sem você. Você leu meu cartão?

Ela queria balançar a cabeça dizendo que não. Queria dizer que não ligava para um cartão idiota. Mas sentiu seus lábios tremerem. Não conseguia saber o que falar. Então ele levantou o queixo dela. Blake não disse uma palavra, apenas olhou profundamente em seus olhos, e Mac sentiu-se desmoronar. Mil pensamentos competiam por atenção. Ela poderia confiar nele? Ele *parecia* sincero... mas também parecera da última vez. Como podia saber se ele estava falando a verdade?

Mac sentiu que se inclinava em direção a ele. Queria confiar nele. Precisava confiar nele. E talvez pudesse.

Os sons da festa se perderam. Ela virou a cabeça em direção à dele e fechou os olhos, ansiosa por sentir os lábios dele nos dela novamente.

— *Mac!* — Alguém agarrou seu braço, trazendo Mac de volta ao presente agitado e barulhento. Ava estava ao seu lado, parecendo apressada e um pouco envergonhada. — Sinto muito, muito *mesmo* por interromper — disse ela, o olhar correndo de Mac para Blake —, mas temos que conversar.

Mac nunca vira Ava tão nervosa. Seu coração começou a bater acelerado. Virou para Blake, seus lábios se entreabrindo.

— Hã, me desculpe, eu...

Ava interrompeu-a e agarrou seu braço.

— Agora.

CAPÍTULO VINTE E NOVE

CAITLIN AJEITOU SUA ROUPA de líder de torcida da Universidade de Washington e saiu do carro, que havia estacionado a algumas casas de distância da de Nyssa em South Beacon, uma das áreas mais bonitas da cidade. Já podia ouvir a música martelando lá dentro, e havia um grupo de jovens no gramado, bebendo de copos vermelhos que não disfarçavam muita coisa. Um dos garotos era Corey Travers, que estava no time de futebol masculino principal, mesmo ainda sendo um calouro.

— Ei, meninas! — gritou ele. — Ótimo jogo!

Caitlin e Vanessa — que Caitlin buscara no caminho — sorriram. Corey se referia ao jogo delas contra o time da Franklin, mais cedo naquele dia. Elas haviam dominado completamente a partida, e Caitlin estava muito feliz, principalmente por ter sido seu primeiro jogo como capitã.

Vanessa, que estava fantasiada de viking — naturalmente, já que "Viking" era seu apelido —, cutucou as costelas de Caitlin com o cotovelo.

— Ele é fofo.

— Ele é um bebê! — Caitlin riu.

— Isso nunca a deteve — provocou Vanessa, os olhos brilhando.

Então olhou para Jeremy, que finalmente saíra do banco do carona de Caitlin e estava alguns passos atrás delas.

Caitlin ficou vermelha e bateu na cabeça dela, deixando o capacete da fantasia de Vanessa meio de lado. Vanessa só riu e foi para o meio da multidão, jogando suas longas tranças loiras e agitando o escudo plástico.

Caitlin parou para esperar Jeremy. Ele ficara em silêncio durante todo o caminho, e parecia meio incomodado e mal-humorado enquanto atravessava o quintal de Nyssa.

— Ignore-a — disse ela rapidamente, esperando que Jeremy não se ofendesse com o comentário sobre caras mais novos. — Ela é uma ótima pessoa depois que a conhece melhor, eu juro.

— Hum-humm — disse Jeremy.

Eles entraram e Jeremy comprimiu os lábios enquanto examinava a multidão. Parecia tenso e irritado. Caitlin o cutucou de brincadeira com o dedo, mas ele só ficou lá parado, parecendo desconfortável com o traje de lenhador que Caitlin improvisara para ele com coisas que achara na garagem. Aquele não era o ambiente dele. Se dependesse de Jeremy, estariam no porão dele, assistindo a *Dr. Who* e se pegando.

— Dá uma olhada naquele esqueleto! — exclamou Caitlin com uma voz excessivamente positiva, apontando para uma versão em tamanho natural na varanda. Então sorriu ao ver um garoto lá dentro com uma máscara marrom de alienígena. — E aquele não é um personagem de *Star Trek: The Next Generation*?

— Uma versão ruim dele, sim — disse Jeremy amargamente.

Caitlin agarrou sua mão.

— Venha. Vamos pegar uma cerveja.

Talvez Jeremy se animasse um pouco depois que estivesse embriagado.

A sala de estar estava cheia e quente, e os jovens já estavam quase todos bêbados. Alguns garotos tentavam beber de cabeça para baixo de um barril em um canto, e um grupo enorme estava brindando com drinques de gelatina verde néon. Caitlin manteve um sorriso estampado no rosto o tempo todo, mas podia sentir o mau humor de Jeremy. Cam Washington, que também estava no time de futebol masculino, aproximou-se dela e lhe deu um forte tapa nas costas.

— Parabéns pelos dois gols hoje — disse ele com voz arrastada, o hálito cheirando a bebida.

— Obrigada — disse Caitlin com voz alegre. Ela apontou para Jeremy. — Você conhece Jeremy Friday, certo?

Cam olhou para Jeremy, os olhos a meio mastro.

— Ah, não. Acho que nunca nos vimos.

O maxilar de Jeremy se retesou. Ele olhou para a mão estendida de Cam, mas não a apertou. Caitlin sabia exatamente o que ele estava pensando: Cam já vira Jeremy um milhão de vezes. Era um dos grandes amigos de Josh e estava sempre na casa dos Friday. Ele estava querendo dizer que Jeremy não era suficientemente importante para ser *lembrado*.

Então outra voz ressoou.

— *Caitlin!*

Caitlin olhou para o outro lado da sala. Josh, vestido como David Beckham em seus dias de Manchester United, estava sentado em uma cadeira, o tornozelo ruim apoiado em um banquinho. Pelo seu olhar, Caitlin calculou que já tinha tomado várias cervejas. Ela acenou discretamente para ele, e ele acenou de volta.

— Quer assinar meu gesso? — perguntou alto, segurando uma caneta.

Caitlin hesitou. Pelo canto do olho, podia ver o rosto de Jeremy cada vez mais vermelho.

— Ah, vamos! — gritou Josh. — Você disse que ia assinar, lembra?

Caitlin sentiu um aperto no coração. Na mesma hora, Jeremy virou e saiu pisando duro. Caitlin abriu um sorriso meio irritado e meio que se desculpando para Josh, depois seguiu atrás de Jeremy. Estava furiosa consigo mesma. Dissera *mesmo* que assinaria o gesso de Josh quando ele lhe mandara uma mensagem sobre isso mais cedo.

Caitlin seguiu Jeremy até o hall, que estava ligeiramente mais silencioso, fora pela menina vomitando perto da porta dos fundos.

— Acho que seu irmão está um pouco bêbado — disse ela, tentando parecer que não dava muita importância.

Jeremy olhou brevemente para ela.

— Você ao menos *gosta* de mim?

Caitlin se encolheu, surpresa com sua intensidade.

— Por que você perguntaria isso?

Jeremy desviou o olhar.

— Parece que você preferiria ter o meu irmão de volta, que talvez esteja tendo dúvidas.

Caitlin suspirou. Jeremy não era burro. Por um lado, adorava isso nele — o fato de ele estar tão sintonizado, tão atento aos sentimentos dela. Por outro lado, tornava tudo difícil para os dois.

— Não — disse ela. — Eu não quero Josh de volta.

— Quando você estava conversando com ele?

Ela deu de ombros.

— Ele me mandou uma mensagem sobre o gesso mais cedo. Concordei em assinar porque estava tentando ser legal.

Ele bufou.

— Como se algum dia *ele* tivesse sido legal com você.

— Isso não é justo — disse Caitlin. Ela respirou fundo. — Jeremy, você e eu vamos ter que lidar com o seu irmão daqui para frente. Não vou ser má com ele. Você não pode ficar bravo comigo só por falar com ele. Todos temos uma história. Você vai ter que me ajudar aqui, ceder um pouco. O que não parece muito disposto a fazer ultimamente.

Jeremy ergueu as sobrancelhas.

— O que você quer dizer com *isso*?

— Quero dizer...

O coração de Caitlin martelava em seu peito. Não queria nem um pouco fazer isso. Mas algo vinha fervilhando dentro dela, tudo parecia tão estranho. Ela precisava se abrir.

— Quero dizer, tenho muito orgulho de jogar futebol — disparou ela. — Ainda não tenho certeza absoluta se o futebol fará parte da minha vida para sempre, mas gosto disso agora e é importante para mim. E você... bem, você parece *irritado* por eu fazer parte disso, sinceramente.

Os lábios de Jeremy se entreabriram.

— Eu fiquei irritado porque você furou nosso encontro.

— O que eu entendo — interrompeu ela. — Mas você me fez sentir tão culpada. Como eu poderia saber que você ia me levar ao show do One Direction? Você não tinha me dito nada antes.

— Porque era para ser uma surpresa!

Caitlin baixou os olhos.

— Sinto muito por isso. Mas eu não podia deixar o meu time na mão. A iniciação só acontece uma vez por ano. É importante que as capitãs estejam presentes.

Jeremy se mexeu, rigidamente. Caitlin se perguntou se ele estava resistindo ao impulso de revirar os olhos.

Ela suspirou e seguiu em frente.

— E essas pessoas aqui, alguns deles são meus amigos. Eu *gosto* de ir a festas, Jeremy. Se você lhes desse uma chance, talvez também pudesse gostar.

Jeremy fez uma careta.

— Duvido.

— Então talvez sejamos diferentes demais — disse Caitlin calmamente.

Detestava estar dizendo isso: não queria desistir de Jeremy. Mas também não queria que ele fosse infeliz ao lado dela, e ele certamente parecia assim agora.

Os olhos de Jeremy se arregalaram. Ele parecia magoado. Entretanto, antes que ele pudesse dizer qualquer coisa, Ava e Mac se aproximaram depressa, com um olhar ansioso no rosto.

— Você viu a Julie? — perguntou Ava com ar tenso.

Caitlin balançou a cabeça. Só de ouvir o nome de Julie já se sentiu apreensiva. Não conseguia deixar de pensar que havia algo muito errado com Julie na noite anterior. Mas não contou às outras a respeito, esperando que Julie pudesse estar só mal-humorada.

— Precisamos encontrá-la... bem rápido — disse Ava.

— Por quê? — perguntou Caitlin, cada vez mais preocupada.

Ava e Mac olharam para Jeremy. Ele se afastou, o rosto ainda mais irritado do que antes.

— Vejo você mais tarde — disparou ele, indo para a porta.

Caitlin pegou-o pelo braço.

— Você está indo *embora*?

— Não há nada para mim aqui — disse ele, e virou para passar pela multidão.

— *Jeremy!* — gritou Caitlin. — Como você vai para casa? — Afinal, ele fora até lá com ela.

Mas ele não virou de volta, desviou de uma múmia e desapareceu pela porta da frente. Os ombros de Caitlin se curvaram. Será que o perdera para sempre? Assim de repente? Queria ir atrás dele, mas, a julgar pela expressão aflita no rosto das amigas, havia algo profundamente errado.

Ava colocou algo nas mãos de Caitlin.

— Encontrei isso na minha casa.

Caitlin olhou para baixo. Era um brinco comprido.

— Ok...

— É da Julie. Meu pai encontrou isso no quarto dele. — Os lábios de Ava tremiam. — O mesmo quarto com a varanda de onde Leslie foi empurrada.

— E eu vi Julie no carro dela passando bem devagar pela casa da Claire na quarta à noite — interrompeu Mac. — Ela não mora nem *perto* da Claire.

O queixo de Caitlin caiu.

— Fui vê-la ontem — admitiu ela. — E, hã, encontrei uma coisa em sua varanda. Era... era um fertilizante. Bem, é usado como fertilizante, mas é cianureto de potássio.

Mac arfou e cobriu a boca com a mão.

— E você só está nos contando isso agora?

— Qualquer um poderia ter um fertilizante daquele — protestou Caitlin, tomada pela culpa. — E só porque você viu Julie passando de carro pela casa de Claire não quer dizer nada. Ela podia estar ali por uma razão completamente diferente.

— Mas e o brinco? — insistiu Ava.

Caitlin procurava desesperadamente em sua cabeça algum pequeno detalhe, qualquer informação útil, que pudesse isentar Julie de culpa. Não conseguiu pensar em nada. Havia muitas provas apontando na mesma direção.

— Por que Julie faria isso com a gente? — disse em voz baixa.

Mas Ava e Mac não estavam ouvindo. As duas estavam concentradas no outro lado da sala, os olhos fixos na mesma pessoa.

Julie fora à festa, afinal.

CAPÍTULO TRINTA

JULIE ESTAVA PARADA junto à entrada que levava da vasta sala de estar de pé-direito duplo de Nyssa até o hall dos fundos. Ao seu redor havia bruxas, monstros, Kardashians e Mileys, e até mesmo um garoto que se vestira como o pássaro azul do Twitter. Alguns olhavam para ela, perplexos. Outros davam risinhos. Todos observavam como ela estava pálida, como seu cabelo estava sujo, e que usava uma camiseta cinza da American Apparel e um short preto da Nike, o que não era exatamente uma fantasia. *Julie Redding virou uma esquisita* era certamente o que estavam sussurrando. Não importava. Depois daquela noite, nunca mais veria nenhum deles. Só precisava encontrar Parker primeiro. Mas, por mais que procurasse, não conseguia encontrar uma garota com cabelo loiro claro em um moletom preto sujo.

Julie tinha a horrível sensação de que Parker vira aquele post que Claire escrevera sobre Mac. *Ela merece*, dissera Parker naquele dia no bosque. *Ela é uma pessoa horrível.* Aquela publicação no Facebook sobre Mac tinha sido a gota d'água?

Vinha ligando sem parar para Parker desde que percebera que ela sumira, mas Parker não havia atendido. Julie sabia que ela apareceria ali. Era a única coisa que fazia sentido — e isso partia seu coração. Parker tinha *jurado*. Ela era muito mais doente do que Julie percebera. Precisava desesperadamente de ajuda, ajuda que Julie já não podia dar. Julie só esperava poder encontrar a amiga e conseguir que a ajudassem antes que Parker encontrasse Claire.

Ela sentiu a mão de alguém em seu ombro e virou. Ava, Caitlin e Mac a cercaram. Caitlin estava muito bonita em sua roupa de líder de torcida, e Ava parecia alta e majestosa com um simples vestido preto de melindrosa. Mackenzie não se fantasiara e sua roupa parecia um pouco amassada. As três garotas pareciam cautelosas, quase com medo.

— Julie, podemos conversar? — perguntou Ava.

Julie franziu a testa.

— Eu preciso encontrar...

— É muito, *muito* importante — interrompeu-a Caitlin.

Julie olhou para elas. As amigas se aproximavam cada vez mais, fechando o cerco em volta dela.

— Está bem — disse ela cautelosamente, na defensiva. — Mas só por um segundo. Estou procurando alguém.

Mac visivelmente se encolheu. Ava pegou o braço de Julie e a levou pela entrada por um longo corredor em direção aos quartos. Estava mais silencioso ali, embora pudessem ouvir as gargalhadas que vinham do quarto de Nyssa algumas portas adiante. Um suave cheiro de maconha chegou até elas.

Julie olhou para as amigas, os rostos sérios de repente a deixando desconfortável. Ela deixou escapar uma risada nervosa.

— O que houve? Vocês estão me assustando.

Elas a encararam por um bom tempo. Por fim, Ava falou:

— Há algo que você queira nos dizer?

Julie sentiu um frio no estômago. Tinha muita coisa para lhes contar... mas não se atrevia.

— Hã, sobre o quê? — perguntou, o mais casualmente possível.

Ava tirou algo pequeno do bolso e o balançou diante do rosto de Julie.

— Sobre isso, talvez?

Julie pegou-o dos dedos dela.

— É o meu brinco! Onde você achou?

Ava parecia angustiada.

— Na minha casa. No dia em que Leslie foi atacada... no mesmo quarto.

Julie sentiu o coração despencar, e seu rosto se contraiu em uma expressão sofrida. *Parker*. Ela devia ter pegado emprestado.

— E eu achei cianureto de potássio na sua varanda — disse Caitlin com voz fraca. — A mesma coisa que matou Nolan.

— Vi você dirigindo perto da casa da Claire — acrescentou Mac, parecendo igualmente torturada.

— Julie, o que está acontecendo? — perguntou Ava. — *Você* está fazendo tudo isso?

Julie piscou com força, entendendo subitamente.

— Espera, vocês acham que *eu* fiz essas coisas? — disparou ela.

Fazia sentido. Ela espiara a casa de Claire só para ter certeza de que Parker não estava lá. Sua mãe tinha sabe lá Deus o que naquela varanda, e certamente Parker sabia disso e roubou um pouco. E Parker usara os brincos de Julie quando empurrara Leslie da beirada.

— Sei o que parece — disse ela. — Mas, sinceramente, meninas, não fui eu. Vocês têm de acreditar em mim.

Ava parecia desapontada.

— Julie, todos os indícios apontam para você. O que devemos pensar? — Seu rosto se contraiu. — A pergunta é... *por quê*? Por que você faria isso conosco?

— Só confiem em mim, ok? — disse Julie freneticamente, o olhar correndo de um lado para o outro. O volume da música estava ainda mais alto, fazendo sua cabeça girar. Ela esticou o pescoço para procurar Parker, preocupada que pudesse estar atrás de Claire. — Tenho uma explicação para vocês, mas não posso falar agora.

Tentou passar por elas, mas Ava pegou seu braço.

— Você *tem que* falar agora — sibilou ela. — Não vamos deixar você sair antes disso.

Julie se irritou.

— Me solta! — gritou ela.

— De jeito nenhum — disse Mac, formando uma parede atrás de Ava.

Julie lutou para se libertar de Ava.

— Me solta! Eu tenho que detê-la!

Caitlin franziu a testa. Mac inclinou a cabeça. Ava apertou ainda mais o braço de Julie.

— Deter *quem*?

Julie olhou para elas, transtornada. Deus, não queria dizer o nome em voz alta. Assim que escapasse de seus lábios, teria traído Parker para sempre.

— Não é óbvio? — gritou ela. — Quem não está aqui agora? Quem mais sabe sobre nossa lista?

— *Você*, Julie! — praticamente berrou Mac. — *Você* sabe! Você está por trás disso!

— Não, não estou!

Lágrimas se formaram nos olhos de Julie. Podia praticamente sentir a presença de Parker ali perto, Parker testemunhando aquilo. Odiando Julie. Finalmente percebendo que amiga horrível Julie era, algo que Julie soubera o tempo todo. *Prometera* a Parker que guardaria o segredo. Jurara por sua vida nunca contar a ninguém... e ali estava ela, contando para todo mundo.

Pressionou as mãos sobre o rosto.

— Eu não machuquei ninguém! Foi a Parker, ok? — Ela se desvencilhou de Ava. — Estou tentando mantê-la segura. E estou tentando manter Claire segura. Mas Parker está doente, meninas, e se não me ajudarem a encontrá-la *agora*, ela vai atrás de Claire.

Olhou para as outras, esperando expressões de choque... mas também de compreensão. Mas Ava estava pálida. Caitlin levara a mão à boca. Mac parecia quase... *com pena*. E era como se elas compartilhassem um segredo, algo que não tinham contado à Julie.

Sua pele começou a formigar.

— Então vocês vêm, ou o quê? — perguntou bruscamente.

Finalmente Ava falou, a voz trêmula.

— Você quer que a gente vá procurar Parker? — repetiu ela.

— Parker... *Duvall?* — sussurrou Mac.

— Sim — disparou Julie. — Nossa amiga. Parker Duvall. — Piscou para elas. Todas pareciam paralisadas. — *O que foi?* — perguntou. — Por que vocês não estão me ouvindo?

— Julie — disse Caitlin calmamente. Então trocou um olhar com as outras.

Os olhos de Ava estavam cheios de lágrimas. O queixo de Mac tremia. Caitlin olhou novamente para Julie, o rosto triste, assustado e muito, muito preocupado.

— Julie. Parker está morta há mais de um ano.

CAPÍTULO TRINTA E UM

AVA VIU JULIE REDDING, uma garota que achava que conhecia, desmoronar contra a parede. Seu corpo inteiro tremia.

— *Não* — sussurrou ela. — Não é verdade. Você está mentindo.

Mac estava chorando agora.

— Julie, Parker está morta. O pai dela a matou. Ele... ele bateu nela até a morte, naquela noite em que ela chegou em casa drogada com oxicodona.

Julie cobriu a boca.

— Não, não matou. Ela *sobreviveu*.

Ava trocou um olhar devastado com as outras.

— Não sobreviveu — disse ela com voz suave e triste. — Tivemos todo tipo de reunião na escola, muito mais do que depois das mortes de Nolan e Granger juntas. Você não lembra?

Ava se lembrava perfeitamente. Parker fora morta algumas poucas semanas depois da morte da mãe de Ava. Ava conhecia Parker apenas superficialmente, através de Nolan — eles eram bons amigos, e Parker estivera na casa de Nolan algumas vezes quando Ava também estivera. Depois que terminaram e Nolan iniciou todos aqueles rumores sobre ela, Parker se aproximara de Ava, oferecendo-lhe apoio. *Ele pode ser um idiota às vezes*, dissera-lhe Parker. *Quer que eu fale com ele por você?* Mas Ava dissera que ficaria bem. Ainda assim, ficara grata pela oferta de apoio.

Lembrou-se da manhã em que ficara sabendo que Parker tinha sido morta. No começo, o caso fora disfarçado como suicídio: garota rebelde tem uma overdose após uma noite de festa. Mas, em pouco tempo, a verdade veio à tona em razão de todos os ferimentos no rosto e no corpo de Parker.

— Foi você que denunciou o pai dela — disse Ava com a voz falhando. — Foi você que conseguiu fazê-lo ser preso. A mãe dela não queria falar.

— Você foi ao velório dela — disse Mac.

— Você até *falou* — acrescentou Caitlin.

Julie só piscava. O coração de Ava se partia cada vez mais. Lera sobre transtorno de estresse pós-traumático na aula de psicologia no ano anterior; e tinham conversado a respeito disso em mais de uma reunião da escola. Fazia sentido, imaginava: Julie era a melhor amiga de Parker.

Mas todo esse tempo podia ter se passado sem que ninguém percebesse que Julie estava tendo esses delírios? Ela podia ter passado pelo velório e pelo luto... e depois apagado tudo da mente?

Caitlin estendeu o braço e tentou pegar a mão de Julie, mas ela recuou.

— *Isso não é verdade!* — gritou ela, tão alto que as vozes no quarto de Nyssa silenciaram por um instante antes de irromperem em um risada histérica e bêbada. — Parker tem estado conosco o tempo todo. Vocês estão me dizendo que ela não estava na nossa aula de cinema? Foi ela quem iniciou toda aquela conversa!

Ava piscou.

— Não, Julie. Foi *você*. Você foi a primeira pessoa a dizer quem queria ver morto.

— Na verdade, você disse *duas* pessoas — acrescentou Caitlin. — O pai de Parker... e depois Ashley.

Julie balançou a cabeça.

— *Parker* disse Ashley. Eu não. Ela começou a conversa. Ela estava conosco na festa do Nolan. E na casa do Granger! — Todas balançaram a cabeça, mas ela não pareceu notar. — Ela está aqui agora também! *Ela* é a assassina! — Sua voz e seu rosto estavam praticamente irreconhecíveis. — É ela que está fazendo tudo isso e sei que parece loucura, mas ela queria nos *ajudar*. Só estava tentando nos proteger. É claro que está errado... eu sei disso. Mas ela não fez por mal. — Julie ergueu a mão trêmula e apontou para Caitlin. — Você finalmente pode encontrar conforto porque Nolan se foi. — Então gesticulou para Ava. — E admita, você ficaria *muito feliz* em se ver livre de Leslie. Você teria seu pai de volta.

— Shhh! — sibilou Ava, arregalando os olhos. Havia tantas pessoas por perto. Tantas pessoas podiam ouvir.

— Parker teve boas intenções — insistiu Julie, a voz repentinamente calma e fria. Então encarou Mac com um olhar incisivo. — Nenhuma dessas pessoas merecia morrer... nem mesmo Nolan. O que significa que tenho que encontrar Parker antes que ela mate Claire. E vocês vão *me deixar cuidar disso*.

Julie se lançou com força para frente, jogando Mac contra a parede, e saiu em disparada pelo corredor antes que qualquer uma delas pudesse reagir. Tentaram alcançá-la, mas ela sumira, engolida pela multidão.

Ava parou no limite da massa amorfa dos jovens que dançavam. Então olhou para Mac.

— Onde você viu Claire pela última vez?

O rosto de Mac ficou pálido.

— Aqui, acho. — Ela ficou na ponta dos pés, tentando ver sobre a cabeça das pessoas.

De repente, ouviu-se um grito na multidão.

— Polícia! — berrou uma voz de garoto.

Todos começaram a gritar. Jovens fantasiados corriam em todas as direções, seguindo para as portas e as janelas, esbarrando uns nos outros e empurrando a multidão para frente. Ava lutava para se mover contra a maré, tentando ao máximo ver para onde Julie tinha ido.

Antes que Julie matasse novamente.

CAPÍTULO TRINTA E DOIS

MAC CORRIA DE CÔMODO EM CÔMODO, gritando o nome de Claire. *Por favor, que ela ainda esteja aqui dentro, por favor, que ela ainda esteja aqui dentro*, pensava freneticamente. As pessoas corriam na direção oposta, fugindo da polícia. Do lado de fora, os carros da polícia estavam estacionados na calçada, as sirenes soando. Mac ouvia gritos e passos pesados, mas o barulho diminuía com o tempo. Todos corriam para o bosque, tentando desesperadamente escapar. Será que Claire também estava lá?

Ela tropeçou no quintal da frente. Os policiais estavam formando um círculo frouxo ao redor do gramado, tentando conter a confusão de jovens correndo. Um policial falava ao megafone:

— Se você andou bebendo ou está incapacitado por algum outro motivo, não dirija. Nós o levamos para casa. Repito...

— Claire? — gritou Mac, pensando ter visto a cabeça da antiga amiga em meio a um grupo de jovens. Ninguém virou.

Mais pessoas passaram correndo. Mac procurava por Julie também, mas ela desaparecera. Seu coração batia acelerado.

Mac ainda não conseguia entender o fato de Julie pensar que Parker ainda estava viva — e mais do que isso, que Parker estivera *com* elas, uma quinta garota em seu grupo. Ela dissera que fora Parker que falara o nome de Ashley na aula de cinema naquele dia, mas fora a própria Julie que dissera o nome de Ashley. Então... o que isso queria dizer? Parker era uma personalidade de Julie? Julie andava por aí metade do tempo pensando que estava na pele de Parker?

Mac estava surpresa por não terem notado algo tão grave assim bem debaixo do nariz delas. Parando para pensar, houvera momentos em que parecia que Julie estava se contradizendo, mas Mac só pensara que ela estava vendo um problema através dos dois ângulos. E Julie não tinha nenhum responsável que pudesse perceber o que estava acontecendo — sua mãe provavelmente nunca nem sabia onde ela estava. Ela podia sair a hora que bem entendesse. Se ao menos tivessem prestado mais atenção nela. Cuidado melhor dela. Poderiam ter impedido aquilo? E pior, onde estava Julie agora?

Uma sombra passou por Mac na rua, seguindo na direção oposta à dos carros de polícia. Mac notou a fantasia colorida e ficou sem fôlego — era Claire, e agora estava parada sozinha no meio da rua, olhando alguma coisa em seu telefone.

— Ei! — chamou Mac, correndo em sua direção. — Claire!

Claire levantou a cabeça, mas seus olhos estavam vidrados. Ela torceu o nariz ao ver Mac.

— Vá *embora* — disse ela com voz entediada.

— Sai da rua! — gritou Mac.

Claire fez uma careta.

— Por quê?

Naquele exato momento, Mac ouviu o ronco do motor de um carro.

— Claire! — gritou Mac enquanto avançava. O carro roncou novamente. Um cheiro meio ácido se ergueu no ar. De repente, do nada, um carro avançou em direção ao corpo de Claire.

— Não! — Mac correu para onde Claire estava.

Os faróis iluminaram a rua, tão brilhantes quanto um flash, envolvendo as duas em sua claridade. O carro se movia rápido, aparentemente alheio ao fato de que os policiais estavam apenas uma centena de metros atrás deles. Finalmente, Claire ergueu os olhos. Ela parecia cega por causa da luz forte. Sua boca se abriu e suas pernas ficaram bambas.

— *Corre!* — gritou Mac.

Ela alcançou Claire um milésimo de segundo antes do carro, atirando-se contra o corpo dela e lançando-a na grama. Elas aterrissaram juntas do outro lado da rua, atingindo o meio-fio com toda força. Claire gritou. Mac momentaneamente não conseguia respirar. O carro passou guinchando a poucos centímetros delas, seguiu pelo quarteirão e dobrou a esquina.

Mac ouviu um gemido baixo atrás dela e virou. Claire tinha sentado, mas estava encolhida, parecendo atordoada. Aninhava a mão esquerda na curva do braço direito. Então virou e encarou Mac, arregalando os olhos ao perceber que Mac a salvara.

Sem saber o que dizer, Claire olhou para sua mão. Mac também olhou. Os dedos de Claire estavam deformados, retorcidos um sobre o outro de forma nada natural. Seu dedo mínimo se projetava em um ângulo horrível, claramente quebrado em mais de um lugar.

— Ah, meu Deus — disse Mac. — Claire. Seus *dedos*.

O rosto de Claire estava pálido. Ela abriu a boca como se quisesse falar, mas então suas pálpebras se fecharam e ela caiu na grama.

CAPÍTULO TRINTA E TRÊS

UMA HORA MAIS TARDE, Caitlin estava com Mac e Ava no saguão da delegacia. Policiais corriam de um lado para o outro, e o lugar parecia um pandemônio, telefones tocando, impressoras ressoando e todos falando ao mesmo tempo. O coração de Caitlin ainda estava em disparada. Estivera ao lado de Mac pouco depois que Claire fora perseguida por aquele carro, mas os paramédicos e os policiais as haviam enxotado, mandando-as para casa. Mas elas não podiam ir para casa. Tinham de ir até ali... e dizer a verdade.

McMinnamin apareceu na entrada, seu olhar encontrando as meninas.

— Vamos lá atrás — resmungou ele.

Sem dizer nada, elas o seguiram. O nariz de Caitlin se contraiu com o cheiro de café velho e doces açucarados demais. Tentou ver nos rostos dos policiais sinais do que acontecera naquela noite. Claire estava bem? Ninguém tinha ouvido falar nada depois que ela fora levada até a ambulância. Tinha sido mesmo Julie que tentara acertá-la? Com certeza os policiais não continuavam a suspeitar delas, não é?

O policial levou-as a uma sala vazia e fez um gesto para que todas se sentassem.

— Então. Noite agitada, hein?

Todas assentiram. Ava respirava ofegantemente.

McMinnamin colocou as mãos nos quadris.

— Vocês sabem de alguma coisa, certo? É por isso que estão aqui?

Caitlin olhou para Mac e Ava. Todas fizeram que sim. Tinha chegado a hora, Caitlin sabia disso, mas ainda sentiu uma pontada. Parecia errado entregar Julie. Elas haviam prometido ficar juntas.

Mac respirou fundo.

— Achamos que foi Julie Redding.

McMinnamin assentiu. O pomo de adão dele oscilou.

— Está bem.

Caitlin olhou para o chão.

— Ela meio que... confessou — admitiu.

Ainda era difícil processar o que havia acontecido... quem era Julie... e o que de fato se passara na casa da Nyssa. Mas sim, Julie confessara. Mais ou menos. Ela dissera que Parker tinha feito isso, mas Parker não estava *ali*.

— Mas então ela fugiu — acrescentou Ava. — Receamos que possa ter sido ela quem machucou Claire Coldwell.

McMinnamin assentiu.

— É o que receamos também.

Caitlin levantou a cabeça.

— Espera. É sério?

— Sim, estamos de olho em Julie há algum tempo.

Caitlin estreitou os olhos em direção ao policial, ainda muito desorientada.

— Me desculpe, mas como vocês chegaram a essa conclusão?

Como se estivesse esperando a deixa, Dra. Rose, a psicóloga criminal, apareceu à porta, com ar sério. Ela usava um terninho bege e segurava um copo da Starbucks na mão.

— Detetive. Meninas. — A Dra. Rose acenou a cabeça para cada um deles enquanto atravessava a sala.

McMinnamin fez um gesto para ela se sentar.

— Caitlin estava agora mesmo me perguntando como soubemos que Julie Redding era nossa suspeita, doutora. Gostaria de atualizá-las?

— Claro. — A doutora se sentou e organizou seus pensamentos por um instante antes de falar. — Quando Julie e eu tivemos nossa sessão particular outro dia, percebi o que podia estar acontecendo com ela. Ela mora em um lar caótico e abusivo. Está procurando algum tipo de âncora e estabilidade. Trabalhei com vários pacientes que têm o que chamamos de "transtorno dissociativo de identidade" e reconheci os sinais nela imediatamente.

— É como quando as pessoas pensam que são mais de uma pessoa? — perguntou Ava.

— Sim, Ava. É como chamamos quando alguém, neste caso Julie, acredita que tem duas ou mais identidades. Não apenas dois nomes, mas duas *personalidades* distintas. É quase como ter duas pessoas completamente diferentes vivendo em um só corpo. E no caso de Julie...

— A outra pessoa é Parker — interrompeu Caitlin.

— Sim. Julie é Julie, *e* ela é Parker, em momentos diferentes... e às vezes ao mesmo tempo também.

Caitlin engoliu em seco, o cheiro da sala de repente deixando-a enjoada. Esperava que houvesse alguma outra explicação além dessa. Mas não havia. De certa forma, fazia sentido. Lembrou-se daquela Julie estranha, taciturna, completamente diferente do que sempre fora, que encontrara no quintal da frente de Julie no dia anterior. Será que tinha sido "Parker" que encontrara? Caitlin *notara* que havia algo errado. Deveria ter feito alguma coisa a respeito? Alertado alguém? Por outro lado, como saberia que era algo assim tão... *extremo*?

A Dra. Rose se mexeu em seu assento.

— Quando ela disse aos detetives McMinnamin e Peters no outro dia que seu álibi na noite do desaparecimento de Ashley era ter saído com Parker, bem, isso basicamente confirmou minhas suspeitas — disse ela. — Julie provavelmente ouve Parker em sua cabeça... e provavelmente a vê como uma espécie de alucinação. Ela é tão real para Julie quanto eu sou para vocês agora. E imagino que, se pararem para pensar nisso, vão se lembrar de incidentes em que pensaram estar falando com Julie, mas estavam na verdade com Parker, ou com a identidade Parker de Julie.

Caitlin assentiu relutantemente. Então Mac. Depois Ava. Todas se sentiam tão culpadas. Caitlin notava que se sentiam tão enganadas quanto ela.

— Por que acha que isso aconteceu com ela? — perguntou Mac calmamente.

A Dra. Rose suspirou.

— Julie não ajudou Parker na noite em que o pai de Parker a matou. Meu palpite é que ela assumiu a personalidade de Parker logo depois que Parker foi morta porque não podia lidar com a culpa. *Tornar-se* Parker era uma maneira de mantê-la viva... e Parker servia como um escape para as partes mais furiosas da personalidade de Julie. Pelo que entendi, Julie era uma das melhores alunas da Beacon Heights High: muito popular, com excelentes notas... ouso até dizer *perfeita*. Correto?

Todas assentiram mecanicamente.

— Para dizer pouco. — Caitlin deixou escapar uma risada seca e triste. — Ela era incrível.

— Inteligente, bonita, simpática... todos a adoravam — disse Ava.

A Dra. Rose tomou um gole de café.

— Bem, isso se encaixa. Julie não podia quebrar as regras, porque estava protegendo seus próprios segredos: sobre sua mãe, sua casa. Então precisava manter um exterior impecável. Não podia matar aula, falar de maneira grosseira ou sair da linha. Todo mundo precisa relaxar um pouco, mas a Julie Perfeita nunca poderia se permitir fazer tal coisa. Tinha muita coisa em jogo. Parker, por outro lado, era livre para fazer e dizer o que queria. Incluindo se vingar de pessoas que a machucaram ou as pessoas próximas a ela. — Ela olhou para as meninas em volta.

— Nolan Hotchkiss, sim, mas também Ashley Ferguson, que estava arruinando sua vida... a polícia ainda não a encontrou, mas tememos o pior.

— Ela machucou minha madrasta, Leslie, também — disse Ava com voz sufocada. — Eu lhe falei como Leslie era horrível. Mas nunca pensei que ela...

— E Claire, obviamente. — Mac pressionou as mãos sobre os olhos. — Claire tentou sabotar minha audição para a Juilliard. Mas eu nunca iria querer *machucá-la*.

Rose trocou um olhar surpreso com McMinnamin, depois assentiu.

— Ela estava agindo em cima de suas frustrações porque podia — disse ela. — Para "Parker" não havia regras. Ela passava dos limites várias vezes, rompia todos os tipos de barreiras. Tenho certeza de que vocês conseguem pensar em coisas que Julie disse que pareciam um pouco... estranhas, talvez?

Caitlin lembrou-se da aula de cinema. Provavelmente tinha sido "Parker" que começara a conversa, não Julie — porque Julie não teria ousado. Mas Julie apoiara "Parker" rapidamente, lembrou, acrescentando o nome do pai de Parker à lista quase que instantaneamente. Era perturbador pensar que toda vez que se sentara de frente para Julie, havia duas pessoas olhando de volta.

Ela se remexeu na desconfortável cadeira da sala de interrogatório.

— Julie percebe que tem duas personalidades diferentes?
— Você acha que há *mais* personalidades além dessas duas? — disse Ava ao mesmo tempo.

A Dra. Rose inclinou a cabeça, pensando a respeito.

— Até onde sabemos, são só Julie e Parker. Mas eu teria de trabalhar com ela por um período significativo para dizer com certeza.

Todos ficaram em silêncio. Um telefone tocou alto do lado de fora. Um policial passou pela sala, murmurando para si mesmo.

— Ok — disse Ava, inclinando-se para perto do detetive e da doutora. — Entendo por que Julie, ou Parker, mataria Nolan, o pai de Parker, e até Ashley. Mas, presumindo que tudo isso seja verdade, por que ela matou Granger? Porque ele estava dando em cima de mim e de todas aquelas garotas?

— Achamos que teve algo a ver com isso. — McMinnamin tirou de sua pasta um envelope sujo de lama em que se lia *JULIE REDDING*. — Nós o encontramos no quintal de Granger na sexta à noite.

Ele deslizou um dedo sob a aba e puxou uma pilha de papéis. Era um relatório, escrito à mão pela Sra. Keller, orientadora psicológica da Beacon High, durante o aconselhamento de luto após o assassinato de Parker.

— "A Srta. Redding exibe uma personalidade preocupante e fragmentada" — ele leu em voz alta. — "Ela parecia conversar com outra pessoa que não estava na sala. Quando perguntada a respeito, a Srta. Redding ficou muito agitada e reticente."

Caitlin fechou os olhos.

— Por que a Sra. Keller não relatou isso a um médico na ocasião?

— Eu não sei — disse McMinnamin. — Talvez ela não reconhecesse o que estava acontecendo. Ou talvez só achasse que Julie estava sendo dramática.

Mac ergueu a cabeça.

— Se vocês encontraram isso na casa de Granger, então isso significa...

— Ele sabia. — Os olhos de Ava se arregalaram. — Sobre Parker, quero dizer. Ou, bem, talvez não que a outra personalidade de Julie fosse *Parker*, exatamente, mas que algo estava acontecendo.

— Isso mesmo. — McMinnamin esfregou os olhos com as mãos. — Este relatório é altamente confidencial e devia estar cuidadosamente guardado. Mas, dado o que sabemos agora sobre a ética questionável de Lucas Granger, acreditamos que ele tenha notado algo estranho com relação à Julie e roubado o relatório do escritório da orientadora. O que ele ia fazer com isso ninguém sabe.

Caitlin estreitou os olhos, tentando juntar as peças.

— Então é por isso que Julie, ou Julie como Parker, matou Granger? Para manter o segredo seguro?

McMinnamin assentiu.

— As digitais de Julie estão no envelope, então sabemos que ela o manuseou em algum momento. Se como Julie ou como Parker, nós não sabemos. Acreditamos que ela tenha encontrado isso na casa de Granger na noite em que as senhoritas estiveram lá.

— Julie estava com medo de que Lucas Granger fosse abrir o jogo sobre ela e então fosse forçada a procurar tratamento — acrescentou Rose. — A maioria dos meus pacientes anteriores com identidades dissociativas são muito resistentes ao tratamento. Eles criaram essas outras personalidades para sobreviver e preencher algumas lacunas significativas em suas vidas. A pequena parte lúcida que ainda existe dentro de sua personalidade original sabe que perder uma dessas *outras* identidades seria como uma morte. No caso de Julie, se fosse forçada a procurar ajuda, então Parker, como Julie a entende, realmente *morreria*. Julie perderia sua melhor amiga... de novo. Seria completamente devastador para ela.

Todos assentiram calmamente, mas, por dentro, os sentimentos de Caitlin estavam muito confusos. Por um lado, Caitlin achava que deviam estar com raiva — Julie havia assassinado três pessoas e armado para o restante delas levar a culpa. Por outro lado, como poderia responsabilizar Julie quando ela estava claramente tão doente?

McMinnamin limpou a garganta.

— Me desculpem por ter mantido vocês como suspeitas por tanto tempo. Mas ainda há algumas lacunas que precisamos que preencham. Como o que vocês estavam de fato fazendo na casa de Granger. E o que aconteceu na noite da festa do Nolan? Sei que vocês estavam envolvidas. Muitos sinais apontam para vocês.

Caitlin sentiu-se tomada pelo nervosismo, e baixou os olhos. Suas amigas também se remexeram nas cadeiras.

— Era para ser uma brincadeira — conseguiu dizer ela.

— Nunca pensamos que ele morreria — sussurrou Ava.

— Foi uma coisa terrível de se fazer — acrescentou Mac.

E Caitlin olhou para o detetive suplicantemente.

— Isso vai nos trazer problemas?

McMinnamin cruzou os braços sobre o peito, suspirando.

— Depois de tudo o que aconteceu, tudo o que quero é uma confissão. E preciso que nos ajudem a encontrar Julie. Ela está muito doente. Precisa estar em custódia antes que algo mais aconteça. — Ele tossiu em sua mão. — É por isso que fomos à festa esta noite. Desconfiávamos que Julie pudesse estar lá. E acabamos de confirmar que ela não está em casa. Vocês conseguem pensar em mais alguém de quem ela fosse próxima, algum lugar em que possa estar?

Ava franziu a testa.

— Bem, ela saiu algumas vezes com um garoto novo na escola, Carson.

McMinnamin balançou a cabeça.

— Carson Wells. Já verificamos. Ele não tem notícia dela há vários dias, e está preocupado... principalmente quando descobriu que a amiga Parker de quem ela vive falando morreu no ano passado. Nossos homens estão procurando por ela em toda parte. Mas até a encontrarmos, ela está sozinha.

Lágrimas quentes inundaram os olhos de Caitlin. Julie estava lá fora em algum lugar, sem ninguém — ninguém de verdade, pelo menos — para ajudá-la. Como cuidaria de si mesma? Será que tinha dinheiro para comer ou um lugar para dormir?

— Temos que encontrá-la — sussurrou ela.

— Vocês não precisam me caçar — disse uma voz fraca e abafada.

Todos ergueram a cabeça. Julie estava no corredor; quem sabe como passara pela recepção? Caitlin procurou não parecer perplexa. Julie usava um moletom de capuz sujo. Seu cabelo estava emaranhado e bagunçado ao redor do rosto. Sua pele estava pálida, a maquiagem, borrada, e tinha olheiras profundas. Caitlin não pôde deixar de se perguntar quem olhava para eles — Julie ou Parker. Sentiu pena das duas.

— Estou aqui. E... você está certo. Eu estou doente. Preciso de ajuda. — Julie conteve um soluço. — Mas tenho um pedido a fazer, ok?

— Vamos tentar honrá-lo — disse Rose rapidamente.

Julie olhou para frente e para trás, o queixo trêmulo.

— Quero falar com o *meu* terapeuta... e só com ele. Seu nome é Elliot Fielder.

CAPÍTULO TRINTA E QUATRO

— PODE PASSAR OS BOLINHOS, por favor? — murmurou Ava com a boca já cheia.

Caitlin pegou a cesta da mesinha de centro e passou para ela, deixando uma trilha de migalhas de muffins Paleo sem glúten pelo espaçoso sofá em forma de L de Ava.

— Obrigada — disse Ava com gratidão, enfiando um na boca. — Esses são os meus favoritos. — Estava para discorrer por que os muffins são, ao mesmo tempo, decadentes *e* bastante saudáveis quando Caitlin pediu silêncio, apontando para a TV do outro lado da sala.

— Novidades! — gritou Caitlin.

Mac pegou o controle remoto e aumentou o volume. Uma repórter loira empolgada estava em frente à Beacon High. Elas a pegaram no meio da frase.

— ... a Srta. Redding confessou ter cometido os seguintes assassinatos: Nolan Hotchkiss, Lucas Granger e Ashley Ferguson, cujo corpo foi descoberto por mergulhadores da polícia em um rio atrás da casa dos Ferguson ontem, bem onde Redding lhes disse que estaria. Três das colegas de turma de Redding na Beacon Heights High, perto de Seattle, admitiram ter pregado uma peça no filho do senador estadual Hotchkiss, Nolan, envolvendo oxicodona, mas foram liberadas de qualquer envolvimento em sua morte com uma advertência.

Ava se moveu nervosamente, desnorteada pela fato de o segredo delas ter finalmente sido revelado. A repórter não revelara seus nomes... mas ainda assim. Elas haviam negociado para que outros detalhes do que contaram à polícia também fossem mantidos em segredo. Como a lista das pessoas que queriam ver mortas que tinham feito na aula de cinema... e como aquela lista acabara se infiltrando na cabeça de Julie de um jeito que a fez achar necessário se vingar de todos os inimigos delas. Ava não queria contar à polícia sobre a lista, mas provavelmente fora certo abrir completamente o jogo. Ainda assim, ela esperava que a polícia nunca, nunca contasse a ninguém sobre aquilo. Não conseguia imaginar o que seu pai pensaria a respeito dela se soubesse.

A repórter continuou:

— A própria Redding disse que elas não tiveram conexão com os assassinatos. Presume-se que a veterana do ensino médio provavelmente tentará alegar insanidade, já que seu caso de múltiplas personalidades é, de acordo com especialistas, "extremamente severo".

A tela mostrou, então, a casa em ruínas de Julie, onde peritos com trajes completos de proteção contra risco biológico entravam e saíam, carregando uma caixa imunda após outra. Em seguida cortaram para a mãe de Julie de pé na varanda, o cabelo gorduroso para trás do rosto, seu roupão sujo e olhos insanos em exibição para o mundo todo ver.

— Julie nunca foi certa. Nunca foi. Seu pai soube disso desde o início.

E de volta para a repórter, seus cabelos voando com a brisa:

— Junte-se a nós esta noite, às oito, quando Anderson Cooper vai mostrar o que se passa na mente de uma adolescente assassina. Ele fará uma entrevista exclusiva com a mãe de Redding que você não vai querer perder. Agora, de volta para você no estúdio, Kate.

Caitlin tirou o som da televisão novamente, e as meninas ficaram sentadas em silêncio.

— Por que não me sinto melhor? — perguntou Mac, infeliz.

Caitlin jogou o controle remoto no sofá entre elas.

— Não sei se é melhor ou pior não termos de ir à escola esta semana.

De repente, o telefone de Ava zumbiu no bolso da calça do pijama. Era uma mensagem de Alex. *Você está bem? O que eu posso fazer?*

Ela sorriu e digitou uma resposta rápida, perguntando se ele passaria lá mais tarde. Estava tão feliz que tudo tinha ficado bem entre ela e Alex. Ele a fazia se sentir protegida e segura.

Então uma sombra apareceu na entrada. Ava ergueu os olhos. Era o pai dela, usando um suéter amassado e uma calça de veludo. Ava se levantou depressa.

— Pai? — chamou ela, preocupada. — Está tudo bem? É a Leslie?

O Sr. Jalali parecia em conflito.

— Posso falar com você a sós por um momento, *jigar*?

— Claro — disse Ava, encolhendo os ombros para as amigas e desaparecendo no corredor.

Seu pai apoiou-se na grade, torcendo as mãos. O coração de Ava batia acelerado. Talvez *houvesse* algo errado com Leslie. Ou, o que talvez fosse pior, seu pai tinha descoberto que Julie empurrara Leslie da varanda porque *Ava* a desejara morta. E se ele a odiasse agora? E se quisesse que ela saísse de casa? Talvez ela merecesse isso. Quando as pessoas começaram a morrer, quando pressentiram que aquilo não era uma coincidência, ela não fizera muita coisa para manter Leslie segura.

Por fim, seu pai respirou fundo e ergueu os olhos.
— Leslie acordou do coma esta manhã.
Ava ficou boquiaberta.
— *Acordou?*
Ele assentiu, mas, estranhamente, não parecia tão feliz.
— Sim. E começou a dizer imediatamente que você tinha feito isso com ela.
Ava sentiu o coração gelar.
— Não fui eu! — gritou ela. — Você sabe que eu nunca...
— Ava, por que você nunca me contou a verdade?
Ela piscou, muda. Seu pai parecia tão triste.
— A verdade sobre o quê? — perguntou com voz fraca.
O Sr. Jalali fechou os olhos.
— Instalei câmeras de segurança em casa há alguns meses, quando Leslie começou a dizer que achava que a moça da limpeza estava nos roubando. Há câmeras na sala de estar, na sala de jantar, na cozinha.
Ava franziu a testa.
— Instalou? — Ela não sabia disso.
Ele assentiu.
— E agora assisti a algumas das gravações. Vi como Leslie interagia com *você*. Sempre quando eu estava fora do cômodo, onde não pudesse ouvir. As coisas que ela disse, *jigar*. Coisas horríveis. Coisas que não eram verdade. O mesmo tipo de coisas que ela disse quando acordou do coma esta manhã. Eu nunca a ouvira falar daquele jeito... fiquei tão surpreso. Foi por isso que examinei as filmagens. — Ele se aproximou dela, triste. — Por que você nunca me contou nada disso?
Ava piscou, perplexa.
— Por... porque não sabia se você iria me ouvir. — Um olhar aflito passou pelo rosto dele. — Você começou a namorar Leslie logo após a morte da mamãe — disse Ava rapidamente. — E ela

veio e... *mudou* tudo em você. Acabei achando que ela havia mudado o que você pensava de mim também. — Ela baixou os olhos. — Pensei que você não acreditaria em mim.

O Sr. Jalali abriu a boca como se quisesse protestar, mas voltou a fechá-la. Lágrimas encheram silenciosamente seus olhos. Ele puxou Ava para perto e a envolveu em um grande abraço.

— Eu sinto muito. Sinto muito, muito mesmo — sussurrou ele.

Ava também começou a chorar. Os dois ficaram ali, pai e filha, abraçados pelo que pareceu uma eternidade. Ava não sabia o que o futuro lhe reservava, mas algo lhe dizia que Leslie poderia não estar nele — ou, se estivesse, que suas vidas seriam muito, muito diferentes. Parecia que de repente o pai dela estava *de volta*. Verdadeiramente dela de novo, cuidando realmente dela. Isso, de alguma forma, só a fez chorar ainda mais.

De repente, ela se lembrou da noite de sexta na festa da Nyssa, quando Julie lhes dissera que "Parker" havia matado todas aquelas pessoas. *Admita, você ficaria muito feliz em se ver livre de Leslie*, dissera à Ava. *Você teria seu pai de volta*.

Era um pensamento horrível, mas era verdade: agora que estavam livres de Leslie — ou pelo menos da falta de confiança que ela estabelecera em sua família —, Ava tinha seu pai de volta. Mas só porque desejara isso não significava que deveria ter acontecido daquele jeito. Só porque alguém era uma cretina... ou uma vadia... ou batia em crianças... isso não significava que merecia morrer.

Ela fechou os olhos. Não sabia bem o que merecia, mas de uma coisa tinha certeza: nunca mais daria uma coisa como certa, deixando de lhe dar o devido valor. Nem Alex. Nem seu pai. Nem sua liberdade.

E nunca mais diria nada de que pudesse se arrepender.

CAPÍTULO TRINTA E CINCO

VÁRIOS BOLINHOS E ALGUMAS SOBRAS de pad thai depois, Mac saiu da casa de Ava, pensando se devia ou não ir direto para a sua. Parou com a mão na maçaneta do carro, olhando para o céu azul, o primeiro dia claro e ensolarado em semanas. O ar parecia mais leve, mais fresco, mais limpo. As folhas nas árvores balançando com o vento suave estavam saturadas de tons de verde, amarelo e laranja, mais ricos do que qualquer cor que já tinha visto. Até mesmo o céu parecia mais infinito, os pequenos aglomerados de nuvens mais macios. Era como se todos os seus sentidos tivessem sido despertados e revigorados. Mas ainda se sentia inquieta. Incompleta. Havia algo que precisava fazer.

Dane-se, pensou Mac.

Dez minutos depois, parou em frente à casa dos Coldwell. O carro de Claire estava perto da garagem. Mac respirou fundo para se acalmar e caminhou até a porta. Preparou-se para uma recepção fria — até mesmo para uma porta na cara. Mas sabia que tinha de tentar.

Tocou a campainha, ouvindo o som familiar. Após um instante, escutou o ruído de passos meio arrastados à medida que alguém se aproximava. Prendeu a respiração quando a porta se abriu.

Claire usava um pijama de flanela decorado com notas musicais dançantes. Seu cabelo encaracolado estava preso para trás dos dois lados do rosto, e os pés escondidos por gigantescas pantufas fofas de coelho. A manga esquerda da sua camisa folgada estava enrolada até o ombro e, abaixo dela, seu braço estava dobrado na altura do cotovelo e envolto pelo gesso mais grosso, maciço e alarmante que Mac já tinha visto. Estendia-se de logo abaixo do ombro de Claire até a ponta dos dedos.

As duas garotas se entreolharam por um instante.

— Ah, meu Deus — disparou Mac sem conseguir se conter, o que não era nem de longe o tom que queria usar para quebrar o gelo.

Mas, quando ergueu os olhos, Claire estava rindo, e não chorando.

— Eu sei. É bem impressionante.

Mac piscou com força. Claire ainda não a expulsara da varanda.

— Humm, eu estava pensando mais em *apavorante*.

Claire suspirou.

— É meio que um dispositivo médico e uma arma juntos. E coça. Tipo muito, muito mesmo.

— Que droga.

Fez-se, então, um silêncio incômodo. Claire se mexeu, desconfortável.

— Quer entrar?

Mac não teria ficado mais surpresa se Claire tivesse pegado seu violoncelo e batido na cabeça dela.

— Humm, tem certeza?

— Bem, na verdade, preciso de um favor. — Claire virou e começou a seguir pelo corredor. — Talvez você possa abrir uma caixa de pizza congelada para mim? É incrível o que não se consegue fazer com apenas uma das mãos.

Elas foram para a cozinha, onde Mac se ocupou com o congelador e o forno. Já estivera naquela cozinha centenas de vezes e aquecera milhões de pizzas ao longo dos anos. Ela virou e encontrou Claire observando-a, um olhar curioso no rosto.

— Então era por isso que você estava me seguindo a noite toda? — perguntou ela.

Mac engoliu em seco.

— Bem...

— Você sabia que Julie Redding iria atrás de mim? Quero dizer... eu *mal* a conheço. E ainda assim você estava me seguindo como se estivesse me protegendo.

Mac olhou para o chão, o estômago se agitando com a culpa. *Porque a coloquei em uma lista de pessoas que queríamos ver mortas.* Como poderia explicar a Claire que o que ela pensava ser uma conversa inocente — ainda que totalmente rude — acabara por se tornar o manual de instruções de uma assassina em série? Que era culpa sua os dedos de Claire terem sido completamente esmagados, sua carreira musical provavelmente encerrada para sempre? Mac se perguntou se deveria esmagar *seus* dedos também — talvez isso fosse uma punição à altura de seu crime. Não parecia justo ela ir para Juilliard incólume depois de tudo isso.

Mas não podia dizer a verdade à Claire. Não agora. Talvez nunca.

— Hã, Julie falou algo que me fez perceber que você era o próximo alvo — murmurou Mac. Não era exatamente uma mentira. — E eu não podia deixar isso acontecer com você.

Claire balançou a cabeça.

— Só o fato de ela ter *alvos* já é apavorante.

— Eu sei — disse Mac com ar cansado. — Me desculpe por ter seguido você como uma maluca. Sei que provavelmente foi esquisito.

Claire sorriu e, pela primeira vez em muito tempo, não havia vestígios da conivência ou competitividade que haviam definido a amizade delas desde o início. Era apenas um sorriso genuinamente grato, que encheu Mac de ternura e alegria. Ela percebeu o quanto sentira falta de Claire todo aquele tempo.

— Você me salvou — disse Claire simplesmente. — E realmente não precisava.

Mac deu de ombros.

— É claro que precisava.

O cheiro da pizza sendo aquecida tomou conta da cozinha. Mac sentiu seu olhar ser atraído para o gesso de Claire de novo. Salvara a vida de Claire, mas e todo o resto?

— Você vai poder tocar de novo? — disse ela em voz baixa.

Claire deu de ombros.

— Os médicos dizem que não parece muito provável. Ou, pelo menos, que nunca atingirei meu antigo nível.

Mac fechou os olhos.

— Eu sinto muito.

Claire sentou-se à mesa da cozinha e começou a mexer em um saleiro em forma de violoncelo.

— Tive muito tempo para pensar. E percebi... — Claire olhou para ela, parecendo quase envergonhada. — Nem tenho certeza se *quero* ir para Juilliard.

Mac franziu a testa. Com certeza Claire só estava dizendo isso para se sentir melhor. Ou talvez só estivesse meio drogada em razão dos analgésicos que os médicos lhe deram.

Claire bateu no saleiro em forma de violoncelo com um pimenteiro em forma de violino.

— Parece loucura, eu sei. Mas acho que percebi que eu só queria ir porque... — ela deixou escapar uma risadinha tímida — porque *você* queria. Só queria vencer você. Mas então pensei no que *eu* realmente queria. E sabe de uma coisa? Oberlin parece legal. Talvez eu estude música. Talvez não. Tenho todas essas opções agora, que nunca tive antes quando era sempre só *violoncelo, violoncelo, violoncelo*, sabe?

Mac não sabia se ria ou chorava. Depois de todo o estresse e os sacrifícios, todos os anos de acampamento da banda, os treinos intermináveis, a farsa e as mentiras, a desilusão com Blake... Claire nem queria o prêmio final. Era como uma piada ruim com um desfecho estúpido.

Mac também ficou surpresa em ver como Claire admitira tranquilamente que queria vencê-la. Por outro lado, se parasse para pensar, ela não era igual? Desde que podia se lembrar, Mac era intensa e cegamente motivada a ser a melhor violoncelista, a praticar mais do que Claire, a se dar bem em todas as apresentações em que Claire fosse mal, a conseguir de volta o lugar de primeira violoncelista quando era de Claire. Ela realmente queria ir para Juilliard, mas isso era irrelevante. Mac tinha sido igualmente competitiva, igualmente disposta a ir até os confins da Terra para conseguir o que queria. Não tinha provado isso ao colocar o nome de Claire naquela lista da aula de cinema?

De repente, Mac irrompeu em um ataque de risos histéricos provavelmente inapropriados.

— Me desculpe — disparou ela. — Não é engraçado. Não sei por que estou rindo.

Só que Claire começou a rir também. No começo, de maneira hesitante, mas então os ombros dela começaram a se sacudir e sons agudos escapavam da boca das duas.

— Me desculpe — disse Mac novamente. — Eu tenho que parar.

— Eu também — disse Claire, ofegante.

Mesmo assim, as duas continuaram rindo. Era como costumavam rir juntas antigamente: o corpo curvado, segurando a barriga, gargalhando tanto que lágrimas escorriam pelo rosto. Mac ria com tanta vontade que seus óculos embaçaram. Aquilo trouxe de volta tantas boas lembranças: Claire e Mac nos acampamentos de música, as festas do pijama nos fins de semana após o ensaio da orquestra, o ataque de riso colossal que tiveram no poço da orquestra do Carnegie Hall porque o zíper da calça do maestro estava aberto. Mac nunca pensou que compartilharia um momento como esse com Claire novamente — ou até mesmo que fosse querer. Mas era tão *bom*.

Só depois que Mac esvaziou seus pratos de pizza, colocando-os na máquina de lavar louça, foi que conseguiram ficar sérias.

— Eu queria dizer... — começou Claire, apertando a ponta dos dedos da mão esquerda, que mal apareciam no final do gesso, para ajudar na circulação. — Sinto muito por aquela postagem no Facebook sobre você e Oliver. Foi péssimo da minha parte. Eu estava com tanto ciúme.

Mac simplesmente deu de ombros. Parecia tão coisa do passado agora.

— Não esquenta — disse ela suavemente.

— O que *de fato* aconteceu com Oliver? Menti quando disse que não estava a fim dele. Vocês estão juntos?

Mac podia ver que ela queria mesmo saber. A pergunta soava tão familiar aos ouvidos de Mac — era a maneira como costumavam falar sobre os meninos, muito antes de Blake mudar tudo entre elas.

— Não — respondeu Mac, sentindo-se um pouco triste pela maneira como deixara Oliver na espera por tanto tempo. — Não rolou química.

Claire assentiu, um olhar de quem sabia o que estava acontecendo de repente em seu rosto.

— É claro que não.

— Mas ele é legal. — Mac abriu um sorriso sincero para ela também. — Você devia ir atrás do Oliver. Vou falar bem de você para ele.

Então, como se esperasse uma deixa, o telefone de Mac vibrou de repente no bolso e, antes que pudesse silenciá-lo, começou a tocar uma música do Bruno Mars — uma música muito *familiar* do Bruno Mars. *Droga*. Ela nunca mudara o toque que escolhera há muito tempo para Blake. E Claire sabia disso.

Ela rapidamente cobriu a tela com a mão e olhou para Claire, subitamente com medo que toda aquela história de risadas, honestidade e proximidade pudesse chegar ao fim. Mas Claire estava sorrindo.

— Está tudo bem. Pode atender. — Ela inclinou a cabeça em direção ao telefone na mão de Mac. — Ele sempre te amou, sabe?

Mac respirou fundo e ficou imóvel. O telefone continuava tocando.

Claire baixou os olhos.

— Eu soube naquele primeiro dia na Disney, mas menti quando ele me perguntou e disse que você não estava interessada. Então, antes das audições, pedi a ele para sair com você e distraí-la. Eu só... — Sua voz falhou. — Eu não tinha ideia de como aquilo iria longe. Não é culpa dele, Mac. Planejei as coisas de modo a fazê-lo se sentir culpado se não me ajudasse. Ele não queria.

Mac respirou fundo algumas vezes, tentando processar tudo. Era bom ver Claire sendo sincera. Era bom ver que Blake realmente dissera a verdade. Ela se atirou para frente e abraçou a amiga com força, sentindo-se muito aliviada.

— Eu te amo — disse ela.

— Hã? — Claire encarou-a com um olhar estranho. — Acabei de lhe dizer que sou basicamente uma escrota, e você diz que me ama?

Essa era a questão: Mac a amava, apesar de tudo. Não que isso as deixasse quites. Mac sempre se sentiria culpada por ter dito o nome de Claire naquela conversa. Aquilo sempre ficaria no fundo de sua mente, a coisa que mais desejaria poder voltar atrás na vida.

— Só quero que voltemos a ser amigas — disse ela com carinho.

Claire gemeu e revirou os olhos.

— Ok, vamos cortar essa coisa melosa. Ligue de volta para ele!

Mac olhou para ela com ar agradecido, então correu um dedo pelo telefone.

— Oi — disse ela, um pouco timidamente.

CAPÍTULO TRINTA E SEIS

CAITLIN FECHOU A PORTA do armário do vestiário. Não ia à aula naquela semana, mas de jeito nenhum abandonaria seu time de futebol. Principalmente naquela noite, quando jogariam contra o time da Bellevue. Também era o primeiro jogo delas com as calouras novatas.

— Vamos, Caitlin!

Suas companheiras de time passaram por ela, apertando as faixas de cabelo e batendo umas nas outras com as toalhas e camisas. Ursula gritou *u-huu!* e começou um canto motivacional de chamada e resposta enquanto o time passava correndo em direção ao pátio. Abriu, então, um sorriso para Caitlin por cima do ombro, e Caitlin sorriu de volta. Era engraçado — não fazia muito tempo, Caitlin desconfiara que Ursula fosse sua maior inimiga. Que matara Nolan e tentara incriminá-las. Que teria ouvido aquela conversa horrível na aula de cinema e elaborara algum grande plano. Parecia tão ridículo agora.

Por outro lado, a verdade também era bastante impensável.

Seus pensamentos se voltaram para Julie. A última notícia que tivera fora a de que Julie tinha dado entrada em uma instituição psiquiátrica de segurança máxima a cerca de trinta quilômetros de distância. Era o tipo de lugar em que ela não poderia receber visitas por um tempo, já que estaria em terapia intensiva e constante. Caitlin tentou imaginar como seriam os dias de Julie. Pelo menos estava em um ambiente mais limpo e menos bagunçado. Pelo menos não havia gatos. Será que estaria triste por abrir mão de Parker? Será que isso já havia *acontecido*? Talvez fosse o tipo de coisa que levasse meses, até mesmo anos. É como uma morte, dissera a Dra. Rose. Caitlin sentia muito por Julie, apesar de tudo. Não conseguia imaginar ter de enfrentar duas vezes a perda de Taylor.

Um apito soou do lado de fora, trazendo-a de volta ao presente. Caitlin ajeitou suas caneleiras, colocou seu protetor bucal e seguiu o resto do time. Ao atravessar o estacionamento em direção ao campo, viu suas mães na arquibancada e sorriu. As coisas estavam bem com elas novamente, pela primeira vez em muito, muito tempo. Na noite anterior, tivera uma conversa séria e sincera com elas e, embora ainda estivessem chateadas com ela por ter pregado uma peça em Nolan — principalmente porque era sua oxicodona —, estavam ao seu lado de novo. Caitlin finalmente admitira às mães quanta raiva sentira de Nolan, e como o culpava diretamente pelo suicídio de Taylor. Contara a elas que relera o diário de Taylor umas mil vezes nos últimos seis meses, tentando descobrir o exato momento em que ele tomara aquela decisão... o exato momento em que ela perdera a pista mais importante de todas.

Suas mães só ficaram olhando para ela, os olhos cheios de lágrimas, as bocas bem fechadas para conter os soluços. Então todas choraram juntas, e era como se tivessem finalmente admitido aquela... *coisa*... a dor compartilhada que estava lá com elas a cada momento de cada dia, mas era grande demais até para falarem a respeito. Só o fato de saber que estavam nisso juntas já fazia doer microscopicamente menos.

Caitlin foi a última a entrar em campo. Fechou os olhos para sentir o ar fresco da noite, ouvir o barulho da multidão, o técnico da equipe adversária passando exercícios de aquecimento, o som das buzinas. Apenas uma coisa ainda não estava certa, ainda não havia voltado para o lugar. Jeremy. Eles não haviam se falado desde a festa da Nyssa. Até mesmo *Josh* ligara para ela no dia seguinte, desculpando-se por pedir, embriagado, para ela assinar seu gesso.

— Foi por isso que meu irmão foi embora? — perguntou ele.

— Não exatamente — disse Caitlin.

Era verdade: Jeremy fora embora por causa dos sentimentos *dela*, do conflito *dela*. Ela não queria Josh de volta. Josh provavelmente também não a queria de volta. Ela entendia isso ainda melhor depois do telefonema dele, mas era bom terem chegado a um certo tipo de paz.

Caitlin tirou sua jaqueta de aquecimento e jogou-a na grama atrás do banco. Tinha de se concentrar no jogo. Abaixou-se para apertar o cadarço da chuteira, e de repente algo chamou sua atenção nas arquibancadas. Jeremy estava sentado sozinho, o rosto pintado de castanho-avermelhado e branco, as cores da Beacon High. Ele segurava um cartaz gigante com *VAAAIII, CAITLIN!* escrito à mão em letras grandes e inclinadas.

Caitlin ficou perplexa. Apesar de o jogo estar para começar em apenas alguns minutos, ela saiu correndo do campo e subiu a arquibancada em direção a ele.

— Olha só você! Meu Deus!

Jeremy sorriu timidamente.

— Eu tinha de vir apoiar minha garota.

Caitlin sentiu os olhos se encherem de lágrimas.

— Mesmo?

— Bem, sim. — Ele sorriu para ela, mas então seu rosto ficou sério. — Pensei no que disse, e você estava certa, Caitlin.

Eu deveria amar você *exatamente* por quem é... uma jogadora de futebol. Uma garota que vai a festas. Aliás, uma garota muito sexy que joga futebol e vai a festas. — Ele tocou o braço dela. — E quer saber? — continuou. — Eu amo essa garota. Cada pedacinho dela.

Caitlin pensou que seu coração ia explodir. Abriu um sorriso gigantesco e pulou nos braços de Jeremy. Então apertou-o o mais forte que pôde, sentindo-o. Era tão bom — tão certo — estar com ele ali naquele momento.

Caitlin poderia ter ficado ali a noite inteira, apenas abraçando-o, mas precisava voltar para o time. Assim que se afastou de Jeremy, viu Mary Ann correndo pelo campo de futebol na direção deles. Por um milésimo de segundo, Caitlin pensou que a mãe estava com raiva de sua demonstração pública de afeto com Jeremy, mas, quando Mary Ann se aproximou, pôde ver que seu rosto estava tenso e estranho... até mesmo preocupado. Era a mesma expressão que vira no rosto dela quando descobrira que Taylor estava morto.

Mary Ann alcançou-a e, cansada e ofegante, agarrou Caitlin pelo braço e puxou-a para longe de Jeremy.

— O que foi? — gritou Caitlin. — O que está acontecendo?

Mary Ann respirou fundo e olhou nos olhos da filha.

— É a Julie. Ela fugiu da instituição psiquiátrica. Ela... *desapareceu.*

CAPÍTULO TRINTA E SETE

A LUZ DO SOL DO FINAL DA TARDE iluminava a paisagem em frente à janela do quarto de hotel de Julie. Palmeiras pontilhavam o horizonte, e os carros cintilavam no viaduto da autoestrada, no pico da hora do rush. Julie recostou-se na rígida cadeira estofada e olhou para o céu azul sem nuvens. Todo o seu corpo — braços e pernas, os dedos das mãos e dos pés — estava relaxado. Sua mente estava tranquila pela primeira vez desde que se lembrava. A ausência de estresse, de medo, era bonita e revigorante.

As últimas 24 horas tinham se passado num borrão. Julie não fazia ideia de quão longe tinha viajado, mas não importava. Tudo o que precisava saber era que estava o mais longe possível dos segredos e crueldades de Beacon Heights, onde ninguém a encontraria. Ela deixara todos para trás, sem nenhum rastro — até mesmo os médicos e enfermeiras da instituição psiquiátrica, até mesmo os policiais. Eles eram inteligentes, não havia como negar isso, mas ela executara seu plano à perfeição. De jeito nenhum ficaria em uma instituição psiquiátrica, pelo amor de Deus — afinal, havia limites de para onde iria por Parker.

Julie não sentiu remorso em mentir para a equipe do hospital. Ela fez a coisa certa, dizendo aos médicos, policiais e advogados que estava doente, deixando-os todos agitados sobre seu caso muito raro e muito grave de transtorno dissociativo de identidade. Afinal, fugir de um hospital psiquiátrico era muito mais fácil do que fugir da prisão. De que outra forma teria conseguido escapar? Mentir para eles, dizer que Parker era um produto de sua imaginação, era sua única escolha. Fizera isso pelas duas, por ela e por Parker. Mas Julie sabia a verdade: Parker era tão real quanto ela. E fora *Parker* que cometera aqueles crimes. Não ela.

Mas fora Parker, mesmo antes de ela se entregar à polícia, que preparara o terreno para o plano. Julie a encontrara no bosque quando fugira daquela festa, e Parker segurara seus ombros e dissera:

— Vai ficar tudo bem. Para nós duas. Eu tenho uma ideia. Precisamos usar o Fielder.

— Fielder? — Julie franzira a testa. — Pensei que você o odiasse.

Fora então Parker que abrira o jogo: ela vinha vendo Fielder, tanto como paciente quanto como amiga (mas baixara os olhos ao dizer isso). Contara à Julie que ela tinha se ligado bastante a ele, e parecia que Fielder tinha um fraco por ela, considerando o que acontecera com a mãe dele.

— Ele irá vê-la no hospital, eu juro — dissera Parker. — E então... — Ela sussurrou o resto.

Julie hesitara, mas acreditou em Parker. Então se entregou à polícia. Deixou que a levassem para o hospital, que a amarrassem, sedassem — mas tinham prometido, desde o início, que tentariam localizar Fielder. Finalmente, ele aparecera, corado e alarmado, o cabelo voando para todo lado, a camisa para fora da calça. Ele a ouvira. Ela fizera o mesmo discurso sobre Parker não ser real. Fielder assentira com lágrimas nos olhos.

— Eu quero melhorar — dissera Julie.

Fielder colocara a mão sobre a dela.

— Também quero que você melhore.

Foi quando ele pegou o casaco que ela tirou o passe de visitante da jaqueta dele. Ele não percebeu, sorrindo tristemente para ela quando fora embora, prometendo voltar na semana seguinte. Vinte minutos depois, quando tinha certeza de que ele já havia saído e o turno de enfermagem havia mudado — ela ainda era tão nova ali que a maioria dos enfermeiros não a reconhecia —, Julie trocou de roupa, prendeu o crachá em sua camisa (por sorte, só dizia *E. Fielder*, então ela podia ser Elizabeth, ou Elsa) e foi embora. Simples assim.

Se ela se sentia mal por ter usado Fielder? Não exatamente. Ele perseguira Parker, e isso ainda fazia dele um esquisito na opinião de Julie. De qualquer forma, fora ideia de Parker: *Precisamos tomar medidas extremas para escapar*, sussurrara para Julie naquela noite no bosque. Fielder ficaria bem: a princípio, os guardas podiam desconfiar que ele ajudara em sua fuga, mas, depois que discutissem bem o assunto, isso não prejudicaria sua carreira. Ele simplesmente pareceria um tolo.

O estômago de Julie roncou enquanto observava os carros diminuírem até parar na pista de saída. Em breve, precisaria ir atrás de comida. O tráfego avançava lentamente. *Tantas pessoas*, pensou Julie, *presas em seus carros, presas em suas vidas, só esperando que alguém saia do seu caminho. Mas eu não.*

Era melhor assim, Julie sabia. Não havia nada para elas em Beacon Heights de qualquer maneira — não mais. Sentiu, então, saudade de Carson, que tinha sido tão bom com ela, mas depois lembrou que ele certamente pensava que ela era louca, assim como todos os outros na cidade. Assim como sua própria mãe, de acordo com as entrevistas terrivelmente estranhas que dera à CNN, à MSNBC, ao *60 Minutes*. Era melhor começar do zero. Devia ter pensado em fazer isso anos atrás.

De repente, ouviu uma batida na porta e pulou da cadeira. Atravessou depressa o quarto, passando pelas duas camas queen e pelo banheiro de azulejos, e abriu a porta lentamente. Quando viu quem estava de pé no tapete grosso do corredor, deixou escapar um gritinho de alegria.

— Ah, graças a *Deus*! — exclamou Julie, lançando-se para frente e passando firmemente os braços em volta da figura magra, curvada e encapuzada de Parker.

Parker estava em frente à porta, com um sorriso largo. Julie parecia tão agradecida, como se tivesse temido não voltar a vê-la.

— Posso entrar?

— Você não precisa de convite. — Julie riu, abrindo mais a porta.

Parker cruzou o solado da porta, uma sacola plástica cheia de caixas de comida chinesa pendurada em uma das mãos, o molho derramado começando a se acumular em um dos cantos.

— Com fome?

— Morrendo. — Julie sorriu, um sorriso grande e largo e cheio de luz do sol. — Graças a Deus, você está bem — exclamou ela, estendendo os braços e puxando a amiga para um abraço.

— Ah, por favor — disse Parker em tom irônico, afastando-a. — Sou uma lutadora. Sempre vou estar bem, Julie. Você sabe.

— Eu sei, mas você arriscou tanto.

Parker deu de ombros. Tudo o que fizera, na verdade, fora se esconder enquanto as coisas se complicavam para Julie. Quando Julie se entregou, quando Julie passou aqueles dias no hospital, quando Julie escapou por pouco, seguindo cautelosamente o plano de Parker. Sabia onde encontrar Julie depois, viajando muito para chegar ali, sempre disfarçada. Afinal, fora Julie que arcara com as consequências — por tudo o que Parker fizera.

E Parker sempre estaria em dívida.

Então se afastou e olhou bem nos olhos da amiga.

— Sempre vou estar bem, você sabe. Enquanto eu tiver você.

Julie sorriu.

— Eu também.

Então elas se sentaram e dividiram a comida. Parker comeu, comeu e comeu, de repente faminta como não se sentia há anos. Ela se sentia... *viva* de novo. De volta. Tudo com relação àquele momento estava certo. Estavam sozinhas, mas tinham uma à outra. De uma infinitésima maneira, Parker lamentava ter usado Fielder — eles realmente tinham uma conexão, pensou ela. Mas não podia ficar pensando nisso. O importante agora era Julie. Finalmente, estavam juntas, sem ninguém para ameaçar o vínculo delas novamente. Amigas muito próximas para sempre.

Parker e Julie juraram uma à outra em um pensamento singular, comunicado através daquela estranha telepatia que às vezes tinham, que nunca, *jamais* se separariam novamente.

AGRADECIMENTOS

UM ENORME AGRADECIMENTO a Katie Mcgee, Lanie Davis, Sara Shandler, Les Morgenstein, Josh Bank, Romy Golan e Kristin Marang por sua genialidade criativa neste projeto. Também gostaria de agradecer e mandar um grande abraço para Jen Klonsky, Kari Sutherland e Alice Jerman, da Harper, por tornar o projeto ainda melhor. Um grande viva para Jen Shotz: eu não poderia ter feito isso sem você.

Além disso, embora este seja um trabalho de ficção, quero enfatizar que não há nada glamouroso em rir à custa dos outros, muito menos o que esses personagens fazem nos livros. Todos vocês, sejam bons uns com os outros. Beijos!

Impressão e Acabamento:
EDITORA JPA LTDA.